HELEN OF
A NOVEL PASADENA

辣妈
新生活

[美] 莉安·多兰 /著

孙其宁 /译

北京师范大学出版集团
BEIJING NORMAL UNIVERSITY PUBLISHING GROUP
北京师范大学出版社

Helen of Pasadena © 2010 Lian Dolan，www. liandolan. com
First published by Prospect Park Media，CA，USA，www. prospectparkmedia. com.
All rights reserved.
Chinese Simplified language edition published by Beijing Normal University Press
(Group)Co. ，Ltd © 2012，Beijing Normal University Press(Group)Co. ，Ltd
Translation rights arranged by Sylvia Hayse Literary Agency LLC，Bandon，Ore-
gon，USA and CA-LINK International LLC(www. ca-link. com)

北京市版权局著作权合同登记图字 01-2012-2948 号

图书在版编目(CIP)数据

辣妈新生活／（美）多兰著；孙其宁泽.—北京：北京师范
大学出版社，2013.1
　ISBN 978-7-303-15007-6

　Ⅰ.①辣… Ⅱ.①多…②孙… Ⅲ.①长篇小说－美国－现
代 Ⅳ.① I712.45

中国版本图书馆 CIP 数据核字(2012)第 170638 号

营 销 中 心 电 话　010-58805072 58807651
京师心悦读新浪微博　http://weibo.com/bjsfpub

LAMA XINSHENGHUO
出版发行：北京师范大学出版社 www.bnup.com.cn
　　　　　北京新街口外大街 19 号
　　　　　邮政编码：100875
印　　刷：北京易丰印刷有限责任公司
经　　销：全国新华书店
开　　本：148 mm × 210 mm
印　　张：12.375
字　　数：250 千字
版　　次：2013 年 1 月第 1 版
印　　次：2013 年 1 月第 1 次印刷
定　　价：29.00 元

策划编辑：谢雯萍　　　责任编辑：刘　畅
美术编辑：袁　麟　　　装帧设计：红杉林文化
责任校对：李　菡　　　责任印制：孙文凯

目　　录

第一章 ……………………………………………………………… 1

第二章 ……………………………………………………………… 16

第三章 ……………………………………………………………… 28

第四章 ……………………………………………………………… 43

第五章 ……………………………………………………………… 72

第六章 ……………………………………………………………… 83

第七章 ……………………………………………………………… 98

第八章 ……………………………………………………………… 115

第九章 ……………………………………………………………… 143

第十章 ……………………………………………………………… 156

第十一章 …………………………………………………………… 167

第十二章 …………………………………………………………… 182

第十三章 …………………………………………………………… 205

第十四章 …………………………………………………………… 218

第十五章 …………………………………………………………… 227

第十六章……………………………………………… 243

第十七章……………………………………………… 260

第十八章……………………………………………… 272

第十九章……………………………………………… 284

第二十章……………………………………………… 299

第二十一章…………………………………………… 317

第二十二章…………………………………………… 336

第二十三章…………………………………………… 353

第二十四章…………………………………………… 374

鸣　谢………………………………………………… 383

对作者莉安·多兰的访谈……………………………… 385

第一章

现在我知道了，将来等我去世的时候会有满满一个教堂的人来参加我的丧礼。这该是多么欣慰啊！因为是一名策划人的缘故，我晚上睡觉的时候经常因为这件事而失眠。多少次端坐在别人的丧礼上，数着坐在凳子上的那成百上千（或者更令人寒心的时候才几十个）的悼念者，我就会想：等我去世的时候谁会来悼念我呢？人们更喜欢的是我还是简的妈妈？我所认识的人里面能有 100 个关心我的死活吗？还是 200 个？谁会为我的丧礼提供伙食？现在我有了答案：我会有满满一教堂的追悼者。因为如果有那么多人参加我丈夫，不，是我已故丈夫的丧礼的话，那么也会有那么多人来参加我的丧礼，不是吗？

可我没有预料到的是，我丈夫向我扔了一枚炸弹，他竟然在我之前离世了。

如果我能提前知道这件事就好了。

　　但至少如果梅利特知道自己的丧礼那么热闹的话，他也会很开心的。梅利特在他的那个圈子里享有举足轻重的地位。想说明这点并不难，他认识的人里面有公司里的合作伙伴，有关系亲密的兄弟，有镇上的官员，有学校董事会和一些组织，还有一个被记录到帕萨迪纳市名人录里面的人，这些都是梅利特在他整个短暂的一生中认识的人。

　　但是也有很多我认识的人：有来自米灵顿学校身穿名贵黑色套装的年轻苗条的母亲们，尽管经济不是很景气，但她们还是拿着普拉达的包，穿着托里伯奇的平跟鞋；十年前站在篮球和足球场边上的那些瘦瘦的队员母亲们以及一直支持交响公会的那些可爱的成员们，都在后排低声谈论着在这么艰难的时期失去一位如此慷慨的募捐者是多么地令人遗憾；打水球的那些英俊的爸爸们在沉思着他们会不会是下一个要离开的人。他们中一半的人渴望来一杯饮料，另外一半却在琢磨着是谁整理的这些花。他们的在场对我来说就是一切。

　　我对于梅利特的死感到震惊，甚至也许一度休克过去。但是我没有很难过，相反，我感觉到一种解脱。

　　那种非常非常强烈的解脱。

　　在镇上的这座最有社会进步性并最受社会认可的圣·裴柏秋天主教堂里，弗莱厄蒂蒙席（罗马天主教会授予某些圣职人员的荣衔）用他的爱尔兰口音声情并茂地讲道："女人失去丈夫，孩子失去父亲，母亲失去儿子，一个人身在异乡，这些都是令人难过的事情。同样，上帝把梅利特·费尔切尔德从他可爱的妻子海伦、勇敢的儿子艾登、他敬爱的母亲以及他们在帕萨迪纳的可爱的家身边带走的时候，他的家人朋友们也同样会悲伤难过。"

是梅利特捐赠了这个圣坛。这就是他喜欢做出的那种高调而公开的举动。受圣路易斯·奥比斯波的布道的影响，这个圣坛是用红木简单手刻而成的。梅利特曾经让我做调查并且为教堂恢复委员会写推荐信。这对我来说有点奇怪，但我因为热爱历史和建筑，所以对此还是应付自如。我仍喜欢不留姓名地在募捐信封里塞上 25 美元。梅利特从不明白我为什么这么做。他总是会说："我们明明可以在每年的拍卖会上签一张很大的支票，干吗非得每周都要捐那么一点钱呢？"

这位蒙席先生备受推崇，追随他的人之多是现在大部分的天主教牧师所不能及的。也许这是因为他明白神话故事的伟大力量吧，因为他现在的确正在编造另一个神话故事。

蒙席接着说道，"人们会想念梅利特·费尔切尔德的。他的慷慨、幽默和高贵永远都会被人们记在心里的。"

我代表我的儿子感谢您，蒙席先生。尽管他从没好好了解自己的父亲，但他仍然会很想念他的。或者他的想念正是因为不太了解父亲吧。我紧握着艾登的手。他怎么一下子就长那么大了呢？他在班里不再是倒数 20 名里面的了，因此我想曾经的担心也得到补偿了。一个十三岁的少年，现在却没有了父亲。经过两天的抽泣和沉默，穿一身诺德斯特姆西服坐在那里的艾登看起来却出人意料地坚强。虽然只是两天前发生的事情，但是我甚至都想不起自己曾经买过这套西装。天哪！这两天是多么漫长啊。我以为悲伤应该有五个阶段的，而我只用了36个小时的时间。

振作起来，一起顺利通过这场表演，我告诉自己。

"他是一个谨遵承诺的人。"

我知道他不再那么遵守承诺了。曾经的我很爱自己的丈夫，真的真的很爱他。当我刚刚嫁到帕萨迪纳的时候，我认为自己是镇上最幸运的女孩子。嫁给梅利特意味着可以有安定的生活和一定的社会地位，这些是我之前一直没有的。俄勒冈州中部的人并不是很热衷于沙龙舞和乡村俱乐部。可以听感恩而死乐队充斥着毒品和走私话题的磁带，谁还需要那些形式化的交际呢？我父母也不想这样，但开着大众野营车兜售装饰编织艺术品和芳香油确实不是我要的生活。从沃克·帕西的作品到《预科生手册》，我把自己可以接触到的书都读了一遍。我拿到了很好的成绩并且尽快地从杰里·加西亚维勒学校毕业了。

梅利特·费尔切尔德是一个来自伯克利的规矩正直的法律专业学生，他经常穿着一件蓝色运动上衣和一条卡其裤。当时我是一名考古学专业毕业生，在一家食品消费合作社工作。梅利特悠闲地穿过我旁边的走廊的时候，他那强壮、优雅的身体在刚玩完极限飞盘游戏后微微有点出汗。梅利特还假装对一个永恒的问题感兴趣，那就是：藜麦和碾碎的干小麦有什么区别。他约我出去之后，我真的回头看过身后有没有一个女生联谊会女孩，因为我不相信他会约我出去。他把我介绍给他法律学院的好哥们儿时称我是他的"在帐篷里长大的嬉皮女孩"或者他的"会说希腊语的天才女神"，当时我乐坏了。他似乎很欣赏我的过去但同时又相信我的将来不会再过周末要去手工艺品集市卖东西的生活。当六个月后他不顾他父母（因为我非正统的成长环境）和我父母的反对（因为他传统的成长环境）毅然决然地向我求婚时，他成了我心目中的英雄。

我很顺利地度过了最初的几年，一直觉得能遇到梅利特而且给他生了一个健康、强壮的小男孩是我做的一件多么聪明的事情。在帕萨迪纳这样一个安稳的、位于郊区的城镇里，梅利特也是一个安于本分的公民。帕萨迪纳是玫瑰花车大游行、诺顿西蒙博物馆、加利福尼亚理工学院、格林建筑之家以及古钱的故乡，很古老、很古老的钱。只有当你在俄勒冈州姐妹镇这样的小镇上长大的时候，这样优越的条件才会显得有魅力，因为姐妹镇的珠子商店比银行还多，而且这个地方的"艺术"长廊也是其突出特色。长廊里全是被链锯做成海狸毛皮形状的树干。

梅利特正忙于建一个新公司而且当时正转型为资本投资；而我则忙于交朋友并且天真地寻找处世之道。我很开心地从一位毕业生变成了帕萨迪纳年轻母亲俱乐部里的一名会员。我想是因为那辆车的缘故。虽然不是很好,但我很喜欢那辆沃尔沃汽车。它很新、很亮,一点都不像我年轻时候在俄勒冈州纺织研讨会上看到的锈迹斑斑的老古董。这辆车是那种最漂亮的蓝色。注意哦,还是远程无钥匙开关呢。再见了,古典神话中的女性原型。

这里我省去几年,我曾经以为我怀孕了。我现在 26 岁,总有一天我会写完那篇论文。但我现在有足够的钱捐给新儿童博物馆。梅利特过去常常笑我,惊讶于以我与天然纤维打交道的过去以及向《圣经考古学》投稿的经历,我竟被邀请成为"孩子馆"的董事会的一分子了。他总是在他客户面前取笑我,但我想这一切都是开玩笑吧。不过在最后的那几年里,这种嘲笑已经不再那么好玩了。它开始变得很真实了。

尽管如此,我并不是因为这个原因而在他死后感到解脱的。

"梅利特·费尔切尔德是这样一种人,他激励别人做最好的自己、提升自身素质并且让他们不断进取。他让他身边的人展现出自己最好的一面。"

或者让他们展现出自己的不安。我应该更关注社会责任吗?还是我的妆容?还是其他任何一个对梅利特重要但其实很微小的细节?我现在是无从知道了。

"一个为自己的团体付出那么多的人因为自己所热爱的组织牺牲也是情理之中的。"蒙席先生除此之外不再多说。但是我想我听到了别人的窃笑声。一只指甲修剪得很整齐的手抓住我的肩膀，这是我的一个朋友，叫坎迪·麦肯纳。她在我的耳边说，"杰奎琳·肯尼迪，杰奎琳·肯尼迪，杰奎琳·肯尼迪。"这就是坎迪接下来几天推荐给我的法宝。坎迪让我做一个忍辱负重的遗孀。在诸如此类的事情上我会听从她的建议。

做前任玫瑰皇后期间，坎迪在帕萨迪纳青少年社交方面取得了巨大的成就，因此坎迪有很强的分寸感。毫不夸张地说，坎迪是在成千上万张鲜活漂亮的面孔中脱颖而出被选为皇后的。照理说，经过装扮仪容、学业成就和社区服务这些烦琐的程序而一跃登上"玫瑰皇后"的宝座换来的应该是活跃在电视新闻或者慈善事业中的那种光鲜亮丽的生活。坎迪曾经是一位很无私的玫瑰皇后。她在自己的社会生活中尽量减少额外的抛头露面和社会关系。

接着她的统治就结束了。

她把它称之为"不幸的误判"，这就是发生在 20 世纪 80 年代末的瓦妮莎·威廉姆斯事件。坎迪 1987 年入选玫瑰皇后，后来进入常青藤联盟名牌大学读书，结果她却发现在布朗大学根本没有人在乎她是不是戴了钻石皇冠，而且也没人在新年那一天的早上跟上百万人招手。帕萨迪纳的玫瑰皇后对于罗德岛州首府普罗维登斯那些无精打采的东海岸大学生来说什么都不是，尤其对于她的舍友来说更是毫无意义。她的这位舍友专业是女性研究，并且还辅修了比较女性主义文献。大二结束的时候，坎迪非常急切地想挽回自己女王的地位，尽管她的正式统治早已经结束了。因此，她为《花花公子》中常青藤名牌大学女生这一版块做模特。在那个时候，裸照是很令人震惊的，不像现在，网站上都会公布每个美丽的女王那些 X 光处理后的视频。有一次玫瑰联盟风闻了她的……嗯……曝光的事情，接着他们便隔离她。虽然他们没有正式地把她赶出"玫瑰锦标赛"这个大家庭，但也没有欢迎她回来重聚。坎迪退缩了，她转到加州大学洛杉矶分校，以此来为自己辩护并摆脱玫瑰皇后中的害群之马的身份。如今的她已经两度离婚并带着两个孩子。她高中时代所拥有的魔鬼身材以及她在琳达景观小区里的一幢中世纪风格的现代化房子仍然一如往昔。她现在是一位数字媒体方面的专家，并经营着一家很受欢迎的八卦和娱乐网站，叫做"坎迪的菜"。她的网站涵盖了洛杉矶发生的所有事件和新闻故事，甚至还有关于好莱坞的。不过她只靠当地的故事就可以付房租了。从规规矩矩的关于男士正式礼服的事件到入学前的否决投票，坎迪揭露了所有那些对帕萨迪纳人很重要的东西。人们尊敬、奉承她，但同时也对她怀有恐惧的心理。她可以称得上帕萨迪纳人，但又不全是。坎迪仍具有曾经的玫瑰宫廷式训练风格，这也是她在听说梅利特死讯之后冲到我身边的原因。天哪，在玫瑰花车大游行还没结束之前镇上所有的人就已经听说了这个消息。你怎么能不看报纸的头版新闻呢？"玫瑰花车大游行的一位志愿者在花车下丧生。"而且在标题下面还有细节报道：警方在调查一辆小摩托车和中国旅游董事会赞助的大熊猫花车的相撞事件。在这个已有 112 年历史的游行中，没有任何一个"玫瑰锦标赛"志愿者或者"穿白制服的人"（当地人这么称呼他们是因为他们在新年那天穿白色西装、戴红色领带）真的在这个游行中丧生。这些"穿白制服的人"都是些社会人脉很广而且公民责任感很强的首席执行官、律师或者是银行家。他们被选拔出来监督游行、足球赛以及与"玫瑰锦标赛"有关的诸多事宜。他们懂得如何应付雨水、寒冷、鲜花紧缺、反战者乃至上百万人造成的障碍，但是花车造成的死亡该怎么解决呢？这个问题对于这些社会顶梁柱来说是一个新的领域。

"制造永恒瞬间"是今年玫瑰花车游行的主题。当梅利特的本田摩托车撞上迎面而来的熊猫花车时他就做到了这点。当时他正在发短信，不过这件事只有我知道。

而且也只有我知道他在给谁发短信。

我逐渐肿胀的脚被我硬塞进菲拉格慕牌的靴子里，蒂娜·周斯温森说这种靴子的高跟会拉长我小腿的视觉效果。在我们的孩子都还很小的时候，蒂娜、坎迪和我是在一个母亲的团体认识的，如今我们已经是最好的朋友了。我们以前觉得在圣·西蒙幼儿园候补名单上的所有第三代帕萨迪纳母亲和她们六周大的孩子是不会跟我们讲话的，因为，嗯……因为坎迪的蒙羞，因为蒂娜又穿回了紧身牛仔裤，而且我不是帕萨迪纳的本地人，所以我们在一起有了共同的话题。

　　如果说坎迪代表了帕萨迪纳的过去，那么蒂娜·周斯温森则象征了帕萨迪纳的将来，所有一切新的东西：金钱、风格范儿和公民身份。蒂娜是第一代中国香港富商的女儿。在香港回归之前，这些富商看到了墙上的字，然后带着他们刚出生的女儿和装满现金的枕套迅速逃往加利福尼亚。蒂娜很听话：她是在马丁代尔女子学校发表告别演说的第一位华裔美国人。她同时被耶鲁大学以及耶鲁法学院录取，而且她还应邀参加洛杉矶一家名叫"古老的权威"的法律公司的遗嘱和责任方面的诉讼。她在这家法律公司的一次为暑期实习律师组织的野餐上遇到安德斯·斯温森的时候，其实正准备和一个香港世交订婚呢。安德斯魁梧的身材、金色的头发和作为明尼苏达州人的身份对于蒂娜来说都是新的魅力。他们是一见钟情。

　　周先生和周太太对他们的这个新女婿不是很满意，但他们只是背地里用广东话谈论安德斯。但至少安德斯还勉强能给他们做个伴儿。这一点让周家稍稍欣慰一些。

　　蒂娜和安德斯有三个可爱的女儿，分别是莉莉、罗西和海瑟，他们以此来证明彼此多么般配。蒂娜那天还低声说道，"而且现在多种族风格多流行啊。起好几种风格的名字很时尚呢！"这就是蒂娜：只在乎风格，实质就在乎一点点。这点我是毫不夸张的。

　　蒂娜·周斯温森负责我的丧服，她之前还让我保证不穿我最喜欢的娜然牌鞋子。她警告我说，"多难看啊，不要穿。人们会看到的。你知道那些科洛佛母亲会怎么说的。"

对啊，那些科洛佛母亲。互相竞争的学校还有互相排斥的委员会，无论在帕萨迪纳住多久，我都不会成为那种对鞋子特别在意的人。但蒂娜是对的，那些科洛佛妈妈们会注意到每一个皮带扣。既然如此，我为什么要给她们下一次的咖啡聚会提供笑料呢？所以我穿上靴子，用好几层紧身内衣包裹住腹部，然后将我臃肿的身体包在蒂娜在一家市区折扣商店里给我买的一件艾斯卡达外套里。（只要你相信自己是完美的，那么你就是完美的！）然后我戴上我婚礼上婆婆送我的三排珠珍珠项链，还从坎迪那借了一副大大的香奈儿太阳镜。在我最美的那天我看起来像凯特·温斯莱特穿得最普通时候的样子。

丧礼结束两个小时后的此时此刻，我正坐在古老的帕萨迪纳城镇俱乐部里面的一间绿色印花棉布装饰的休息室里。我只是不想无休止地握手、点头、接受别人的哀悼还有"思考和祈祷"等等。不要任何的思考和祈祷，我只想大喊：谁来帮我脱掉这双该死的靴子！

让大多数人困惑的是梅利特突如其来的死亡。我能感觉到每个人都在想什么：今天或许你是掌管"玫瑰锦标赛"的待任总统，但明天你可能就被熊猫彩车轧死。这件事让这些从出生就一直生活在帕萨迪纳镇的人太难以接受了。

艾登已经要求从接待团中退出并要求"去和朋友们玩"。几十个来自米灵顿的同学随同父母一起来参加丧礼，并且把丧礼接待当成了校园舞会，一边笑一边调情，期间还一直在交换电话号码。在这种时候青春期的个人陶醉也可以是一份礼物。我说："去吧，我会处理这些事的。"而且，我也可以处理这些事。

我的家人——我不该在场的父母还有我帅气的弟弟戴斯都站在角落里，一边大声嚼着鸡肉沙拉茶三明治（他们知不知道里面有肉呢？）一边跟身边的人寒暄。这就是卡斯特家族在拜访亲友的时候的典型表现。我父母现在已是花甲暮年，他们在俄勒冈州中部日渐扩大的度假屋市场中又有了作为纤维艺术家和画廊老板的新身份。俄勒冈州现在已是今非昔比。如今的俄勒冈州遍地都是高档餐厅，往昔空空的店面也被书店和古玩店所取代。住在这个地区的还有很多在耐克、微软公司就职的和来自加利福尼亚的百万富翁，他们都指望用我父亲辛辛苦苦做出的簇毛艺术品来装饰他们巨大的伐木屋。不过我父母并没有摒弃他们的嬉皮风格。因此他们既能创造出正式的勃肯鞋又能大胆地违反俱乐部对于男士要求必须穿西服打领带的规定（这是他们对于男士严格要求的一种方式）。哪怕是在最开心的场合，到帕萨迪纳的旅行对他们来说也是一个出国交换项目。

我母亲内尔在过去的这 24 个小时里很令人愉快。所有那些 70 年代的关于在灵魂上自我反省的讨论会使她在晚年的时候尤其擅长悲剧刻画。而且这个分 12 个步骤来戒大麻的计划给予了她一双清澈的眼眸和一种目的感。她对于逆境采取一种平静而切实的方式：喝粥、喝茶，还有就是听琼妮·米歇尔的歌。

我的父亲彼得情绪很激动，这并不是因为他和梅利特曾有过多么深的交情。除了我、艾登和对西洋双陆棋的钟爱，他们两个几乎没有任何共同点。但是我父亲现在的内心里翻腾着一种很强烈的同情感，而且他因为这件事而感到很悲伤。不幸的是，他不像我母亲那样可以很好地控制自己的感情。从下飞机开始，他就不停地哭，在教堂里也还旁若无人地抽泣，弄得整个费尔切尔德家族和费尔切尔德资本的董事会感到很尴尬很拘谨。连艾登都开始笑话他感情丰富的外公了。但毫不掩饰地表露自己的情感并不是费尔切尔德家族的特点。

而让一切都显露在外面则是卡斯特家族的一大特点。这就是为什么我只有在梅利特出差的时候才带艾登去俄勒冈拜访父母的原因。

我的弟弟戴斯冬天的时候在巴切拉山做滑雪区巡逻急救队员，夏天的时候在德舒特河上做漂流引导。他正在尝试着喂白酒给父亲喝。这虽不是一个可靠的办法，但至少可以让他不再痛哭。

梅利特的母亲，费尔切尔德家的一位叫做米利森特·弗雷斯特的威风十足的大小姐，就站在离我不远的地方，但没有站在我身旁，这点足以概括 15 年以来我跟她之间尴尬的婆媳关系。她有她自己的接待团，通常她的接待团会让我很反感，但今天我就不计较了。梅利特的姐姐米米和米基身穿黑色外套站在她们母亲的旁边。我很高兴不用站在她们那边。她们的悲伤是纯粹而真实的。

接待一直持续了好几个小时。我接待了帕萨迪纳的镇长、南加州大学的校长，还有在很多著名机构上班的众多风云人物。米灵顿学校的女校长阿黛尔·阿内特和她的丈夫迈克尔给了我一个深深的拥抱。当艾登在这所学校上学的九年里，我跟他们混得很熟了。我会代替梅利特来做信托委员会中的一员吗？还是他们会让其他掌管某种基金的父亲来接任？上帝知道在米灵顿这种人有很多。这是我另外的一个担心。

接踵而至的是一群曾经在游戏、学校话剧或者假日短期旅游中站在我身旁的女人。这些女人曾经和我在慈善活动或者带有宗教意味的比萨面团销售中并肩工作。所以她们中的很多人要么在哭要么就是在哽咽。这真是因为她们真的那么喜欢梅利特吗？还是因为她们在看到我的时候想到了她们自己的生活状况？我不确定是哪种原因，但她们这样真的很让人感动。她们的痛苦让我感觉，嗯，很好，但相应地也让我感觉很奇怪。

接着到来的当然是一大群面带怒色的"白制服人"。我猜想他们的想法和祷告中肯定有一条是希望我不要采取法律措施。放心吧，我不会的。我需要向前看。

蒂娜站在我身后，不停地给我递阿诺帕玛，这是一种用一半柠檬一半冰茶调制成的饮料。这种饮料可是镇上大部分午餐所必需的。这里面没有朗姆酒，但我想我真的要来点了。坎迪站在我右边，在人们往前走的时候她便用她多年来在高档派对上练就的惊人的脸部辨认技能低声说出他们的名字和人际关系：德克斯特·奥姆斯泰德，帕萨迪纳文物保护理事；南希·塔利，远近银行的行长；杰夫·史密森，资本基金的办事员等等。这些人我都是在资金筹集活动、庆祝活动或者颁奖宴会上遇到的，但除非涉及历史，我是从不擅长回忆名字的。而今天我的大脑好像一个筛子。我听到坎迪哼声的时候才松了一口气，接待活动终于结束了。

坎迪愤怒地说，"她来这儿干什么？她也太没有教养了，竟然把新闻车开到丧礼上来。我真不敢相信俱乐部竟然让她开到停车场里来。"

我抬起头来，可我的腿开始发软。该死的罗谢尔·西姆斯，福克斯广播公司的 11 号新闻主播，她就是我丈夫在撞到花车时还在给她发短信的那个女人。

"我需要一大杯该死的饮料。"

第二章

"那个新闻界的婊子跟梅利特上过床了？我他妈的现在就去宰了她！"

我嘘声说："蒂娜，谢谢你，因为我不清楚第一次的时候服务员有没有听到你说话。既然帕萨迪纳镇俱乐部所有的职员都知道我老公要为了罗谢尔·西姆斯而离开我，那我也就不用装出一副悲伤寡妇的样子了。"我们坐在女士休息室里面高档条纹椅上，我用手捂着头，一边哭着一边深呼吸。

坎迪跟往常一样重新问了我一遍。"从头再说一遍，你到底在说些什么啊？"

我看了一眼安娜，这个来自危地马拉的可爱侍从掌管俱乐部女士休息室已经20年了。她随时准备着面纸和抚慰人的话安慰一个做坏了肉毒杆菌手术的女士，或者用一杯咖啡照顾一个喝醉酒的伴娘。安娜就是细心周到的化身。她假期能得到的小费数目可以说明她比中情局的人更了解帕萨迪纳的富人阶层。我知道她是值得信赖的人，而且她也知道明年的圣诞节我不会再是现在这个样子。

"梅利特要离开我和罗谢尔·西姆斯在一起。他就在去游行处报到之前的那个除夕晚上告诉我的。他说他很爱她，她是他的'精神伴侣'，只有她才能明白他的需求，我们之间一切都结束了。我们结婚15年，而他现在要为了一个穿蓝绿色外衣而且还不会用西班牙语说五月节的女人跟我离婚。"

蒂娜愤怒地说："天哪，他真的说他们是精神伴侣了？"

坎迪命令道："蒂娜，拜托你不要再说了！你知道那个女人是姓斯拉斯基的。这一点就能说明她是个什么样的人了。而且你知道的，她才只是一个玫瑰公主，不是女王。90年代玫瑰宫廷可是没有那么吃香的呢。"

蒂娜厉声说："是吗？这比那精神伴侣的说法更靠谱吗？"

坎迪重新回到主题上来。"我们要支持海伦。梅利特是在除夕晚上告诉你的？你之前知道他们的私情吗？或者是他们之间任何一件事情吗？"

"不，不知道。我感觉自己像个笨蛋，被彻底欺骗了。你知道，我很少能见到梅利特。他工作没日没夜，有无数的会要开，或者至少他告诉我他有无数的会要开。他有他自己的生活；我也有我的。我们有艾登、这所房子还有这个俱乐部，一切都是那么安定而舒适。虽没有那么让人愉快，但也不差。但我没想到他会对我和艾登做出这种事。"

坎迪气喘吁吁地说:"哦天哪!他是在去年的义卖会上遇到她的吗?"她回忆起这件事的时候因为震惊眼睛睁得很大。是的,他是在那儿遇到她的。那场义卖会还是坎迪、蒂娜和我主持的,目的是拯救阿罗约塞科地区的喜马拉雅雪杉。我们选择的主题是"创造绿色,拥抱绿色",而且还邀请罗谢尔·西姆斯做我们可爱的女司仪。我们都以为能有一个小有名气的新闻主播在场该是一件很好的事情,哪怕她效力的是福克斯广播公司。

所有的大明星都住在洛杉矶的西边,那边住的都是些一线明星,包括电影明星、一流制片人、导演以及片场老板。那些二线明星则住在大峡谷里,他们中有工作人员,承办酒席的人还有一些会计。在帕萨迪纳还有夹在这两种人之间的一群人:片场执行人、片场律师、正式律师和银行家,以及房地产投资商。另外还有性格演员以及很多很多新闻领域的人,从主播到天气预报员再到制片人。罗谢尔住在老帕萨迪纳地区后面的一幢商品房里。住在这里让她能很容易在新闻发生的时候赶往工作室,同时又可以取悦住在附近的众多已婚男人。

梅利特就是其中一个。

在庆祝活动中,罗谢尔所做的不过就是感谢赞助人和介绍一部很短的影片,"帕萨迪纳喜马拉雅雪杉的历史。"尽管邀请函上写着"尽量穿绿色服装",但她还是穿了一件从莱曼女装店买的淡蓝色低胸晚礼服。她滔滔不绝地谈论着能为社团奉献自己的力量是多么美好的一件事情，但却没有提到她在化妆室里将身体奉献给我丈夫的事。

"是的。他们的私情就是从那天晚上开始的，而且梅利特好像是被迫告诉我所有细节。我好像记得他说的是'他无法控制'。那就是他一直说的'我停不下来，我控制不了'。还从来没有事情是他所控制不了的。他不是那种容易失去自制力的人。从他出生那一刻开始他的一生就固定了：米灵顿、伊格内修斯、南加州大学、夏天在长弓露营，在夏威夷度假并且住在距离童年住处2英里的地方。这是一个不喜欢在布克兄弟买东西的男人，原因是那里的西装'太前卫'。但这个男人跟罗谢尔只待了一个晚上，回来就说他控制不了了。"

安娜给我倒了一杯调得正好的添加利金酒，然后从药品杂物室给我拿了点补药。我接着说下去。

"梅利特想继续待在家里装作跟我们在一起很幸福的样子。哦，他还是要去跟罗谢尔同居，只不过他想我同意他在家待到4月份。他是个好父亲，他不想让艾登失去在伊格内修斯上学的机会。"

蒂娜和坎迪恶心地摇了摇头。在游行季节和俱乐部混合双打锦标赛之后，帕萨迪纳一年中最重要的一天就是四月的那个周五，因为各私立学校的录取通知在这天会陆续送达。从幼儿园一直到大学，学校录取一直是每个帕萨迪纳家长都会讨论的问题。他们无休止地讨论哪所学校最好，哪所最有特色，哪所布置的家庭作业最多，哪所艺术类教育最好，哪所开设最好的语言学习项目以及哪所学校的学生被常青藤名牌大学录取得最多。不管是在医院协会会议、篮球赛，还是在公园或美甲店里，妈妈们都在背地里讨论哪个 4 岁的小孩是去米灵顿的料；哪个对冲基金理事的儿子被科洛佛录取是因为他爸爸答应给学校建一座新剧院；哪所学校的申请者有"太多遗产"或者"太多兄弟姐妹"以及哪个女孩子因为脸谱网上的一桩涉及体育老师的丑闻而不会被马丁代尔录取。想被私立学校录取而付出的努力不是一场游戏，它是一项全职工作。

而且这项工作在录取过后还远没有停止。

在收到录取通知以后的很长时间里，家长都要花很多年的时间来证明自己的选择是正确的。就连有贵族血统的梅利特也喜欢这样。

梅利特不想因为自己的一件风流韵事和一场声名狼藉的离婚而让有名望的伊格内修斯男子预科学校将自己的儿子拒之门外。那将会是录取自杀，尤其是在一所天主教学校。他得等到录取通知都被寄出了才会宣布我们分开的消息。总之这些是他除夕晚上告诉我的，随后他就穿上那件正式的白色西装出了门，去游行那里履行他的公民责任。

帕萨迪纳警方在事发现场找到了他的黑莓手机。我检查了一下上面的短信。有一条信息是在撞击发生 8 秒前发给"精神伴侣"的，上面写的是"事情办好了"。是啊，事情的确办好了。

坎迪说："我为他的死感到很遗憾，但他死了我一点也不难过。"

蒂娜附和着说："我也是。"

"海伦，你在这儿干什么呢？镇长等着跟你告别呢。他说为了怀念梅利特，要用他的名字来为游行经过的一条街重新命名，镇长是不是想得很周到啊？"费尔切尔德大小姐穿着一件过时的圣约翰的黑白色外套从女士休息室门外冲进来。她高挑的身材、强壮的身体和那副随时准备一分钟内进行双人打比赛的表情在我来费尔切尔德家族已经 15 年之后的今天仍让我心惊胆战。

在学习古希腊、古罗马文学的时候，学者们总是花很多时间来研究众神的起源之谜，并试着确定他们在宗教、艺术和考古意义上的起源时间。对于费尔切尔德夫人的起源，我在趁假期藏在厨房里来逃避他们家超级激烈的棋盘问答游戏的时候就想到了，那就是——她生下来就是一个女魔头，就像蛇女神克里特，一半文明，一半野蛮。关于这位铜器时代蛇女神的刻画都是她双手握着一条愤怒地扭动着的蛇的形象，表明她身上所具有的破坏性力量和与自然界的关联。如果有人将费尔切尔德夫人刻画成不朽的蛇女神，那就是她一手握着一杯加两片橄榄叶的伏特加马提尼酒，一手拿着支票簿的形象。

在她 50 岁的时候她老公米切尔·费尔切尔德在打高尔夫

打到第 17 轻击区的时候猝然身亡。虽然成了寡妇，但她从没有懈怠过自己。她以一个女战士的姿态、良好的教养、超凡的智力以及对艺术的赞助来建立自己的威望。与捐钱相比，她更愿意去参加慈善事业活动，比如去每一个剧场、歌剧院、交响乐和画廊开幕式。（坎迪有一次抱怨道："天哪，如果我再多描写一点你婆婆那优雅的晚礼服和满是珠宝的手腕袖口，我的眼睛就要被烧灼了。"）她可以在资金匮乏的公立学校以及加州理工学院的雅典娜神庙圆形大厅里满腹经纶地讲述艺术的重要性，但出门后如果发现她的梅赛德斯收音机声音太大，照样可以让代客泊车员跪在地上道歉。和蛇女神一样，她可以很亲切也可以很残暴，但却从不可以被违抗。

不过好玩的是，虽然她通过艺术阅读研究了很多关于人性的知识，但她还是不明白为什么自己的儿子会喜欢上一个来自俄勒冈州的姑娘。康奈迪克州的姑娘当然可以，就连俄亥俄州的一些镇上的姑娘或许也还是可以的。但是怎么会是俄勒冈州的呢？

现在坐在帕萨迪纳城镇俱乐部的女士休息室里，在她唯一的儿子的丧礼上，在她那紧绷的写有魏斯曼博士签名的脸上，还是那副对我的出身表示鄙视的表情。"海伦，振作起来吧。明天你想怎么哭就怎么哭。那时候就没人看到了。"

我准备把那些话都说出来。我的肠子都能感觉到他们这15 年对我的忽视，他们觉得我没有个性，还对我家的家务管理和雇佣的园丁评头论足。他们喜欢种植所有花里面最俗气的一种花——金盏花。我真的很想跟她说，"嘿，那个戴两克拉钻石的老太婆！你儿子是因为正专心给他那位 27 岁新闻主播情妇发短信才死的。他们还在家里那套海滨别墅里同居呢。对，就是你们家的那套海滨别墅！是啊，你的好儿子梅利特准备将你那可爱的孙子置于一片神圣的混乱中。谈到神圣，你就甭想在圣裴柏秋年度拍卖会上享受最好的座位了，蒙席大人可不喜欢通奸罪呢！你觉得那样一个尴尬的社交场面怎么样啊，你这个古怪高挑的克里特蛇太婆?"

哦，在一天疲惫的掩盖之后我本来可以享受一分钟的真实。但就在这个时候我想起了在接到帕萨迪纳警方的电话后我对自己做出的承诺。梅利特的这个肮脏的小秘密将会一直是我的肮脏的小秘密。如果说我在帕萨迪纳待的这些年学到了一样东西，那就是懂得了这句老谚语说得是多么好：谨慎行事是勇气的最佳表现。

换句话说就是，把你的嘴巴闭上，这个战争你就已经赢了一半了。

我知道我可以充分信任坎迪和蒂娜。她们有她们自己不可外扬的家丑，不会将我的秘密说出去的。但费尔切尔德夫人关乎的就不单单是保守秘密的问题了，还关乎着艾登和我的名声。说真的，我真的不知道她会对她儿子的行为做何反应。

我们从来没有任何一次亲切的交谈。我们会讨论生日晚会的后勤工作，无关政治的新闻事件以及最新的剧场大作（她说过上百遍，认为这才是"唯一值得一看的电视节目"，尽管我清楚地知道她私底下偷偷地看"里吉斯和凯利脱口秀"）。我们两个更习惯于分析那种可以取送的干洗店在减少的原因，而我们的灵魂却相差甚远。揭露梅利特的这个行为对我们来说将会是一个新的领域，而这样做的后果则令我害怕。

我很清楚自己会想念梅利特，只不过不是今天。是他给了我艾登而且还让我进入到他的生活里，这些东西就算给我整个世界我都不想交换。将来有一天，或许很快，我将会原谅他的过错，为他的死感到悲痛，但不是现在，现在我还得继续演下去。将罗谢尔·西姆斯的事情告知老太太将会是最肆意的决定。我宁愿她恨我也不要她恨梅利特。现在我做到这样已经是我最大限度的付出了。

老太太高昂着头。我短暂的沉默肯定让她不安了，因为我通常在蹦出一句强有力的话之前都会结结巴巴。但这次情况不同。"杰奎琳·肯尼迪，杰奎琳·肯尼迪，杰奎琳·肯尼迪。"蒂娜和坎迪都满含期待地看着我。坎迪实际上在舔嘴巴。

"你是对的，米莉森特。给我两分钟。谢谢。"

"哦，我让那个叫罗谢尔的糟糕新闻工作者走了。这到底是个什么名字啊？罗谢尔？她竟然还想要我们发表一下声明。你能想象吗？真的，我认识她奶奶塞西莉亚。她曾经还卖过罐装奶酪！还是在一个午宴上！海伦，你化下妆再出去吧。"

说完这些，她就出去了。女士休息室的人又可以呼吸了。

"哦，刚才表现很好。你刚才表现很好啊！"坎迪一边称赞着我，一边在她的口袋里寻找她的化妆包。"她欠你的，而且她知道这点。"

"欠我的？你指什么啊？"我撅着嘴巴问她，因为她准备用她那波比布朗牌的唇线笔给我描唇了。

"如果不是因为心有疑虑她是不会亲自招待那个'糟糕的新闻工作者'的。我已经在那些派对上观察你婆婆好几年了，我知道这不是她的作风。她从不跟新闻界的人讲话，甚至都不跟我讲话。我认识的米莉森特应该会让衣帽间的卡门去招待新闻车和记者。但这次她却亲自去跟那个新闻界的婊子说话。而且还知道她的名字。这点就可以说明很多了。"

跟往常一样，在礼貌和举止方面，坎迪总是很有发言权。

蒂娜也同意，"她什么都不会说的。而且她站在你那边。那正是你想要她做的。"

我不知道她们说得对不对。

我当时累得难以用语言去形容，不管是身体上还是精神上都被抽干了。我已经不能哭泣，不能微笑也不能说一句礼貌的话语了。我好感激那天的结束。最近我了解到一种关于策划丧礼生意的新点子，他们将丧礼策划成派对的形式而不是一个严肃的场合，有气球、玛格丽塔机还有令人眩晕的DJ音乐。他们的座右铭是"让快乐重回丧礼"。在当时这似乎是一个很好的创意，就像真的参与了一种陈词滥调的颂词，"谁谁谁想要我们都走出去喝杯啤酒而不是待在这里哀悼!"但现在我明白了，这种丧礼是有缺憾的，它并没有考虑到任何死亡会带给人的愤怒和想念。

就连梅利特的去世也都是富有矛盾的。

今天我是不可能给梅利特祝酒的。可是，当我坐在这张我和梅利特一起睡了这么多年的床上的时候，我内心无比难过。这个跟我一起生活了 15 年的男人，这个在我比现在苗条 20 磅且没有妊娠纹的时候就跟我睡在一起的男人，已经不在了。该死的梅利特。

你就不能在告诉我你要离婚之前死吗?

我父母和弟弟在接待宾客之后到我家准备了一顿简单的晚餐。艾登和我都累得精疲力竭，只吃了一点我妈的拿手好菜清汤胡萝卜。我让艾登陪他舅舅戴斯看了一部不太合适的电影，而我倒在沙发上，一言不发。我妈哼着琼妮·米歇尔的《煞到你》，安静地打扫卫生，洗了衣服，然后把喝得烂醉的爸扶上床，接着安慰我说，"可怜的孩子，明天多睡会儿吧。不要起来送我们了。在我们去机场前你还需要些什么吗?我真不敢相信我们还要再回来参加那个毡呢研讨会。"

我告诉她我没事——如果有想杀死那位电视新闻记者的想法也算没事的话。我只能将这个想法烂在心里了。

但现在当我在黑暗中躺着，我对罗谢尔恨不起来了。我嫁的不是她，我嫁的是梅利特啊。

"妈妈?"艾登的声音打断了我的思绪。

"艾登，你还好吗?"

"我没事，我刚才好像做了一个梦。我能跟你一起睡吗? 我有睡袋。"如今已经 13 岁的他不能再像两三年前那样跟我挤一个被窝了。这点他和我都很明白，尽管我并不希望这样。

"当然可以了。你需要枕头吗?"

"嗯。"

我坐起来往他头底下塞进一个枕头，然后在他杂乱的刘海上亲了一下。也许我应该让他在丧礼前剪一下头发的。我安慰他说:"妈妈就在这儿，就在这儿。"

他说:"知道了。晚安。"

第三章

欧文斯和海普斯泰德的律师事务所坐落于市政厅南部的一座20世纪20年代的工匠曾住的漂亮别墅。这幢房子因回收了珍贵时期的灯具而赢得了帕萨迪纳遗产金箭奖,之后又被列入了国家史迹名录标准。在坎迪的专栏里有很多关于那些荣誉的照片和庆祝性鸡尾酒会。梅利特和我当然都参加了这个活动,因为比利·欧文斯先生,一个获过奖的建筑回收家,不仅仅是我们的律师,他跟梅利特还像兄弟一样亲密。从在米灵顿上幼儿园一直到南加州大学毕业比利一直是梅利特最好的朋友。他们的关系不像女性朋友之间那样富有戏剧性,他们的关系从童年到大学再到中年一直都很好。他们经常一起打高尔夫、喝马丁尼酒,还在踢足球的时候一边互追、一边叫着彼此在兄弟会里用的名字:比尔波和默尔斯。比利是我在事故发生后电话联系的第一个人。而最后却一直是我在安慰他。

虽然随着我儿子越来越接近上大学的年龄，他一贯在南加州大学的足球赛上喝得烂醉的做法也越来越让我反感。但我很喜欢比利。他很幽默、很聪明，是勤勉的人中比较谦虚的了。我经常问梅利特，"他这样做是不是太不符合他的年龄了？"梅利特的反应则是转一转眼珠子。我错过了什么吗？我一直都不明白大中午喝酒是为什么。下午四点钟喝得又累又暴躁有什么好处呢？而且依旧还是在橄榄球场里。

比利的妻子莱西是一个来自圣地亚哥的加利福尼亚金发女孩。她充满了活力而且内心善良，这跟她爱喝健怡可乐和上舞蹈课有很大的关系。天哪，她一天肯定要跳两个小时的舞蹈！她上哪儿找时间照顾她那三个孩子呢？莱西也在冠市医院的基金筹集部工作，这样一来她那真诚的精神就派上用场了。我们和欧文斯一家出去过无数次了，但丧礼后比利给我打的那个电话给我一种不安的感觉。

"请你在办公室见我。布鲁诺也会过去。"比利的语调很阴沉。布鲁诺是我们的会计，哦，现在只是我的会计了。我知道自己很快就会面临钱的问题，但我没想到那一刻会来得那么快。

"海伦，进来。你来了。很好，很好。你还好吗？你没事吧？帕特莉斯，去给海伦端一杯拿铁咖啡。你看起来很需要喝一杯拿铁。帕特莉斯去给你拿了。"比利急匆匆地说。

这多不寻常啊。比利很像一个受过良好教育的州长，在任何一个社交或生意场合都表现得很冷静、随意。尽管有时候聚会不是由他来掌管，但从表面看他还是负责热情地招待各位宾客。但今天情况不同了。这是他紧张的缘故吗？"你肯定认识布鲁诺·珀塞尔吧。"比利说。

布鲁诺点了点头。那个叫布鲁诺的真的很结实。梅利特曾劝我雇一个意大利籍的会计，说是因为他们懂得如何管钱。意大利会计永远不会骗人，因为他们知道有一天会遭报应。布鲁诺做我们的会计已经好多年了，但我只能在每年的四月份见到他，这个时候我们去找他拿纳税报告。在那些会面中，我几乎都是在点头，因为他说的话我只能听懂百分之三十，而且那时我既然有梅利特在旁边处理这些事情，为什么还要去为这些具体的事情操心呢？而现在我开始后悔当初没有好好听了。不过我很信任布鲁诺。他会在接下去的几年里继续帮助我的。我明白肯定会有些变故，但梅利特总是安慰我说他"都处理好了"，不管他这句话是什么意思。

比利结结巴巴地说，"海伦，我真的不知该如何开口。"现在我知道了，他是真的紧张。

该死的，这可不是件好事。

"你的情况不是很好，我说的是经济方面，不是你的身体。你也知道，现在正是一个很艰难的时期，经济乱得一团糟。梅利特的投资也很失败，信用危机出现后他损失了很多钱，很多很多钱。你们现在财政漏洞很大。"

布鲁诺点了点头，表示同意比尔的话。

我告诉自己要深呼吸，再深呼吸，然后再开口说话。

"我不明白。怎么会发生这种事呢？梅利特什么都没说啊。什么都没说。他也没说'不要再花钱了'之类的话，什么都没有。显然我们讨论过股票市场下跌、经济衰退问题和他的生意状况，但他一直都说自己没事。布鲁诺，情况有多糟糕啊？"

接着布鲁诺给我讲述了真实情况，包括我们损失殆尽的股票投资组合，过度杠杆化的房产抵押，高额的信用卡债务以及未缴的保险费。在我看来，我们的财政是一团糟。而且因为股市的跌停，客户又都鼠窜而逃，梅利特在费尔切尔德资本里的投资也已经一文不值了。即便梅利特现在还活着，我们也同样是面临经济困境。

他妈的，他妈的，他妈的。该死的梅利特。"那房子呢？"我问。

"房子你们得卖了。还好卖房子的钱可以偿还你们所有的债务，而且剩下的也足够你们付下一套房子的首付了。"

"那艾登上学的事呢？"

"他们学校有助学金。而且你可以找他奶奶帮忙。"

我有种内脏被拳头重击的感觉。

太好了，我现在成了一个有一半神秘专业的硕士学位还要依靠婆婆过活的40岁寡妇了。这就跟简·奥斯汀小说里写的那样。或许会有一个牧师愿意娶我呢。我真的快要崩溃了。

"到底怎么会这样呢?"我一遍又一遍地重复。回应我的只有沉默。我在脑海中不断回放这几年来梅利特和我的谈话,但这些谈话除了反映他对经济状况的很少的关心之外什么都没有。当然,那一年半的时间过得不是很顺,但梅利特一点也不担心。当我弱弱地向他打听经济危机的时候,他说"我们没事儿。"

我们没事儿?我们完了,而且早就完了。

"比利,我不懂。即便梅利特现在活生生地在这儿,他怎么能摆脱现在这种局面呢?"比利低下头,就像被校园保安发现正欺侮别人的兄弟会成员一样,我一下子明白了。哦,我明白了,他知道罗谢尔的事情。这一切都写在他脸上了,他那写满愧疚的脸上。

现在我明白了。"她有钱是吗?"我逼视着比尔。"这就是梅利特摆脱困境的方式,对吗?把我甩了,然后娶她,用离婚来解释他的经济困难然后靠她的钱生活?"

布鲁诺装作没有听到我说话。他的眼神望向窗外,装出一副突然被加利福尼亚本土这片耐旱的鼠尾草园子所吸引的样子。这片园子被《日落》杂志评为"2006 年十佳公园"。

然后我想起了坎迪在丧礼上抨击罗谢尔的话。她真名叫斯拉斯基。对啊!她就是斯拉斯基擦洗店的老板娘雪莉·斯拉斯基,拥有多达 64 所店面,就连广告都那么高调。我在这个"黄金州"待的这么多年里懂得了一个道理,不管做哪行——从洗车店到橙汁装瓶工再到房地产开发，如果你能在加利福尼亚当上行业老大，那你就有数不完的钱。就是这样！梅利特在我们负债的时候拿的是她的钱。而她换来的是将来能够成为名正言顺的罗谢尔·费尔切尔德身份，而不再是别人嘴里那个不堪的名字——雪莉·斯拉斯基。

比利现在没有那么平静和随意了。他在勉强地为自己已故的好友道歉，那个谎话连篇、不计经济后果的父亲。"海伦，我试着劝过他。我试着劝他不要操之过急，让他想想，停下来好好想想。那些投资，还有，嗯，他生活上的改变。他做了一个又一个错误的决定。很多人都疯了，海伦，那些做资本生意的人。每个人都疯了。梅利特就是其中一个。"

"改变？这就是你们男人描述为了一个富婆抛妻弃子并且让他们颜面扫地的行为的方式吗？疯狂？他抵押了自己的人身保险单啊。那不是疯狂，那是卑鄙。这太疯狂了。天哪，我可怜的艾登。大学暂且不说，上高中的学费我们哪付得起啊？"

他摇了摇头，不敢正视我的眼睛。我想把自己对于梅利特的背叛所产生的愤怒都发泄在比利头上。那些事情虽然不是他的错，但他在某种程度上放任了梅利特。

"比利，我们那些一起野餐、赴宴、一起欢笑的时光……我以为你也是我的朋友，不只是他一个人的。你怎么能瞒着我让这一切发生？还有你，布鲁诺，"我回过头，"难道我没有权利知道自己已经一无所有了吗？我的名字不也在那些文件上面吗?"

"没有。"

"你说什么?"

布鲁诺直勾勾地看着我,他看起来像一个优秀的意大利会计。"几年前你签字放弃了所有东西。你签过的那些文件把所有都转给了梅利特。我一直不明白你为什么要那么做。"

因为梅利特告诉我他会处理所有的事情,然后我相信了他。

一直到我 12 岁,我一直都是我家管钱的那个。我付账、结算账单,并保证弟弟有吃午饭的钱。当得知我爸妈要为逃税的事情被抓去坐牢的时候,我还承担起了为家里的生意管账的工作(我爸妈不是罪犯,他们只是乱了阵脚)。嫁给梅利特之后,我很感激地放弃了这门差事。让别人去为钱的事情操心吧;我还有很多其他事情需要操心呢。

这就是我和梅利特没有说清楚的一件事。跟许许多多的夫妻一样。我做好自己的事情,比如放弃我的研究、供养一个家庭还建立了一个家。我以为梅利特也做好了他应该做的。

我相信自己的老公,这就是为什么,布鲁诺。但是你是永远都不会明白的。

"我希望你能再多问我些问题,海伦。"

"我也是,布鲁诺,我也是。"

帕特莉斯敲了敲门进来了,手里端着一个仿的威廉莫里斯托盘，上面有一大杯拿铁咖啡。"费尔切尔德夫人，您的咖啡好了。您还有什么需要吗？"

"有，"我说着便站了起来，将咖啡一饮而尽，似乎是在给自己打气。"把那一摞文件都给我备份，然后送到我家。最好能今天就送过去，帕特莉斯，因为我可能明天就没有家了。"

身穿陶伯牌花呢裙和开襟羊毛衫的可怜的帕特莉斯啊。她的样子看起来好像刚刚有人问她借牙刷一样。在这间办公室里我通常是没有那么强硬的。

比利站起来说，"海伦，很抱歉。如果我能帮上你什么忙……"

我马上打断了他。"不，不，谢谢你。要知道，我是在牧区里的一个帐篷里长大的，不是在帕萨迪纳。我习惯了一无所有的生活。"

我坐在我和梅利特 12 年前买的那套具有蒙特利殖民时期风格的房子前面的车道上，那时候虽然市场低迷但我们还算宽裕。"这套房子是有待修缮，不过这附近的街道多美啊！"我们的经纪人南希·汤顿曾经说过这样一句话。她是一个离过异的 50 岁出头的女人，穿着一件 6 号的布奇曼外套，很是显眼。南希很喜欢陈述一些显而易见的事实，的确，这套房子室内很破，但它却位于这样一条风景如画的街道上。帕萨迪纳的奥克诺尔社区有很多传统景色，而且那里又长又弯的车道可以通向 20 世纪 20、30 年代那些具有显著建筑风格的房子。说它是我这种人的理想住宅那都是降低了它的价值。不能说它像电影场景，因为它本身就是电影场景。电影《岳父大人》《史密斯夫妇》和《兄弟姐妹》都是在这条街上拍摄的。我孩提时代还不知道谁在这种地方住过。而莫名其妙的是，现在我却成了这样的人。我激动地哭的时候梅利特和南希都装作没有听到。

"这就是我们永远的家了。"我重复着茜茜·蒙塔古在"妈妈和我"有氧健身中心说过的一句话。茜茜和她的老公巴特是青梅竹马，他们从前在科洛佛学校上学的时候还是同学。他们刚在风光的佐敦道上同样的街区买了一套大房子。在佐敦道上买房子可是件了不起的事，这可是又一个房地产王国，只有极少数人才能买得起。这个极少数人包括了茜茜·麦克墨菲和她那位过早秃顶但很有钱的老公。

幸好，茜茜雇了全职佣人，并让保姆玛丽亚来照顾大儿子麦克墨菲·蒙塔古。这样一来，她每周就有很多时间和她的装修设计师去寻找高衣柜和手工亚麻壁纸了。她家的房子翻新据说花了上百万，在 20 世纪 90 年代中期这可是一笔不小的数目，而且这里面还包括了搬泳池的花销。搬泳池？我甚至还不知道泳池可以换地方呢。但是茜茜想让泳池获得更多的阳光，所以她就搬了。

我那时会问坎迪，"她才 30 岁，怎么会有那么多钱住在那种地方呢？你看，我和梅利特还算有点钱，但还是没有搬游泳池的钱啊。"

"哦，你这个来自俄勒冈的小仙女真是太可爱了！茜茜家可是创立了标准石油公司呢。她很有钱。只要她想搬游泳池就可以搬游泳池。"

我后来明白了，每当我打听镇上某个人怎么发家的时候，我得到的回答好像只有一个：他们是标准石油公司的成立人之一。要是我家人能提早知道原油比广藿香油更赚钱就好了。在当时关于标准石油公司的这点先见之明对茜茜这样的人来说似乎是很大的福气，毕竟她并不能算得上是一个高智商的人。

有一天茜茜在健身中心举着小麦克墨菲的胳膊对我们所有人宣布说，"我和巴特决定了，这儿就是我们永远的家了。"那一刻我的心向茜茜打开了。她是搬了一个游泳池，请了全职保姆和清洁工，那又怎么样呢？她只是想让家人过得舒服点。我可以原谅她买那么多双科尔哈恩懒汉鞋。她对未来是多么信心满满，她老公多么爱她啊。在那一刻我什么都不要，只想成为茜茜。

如今我那个永远的家将要被我低价出售了，这不仅是我经济上的损失，更是我情感上的损失。还有冰山玫瑰树篱，我阅读时最喜欢去的带有布朗乔丹家具的门廊，艾登那吊在树上的大秋千和我那带有海盗炉的白瓦皮尔斯迪瓦恩厨房，美诺牌洗碗机和意大利手工灯光装置都面临着同样的命运。这间餐厅里的红色是蒂娜曾经坚持认为的1999年必须涂的颜色，还有梅利特放在厕所里的那个高档而滑稽的尿壶，我都得对它们说再见了。也许这就是我父母回避传统家庭模式的原因吧。如果每个季度都要搬家，那么与之发生感情将会是件很痛苦的事情。

跟我已故的丈夫相比，我更为失去房产而难过。从这点上看，我真的可以成为一个地道的加利福尼亚人了。

我该怎么跟艾登说呢？我该跟艾登说些什么呢？好吧，儿子，你现在已经长大了，而且我知道你觉得自己的爸爸撞到花车是一件再糟糕不过的事情了，可是我还有更坏的消息呢。你爸爸损失了他所有的钱，还有你的大部分财产。他还跟一个21岁的时候就隆过胸的女人交往，而且你可能上不了大学了。所以不要再为他的死难过了，因为我们现在必须要打包走人了！

愤世嫉俗的态度在生气的时候跟祈祷可以有很多相像的地方。

我的线路图跑哪儿去了？我现在的情况需要某种预定好的时间表。先是被人背叛，然后失去亲人接着损失财产，现在我可没心情开创新路径。我会选择走的人更多的那条路，不管结果如何我都会很满足。

我清楚自己的成长历程跟其他孩子不同：我父母懂得扎染技术，我的家庭教育杂乱无章，还偶尔在公立学校上过几次课。我最好的朋友是杰西卡·霍斯托姆。她家有一台电视（我家没有），她妈穿的是衫裤套装（我妈穿的是早就不流行了的印度风格裹身裙），此外她还有一个布雷迪家庭便当（我用一个网兜带着皮塔饼去上学）。我当时好想要她那个布雷迪家庭便当。

布雷迪太太的那个家多温馨啊。

但卡斯特家族缺乏任何一种跟组织有关的能力。别的家庭好像都在进行某个历史悠久的计划。他们九月份穿的是新衣服，而不是穿以前的便宜货。他们周日不是在帐篷里卖手工艺品，而是去教堂做礼拜。他们给圣诞老人写信而不是庆祝冬至。我眼睁睁地看着杰西卡的哥哥们参加学术能力评估考试之后，接着就被俄勒冈大学录取。他们通过一系列缓慢、平稳、能被预见的决定最后过上有秩序的成年生活，而不像我们成天在观看感恩而死乐队的旅途上奔波。

尽管我父母对别人正在忙碌的事情不感兴趣，但我却很想参与其中。我恳求他们让我去俄勒冈姐妹镇的一所正规的公立中学念书，而不是接受他们那个"从生活中接受教育"的拙劣的计划。（很多次当一个少女读完了《令人振奋的兴奋剂实验》和《在路上》之后，接着她就问道："这些人为什么不去工作呢？他们怎么了？"）我很喜欢上中学的感觉，喜欢课本，储物柜还有上下课的铃声。我同学的父母要么是伐木厂工人，要么是林务局和交通部门的职员，还有那些穿制服刷卡上班而且从不搬家的人。我的老师们课程都很满；我们每天都很忙碌。

我钟爱历史和文学，我学习书中的名字、日期以及图表，我还修了快班课和独立学习课。一次偶然的机会我接触到了拉丁语，老师是一位姓伯尔曼的先生。他猜我可能会喜欢笔译的准确性，他猜对了。就是这位伯尔曼先生帮助我申请到了俄勒冈州塞勒姆市的威拉姆特大学的奖学金。

在威拉姆特这所由循道宗信徒建立的文科大学里,我茁壮成长着。我发现食堂的饭菜很实惠但味道一般。我现在尽情地吃肉,因为我已经吃了多年的长寿食品了,那时候长寿食品还不是一种食物呢。第一年我就胖了 20 磅,但这并不是因为喝啤酒和吃比萨的原因(通常这两种食品都是罪魁祸首,而且我父母从 8 年级开始就一直给我喝家酿啤酒了)。我胖了 20 磅是因为我吃了很多腌肉和牛肉片。我很喜欢周围有一群遵循标准传统的普通小孩。像卡罗尔在操场上围着圣诞树唱歌的这种传统,我好喜欢参加啊!

我很快就投入到古希腊罗马文学的学习中,甚至都没有考虑去学另外一个专业。古典希腊语、宗教史、神话、文学还有哲学(我最差的一门,对我来说这个太理论化了。请给我多来点实例,少点虚华的东西吧)。我完全沉浸在这个充满神秘、性欲和浪漫的古老世界里。同时这个世界还充斥着规则:无论是古典建筑严格的规范还是复杂而典雅的希腊语,都是有很多规则的。这就是难住我的地方。跟当时其他美国孩子一样,我也想成为印第安纳·琼斯,想成为没有蜘蛛的滚动的大岩石,或者去偷神圣的古老艺术品(当然我很反对这点)。

我是在伯克利上研究生的时候遇到的梅利特。当时他并不完全是一个乱世英雄,更像是一个受欢迎的国王。但是他能给我的东西对我很有吸引力:一种有既定时间、既定路线的有目标的生活。

我曾经喜欢的那条寻常路如今去哪儿了？现在我到底应该怎么办呢？

我看到过帕萨迪纳的离婚女人都做什么事情：她们卖掉家里的大房子，搬到离南湖大道不远的一幢有两间卧室的漂亮公寓里，然后在练瑜伽的紧张生活中瘦上20磅。不管怎样，她们都能在离婚后的第一年里下定决心去吹干净头发、独自参加学校假期项目、时刻保持微笑并且对一点都不搞笑的问题狂笑不止。最后她们会拿到房产证或者在当地某个慈善机构找到一份工作，希望有一天孩子中学毕业，并且在经历过饮食失调或嗑药上瘾或成绩差等阶段之后自己能遇到一个好男人，跟他结婚然后一起去欧洲旅游。只有到那个时候她们才会乐于见自己的女性朋友或是趁孩子在前夫那里一起去看电影。（"看了那么多年的动画片，终于可以看看真人电影了！我喜欢那个叫詹姆斯·麦卡沃伊的演员。他还演过什么电影来着？"）前任房产经纪人南希·汤顿，也就是现在的南希·尼尔森退休后和她的第二任老公住到了索拉纳沙滩的一处公寓里。南希厉害极了，她只花了10年就梦想成真了。

我妈一直都说"先做要紧的事情"，这对她这样的人来说很滑稽，因为她认为要紧事通常是一杯菊花茶或者敲锣。但她说的是一个好点子。现在我觉得是先行动最要紧。只要喝够咖啡而且懂得拒绝，我就能做到。

　　我拿出苹果手机，给坎迪发了一条短信：需要一个房产经纪人还有你的建议。

　　就这样，我先做了要紧的事情。

第四章

"不用担心。我知道市场不景气，但这里说的绝不是这样的房子。这幢房子是每个人的梦想。第一天就会有人出价的，价格公道而且还是这种等级的房子。"我新来的亚美尼亚房产经纪人丽塔·巴格莎跟我说。

坎迪向我推荐的丽塔："她简直就是个杀手。她是经济萎靡那段时期唯一一个有钱赚的人。亚美尼亚人都很坚强，但丽塔却是其中最坚强的那个。你知道的，他们是最优秀的售货员。他们已经接管了梅西百货和诺德斯特姆公司的销售区。他们很厉害。他们从麦克斯和默文公司起家一直做到了唐娜凯伦。丽塔就是从房屋租赁起家的，现在她已经在经营价值五百万的房子了。她不会让你失望的。"

坎迪对亚美尼亚人和丽塔的说法是对的。除了亚美尼亚，帕萨迪纳地区是目前亚美尼亚人聚居最多的地方。他们带来了美味的鸡和好吃的烘烤食品，而且还开始接管一些小生意，从轿车驾驶到包裹投递。女人们紧盯着她们地盘的零售销售额，如今她们已经控制了这个地区所有的百货商店和廉价商店。丽塔是房地产界的开路人，后来她开始卖一流小区的房子、安妮·克莱因牌的衣服和凯迪拉克 STS。谁知道他们还生产紫色的汽车呢？

蒂娜在设法让我明白这一切。"没有我的同意你不能再签其他法律文件了知道吗？"她拿出那本落满灰尘的《耶鲁法令》，看了看我从比利·欧文斯的办公室拿回来的那沓文件，然后抖了一下。"你干了一些很蠢的事情。梅利特为了他自己后半生的生活把你欺骗了，你居然还相信了他。现在我什么都不能做，但是我不会再让这样的事发生了。我只是很惊讶像你这么聪明的女人也能被骗。我是爱你才这么说的。"

而且我也充满爱意地接受了她的话。

蒂娜想检验一下丽塔是不是诚实可靠，而能像一个事不关己的第三方那样指出自己房子的特点我还需要一些精神支持。我故作镇定地大声叫道，"这就是那个温控酒壁橱。你要确保在宣传册上写明：壁炉周围的瓦是房子原装的巴彻尔德，而且被认为是帕萨迪纳最好的。"

这不是我的那幢漂亮的房子了。

当我告诉艾登我们的生活马上要发生一些变化（像卖房子）的时候，他没有明白我的意思。

"我还能在这儿举办毕业舞会吗?"

梅利特承诺过给他一个很棒的初中毕业舞会,有调音师、灯光和高级的玉米面车。现在我在想他当时怎么盘算着付钱买那些东西的,但我什么都没说。让这个秘密继续保持下去吧。

"艾登,如果我们把房子卖了,那你毕业的时候我们就不会在这里了。我们会和你的朋友们见面的,只是不在这里罢了。"

"为什么我们不能待到我从米灵顿毕业呢?我们为什么非得现在搬走呢?"

"因为现实不允许。这房子要继续住的话得花很多钱。没有了你爸我们根本撑不住。"

"你不能去找个工作吗?"他的语气告诉我他越来越生气,几乎是大发雷霆了。

我很想回击他,是的,有多年养孩子经验并且在南瓜节上做过志愿服务的女人在就业市场上还是很受欢迎的。但我没有回嘴。心理咨询老师告诉我说考虑一下现实的处境是可以的,但如果我感情波动太大的话会给艾登很多压力。"艾登是你的儿子,不是你的配偶。不要把他当做梅利特的替身。"

所以我小心翼翼地继续回答,"我会去找工作的。但是先说最要紧。这幢房子很费钱,我们需要搬到一个更省钱的地方。"我希望我用的是坚定而温和的语气。

"清单在这儿。"

丽塔递给我一张清单(当然!我最喜欢清单了!),上面列了在家庭招待会之前需要完成的一些小的家居维修。难道我真的要粉刷我红色的餐厅吗?

"是啊,红色已经过时了。试试蓝色吧,蓝色很柔和的。现在是新的时代了。人们都想泡温泉,不再热衷于权力了。我这就把我的人叫过来。胡安负责这件事。他能在一两周的时间内干完这些活。在这个月底之前我们就能把这幢房子投到市场上卖了。"丽塔捏了下我的胳膊。"你会没事的,我们会为你找到一间你喜欢的房子,嗯……跟这间差不多的。"接着她那辆淡紫色的凯迪拉克消失在了淡紫色的暮色中。

蒂娜看着我说:"你还好吗?"

我点了点头。"好"已经变成一个有比较意义的词了。此刻我或许很好,但五分钟后就不一定好了。

"说你现在变瘦了是不是显得我太掉价呢?我觉得你体重轻了。我得去学校接女儿,然后我们一起去看跳芭蕾。你需要我帮你接艾登吗?"蒂娜边说边爬上她的普锐斯汽车。

我摇了下头。"不用了,他已经恢复过来了。简·甘布尔会把他带回家的。她真的太热情了。我希望她不要再拿着一个沙锅出现了。"

上个星期简每天都从米灵顿的某个善良母亲那里过来,端着一盘盖好的菜和一袋沙拉来到我家。周围的人都在传简在送艾登上学的事,而且她现在真的成了一个送沙锅的快递员。我开始觉得晚餐都成了让人不舒服的货币了。很显然，那些想跟我说节哀顺变的人发现送给我一些千层面比一张吊唁卡或一通电话更能达到目的。我的女管家伊米莉亚·桑切斯现在每天都要花一个小时将这些剩余的沙锅整理好并在我的祝福下分给她那一大家子人。

"好吧，你肯定没吃那些碳水化合物，因为你一直都在消瘦。坏消息中的好消息！"蒂娜很相信事物都有两面。坏消息是，她因为以前的一个中学对手而被少年联盟拒之门外；好消息是她有更多时间练自由搏击！坏消息是，她把她老公新买的一辆黑色美洲虎撞了个底朝天；好消息是她现在可以买一辆自己想要的蓝色车！她能把我丈夫的死和接下来的经济损失看作一个减肥的好时机，这真让我啼笑皆非。每个人的身边都需要一个乐观主义者。

就在蒂娜准备出去的时候，一辆大型黑色越野车正开过来。前任执行主管梅勒妮·马丁现在摇身一变成了义卖会主席。她的车在砾石车道上发出"嘎吱嘎吱"的声音，还不时传出喇叭的"嘟嘟"声。坎迪把梅勒妮这种女人称为中子母亲：以前是厉害的商业主管，现在变成了家庭主妇。她们地位的下降使她们的情绪很不稳定而且随时都可能爆发。

梅勒妮·马丁就是这种中子母亲综合征的典型代表。

不管收音机上那位医生怎么说，一些母亲是不应该离开工作岗位的。从工作到家庭的转变让她们自尊心严重受挫。看看梅勒妮就知道了。她以前是朗廷奢华酒店集团市场部的资深副总裁，在她生下一对双胞胎儿子达斯汀和丹泽尔之后情况就不一样了。在担任市场部副总裁期间，她享受到了高层次战略思考、旅行和高层才有的丰富预算带来的欢乐。在家做全职太太之后她就不能享受这些东西了。在她以前工作的那间大办公室里，她拥有一支强大的后勤队伍：下属们给她倒咖啡，安排日程，制定她的消费报表，对她言听计从。在家里，她就只能支使一下保姆了。这样做的结果就是，她好几年都只能眼睁睁地看着从中部来的那些可爱的女人在一个月之后就递交辞职信，原因就是她们告诉伊米莉亚的那句话："梅勒妮太太是个疯子。"

梅勒妮是通过用"烧"和"烤"的方式来占据帕萨迪纳慈善链的顶端的。梅勒妮控制欲很强，而且很难共事，因此她的很多志愿者同事都躲着她。注意，这些母亲也是拿到了斯坦福工商管理学硕士和法律学历的，但她们却比梅勒妮更快地适应了平民生活。如果梅勒妮想一切靠自己，不管是选择请柬的字体还是设计桌子中间的摆设，那就让她自己来好了——这就是大多数人对她的态度。为什么要去理会一个热衷于权力的人呢？现在梅勒妮已经荣升为五校义卖会的主席了，而且她的奴才们包括了委员会里的所有人，我就是其中一个。

每年的五月份帕萨迪纳都会举办五校义卖会。这是那个季节的大事。简言之，其实就是五所知名私立学校学生的家长举办一个拍卖会来为这座城市的公立学校筹钱。这个传统已经有75年的历史了，这就告诉人们公立学校系统资金缺乏的现象由来已久，而且私立学校家长在工资方面也是竞争的对手。成千上万的资金不断涌入，这是辛勤劳动的成果，是学校间微妙外交的成果，同时也是慷慨送酒换来的成果。米灵顿、科洛佛、莱得伍德、马丁代尔和罗利这几所学校轮番主持这个活动，每五年换一次届。正是因为隔好长时间换一次届，所以对于提名权的竞争还是很激烈的。一般情况下，假设你孩子在莱得伍德这样一所不分年级，没有校服而且学费很昂贵的学校上学，那么在孩子求学期间你只有一次或者两次主持义卖会的资格。一个由负责学校发展的人和前任主席们组成的秘密提名委员会密切关注着选拔流程，他们就像那些在郊区拥有很高社会地位的骷髅会一样。

梅勒妮·马丁的孩子们上的是罗利学校，这是一所孩子年龄最高为12岁的学校。它因学生被常青藤名牌大学录取率之高而上了《华尔街日报》的头版（这篇报道在帕萨迪纳引起了一场邮件风暴，而且针对它的讨论更是一直延续至今）。梅勒妮通过领导一个为新学生中心筹资的活动奠定了自己在这些罗利母亲们中的统治地位（是的，每所学校都需要在餐厅里建一个寿司吧）。现在她正准备将自己被压抑许久的管理能量全部花在这些日期预约卡上，以此来宣布今年五校义卖会的主题：最闪亮的和最聪明的。

　　从所有学校选出的妈妈们占满了这些很重要的委员会上的席位：从装饰会场到邀请嘉宾再到具体的菜单，她们掌管着所有的事。蒂娜、坎迪和我被选为执行委员会上科洛佛学校的代表。这归功于我们那个曾经很成功，但现在很致命的"拯救喜马拉雅雪杉资金筹集活动"。蒂娜负责请柬，坎迪掌管公关事宜，而我则主管企业赞助的事情。坦白地说，在过去的十天里，我根本没有想有关梅勒妮和义卖会的事。

　　那梅勒妮到这儿来是要干什么呢？

　　我们还是朋友是因为我早就归纳过，做她的敌人自己的小命会不保，但我们的关系也不是很近。只是在孩子还小的时候一起打过两场橄榄球，还有在健身房和发廊里见过很多次面。她喜欢我是因为我顺着她，包括找最好的数学家教和有机火鸡在内的一切事情我都会征求她的意见。跟很多 A 类型的男人一样，中子妈妈们在炫耀自己成就的时候也是最开心的。在梅勒妮的世界里，能找到一个最好的数学家教就是一件了不起的事。但我从不会去她家串门。

　　说实话，我怕她。

　　就在梳洗整齐的梅勒妮从她那辆越野车上跳下来那一刻，答案变得清晰了。她拿着一个瓦瓷锅。"海伦，我不敢相信会发生这种事。我禁不住要考虑你和艾登。我的心都碎了。你过得怎么样？你在丧礼上看到我了吗？我当时有事没有等到接待开始就走了。我能把这个送给你儿子吗？"她这样一直说着，都没有停下来给我一个回答她那个问我好不好问题的机会。她走进房间，边在薇薇恩家的美食专柜的冷冻菠菜千层面四周挥舞，边叫伊米莉亚过来。

是啊，梅勒妮，我的确在丧礼上见到你了，而且我对你的第一个也是唯一的一个想法就是，"你坐在第三排干吗？"

拿着存在烤堂里的千层面和一杯刚冲的咖啡，我和梅勒妮在这间可以放餐桌吃饭的厨房里找了把椅子坐下来。我注意到梅勒妮在坐下的时候把枕头翻了过来，她是在找我的枕头缺少的某种标签。她喝了一大口咖啡之后突然放下杯子，然后转向我，脸上那种"我是老板，我知道什么是最好的"的表情流露了对我的同情。

"海伦，义卖会的执行委员会今天开了一个紧急会议来讨论你的情况，我们都很担心你。"

什么会？据我所知，蒂娜和坎迪都没有被告知有什么紧急会议啊。

"你什么都不用担心。詹妮弗·布拉汉姆很快就会接替你负责企业赞助的事情。你认识她吗？她是马丁代尔学校的家长，住在阿罗约附近，她老公在雀巢公司的市场部工作。她会干得很棒的！她为科罗拉多街大桥的夏日音乐会做过企业赞助的工作。她是负责的头儿，我相信你会把你的笔记和联系方式给她的，这样我们就不会错过任何细节了。今年要想找回那些赞助人会很难，而且我们不想再给你任何压力，毕竟你有很多生活上的事要忙。"梅勒妮停了停喘了口气，然后接着说，"我知道你在想什么，是的，你的名字还会以'委员会荣誉主席'的形式印在请柬上的。我们都喜欢这个称谓，你觉得呢？这样你是不是就放心了啊？"

实际上，我是惊呆了。

企业赞助委员会主席通常都会找一个懂算术、会写提议而且喜欢带中层企业主管吃饭的女人，因为"大老板"说这有利于树立公司形象。但是能得到这样一个有威望的职位关键是要有一个厉害的老公。是的，尽管是在这样的一个时代，你老公的关系网仍决定着你的价值。一个强大而成功的丈夫可以给"大老板们"打电话，然后得到企业给出的承诺。跟公司的公关人或者社区营销人吃饭？这不过是任何一个机智的妻子都能解决的后续工作而已。2008 年因迪美银行垮台的时候，克里西·西尔斯辞掉了企业赞助部的工作，因为她丈夫丢掉了银行的工作，还有他们那套宽敞漂亮的房子。人们对此事议论纷纷，但他们都明白从义卖会的利益出发，克里西的做法是对的。克里西为自己保留了一些人格尊严，逃到了奥兰治县父母的家里，说是为了"照顾晚年的父母"。谁会信啊。

梅勒妮的话清楚地告诉我梅利特的死已经大大地降低了我的身份。光靠我自己是再也不能吸引赞助人了。梅勒妮这是在给我一个台阶下呢。而我除了接受她的退出策略之外没有任何选择了。我留在项目里的名字是挽救我人格尊严的一种方式。

我敢断定她在丧礼上就策划好了。詹妮弗·布拉汉姆不就坐她旁边吗？最闪亮的和最聪明的。

我不得不接受这个交易。我没有力气坚持到跟坎迪和蒂娜协商。我知道她们肯定会敦促我继续奋斗，但现在真的不是和中子母亲梅勒妮争夺权力的好时候。

我用曾经被婆婆打败但又不想被别人发现的那种语气回答道："哦，梅勒妮，那我就放心了。詹妮弗能来接替我真是太好了。她是最棒的。请你转达她我很感激她做出的努力还有你办事的高效率，梅勒妮。这真是让我心里的石头落地了。"

梅勒妮赞许地（或者胜利地）拍了拍手，然后把背靠在椅子上，比第一次更享受自己的咖啡了。"你要一个人想办法做所有的事情，比如钱的问题，这太难应对了。"梅勒妮斜了下头，这样她能更好地欣赏她那极大的钻石耳环。我的天哪，跟奥普拉的一样大呢！而且跟奥普拉一样，梅勒妮在管理了一个数百万美元的广告预算之后对资产负债表很熟悉了。她来就是为了解决下一个牺牲品的。

"那个在街上走路的人是亚美尼亚人丽塔吗？那么，房子什么时候上市呢？"

这一次梅勒妮停了一下，微笑着等我的回答。

梅勒妮离开后，艾登的书包摔在地上的声音使我从极度的愤怒中缓过神来。

"嘿，妈妈，我回家了。甘布尔太太又给你拿了一个沙锅。

她在外面的家门前等你呢。"

在我还没来得及跟儿子有眼神交流的时候，他就上了楼梯藏在自己的房间里了，自从梅利特去世之后他每天都在自己的房间里待很久。我能听到简在前门口。

"嘿，海伦，今天我给你带的是勃艮第牛肉！很好吧！这是索菲·赖特做的，她做的饭很好吃。她在生孩子之前在灶台饭店工作过。"

灶台饭店在镇上是所有宴会承办人的领导者。没有它那石榴籽土豆泥棒（或馅饼）的招牌菜，任何活动都是不完整的。谢谢你提供的没有面条的晚餐，索菲。我上一次做勃艮第牛肉是在 2004 年的圣诞节，费尔切尔德夫人还宣布说"第一次做成这样也不错了"。其实我至少做了十几次呢。如今我也能吃上像灶台饭店这种等级的炖牛肉来缓解梅利特给我的打击了。事情都是有两面的！

简继续在前厅里逗留。"海伦，艾登在车上跟我说你们得把房子卖了，是真的吗？"

跟中子母亲梅勒妮不同，简眼中的关心是发自内心的。而且她的动机很单纯。她以慷慨、谨慎和低调而出名，是米灵顿最受尊敬的母亲之一。简不需要一个价值 1200 美元的钱包来证明自己的价值。

简有四个孩子，家里有两只黑色拉布拉多犬还有一辆旅行车。她儿子威尔从学前班就跟艾登是同班同学。不管是拼车还是育儿室，或者只是写张支票资助一整套医院侧房，她都是很让人信得过的。虽然她嫁进了甘布尔家，但她没有什么主张。是的，就是宝洁公司名字里的那个甘布尔。这并不是说简和泰德还在积极经营尿布生意，他们只是继承了很多热门股票。泰德还进口了很多酒和意大利油画，这使他去意大利和法国旅行的时候可以少付些税。

最初的甘布尔家族是在 19 世纪晚期从俄亥俄州来到帕萨迪纳的，随之而来的还有许多来自东部和中西部的享受阳光的工业家：瑞格利家族（口香糖），吉列家族（剃须刀），斯克里普斯家族（报纸）。这些家族都在寻找阳光和柑橘，而这个地区两者都很丰富。他们那富丽堂皇的房子建在被称为百万富翁区的地方。百万富翁们带来了家里的佣人，他们中许多都是非裔美国人，因此这点促使帕萨迪纳成为了密西西比河西边的一个最古老和最成功的黑人聚居区。然后，还要感谢好莱坞、加州理工学院、美妙的自然光和广袤的土地，还有定居在帕萨迪纳的电影人、科学家、建筑家、艺术家和房地产开发商。现在这个镇囊括了来自所有种族、信仰和阶层的 15 万人口。

然而有时候帕萨迪纳感觉上更像是一所面积巨大的中学，而不是一座小城市。

虽然百万富翁区的很多别墅现在都是豪华的公寓大楼了，但甘布尔家族以及其他创始家族的后代都留在了这个地区。有很强判断力且有良好教养的简从哈佛毕业之后马上就嫁给了泰

德·甘布尔。他们住在加州理工学院附近的一幢大型地中海别
墅里。

简·甘布尔为了朋友什么都可以做，而我有幸成为了其中
一个。既然中子母亲梅勒妮已经看到了丽塔，那么我就知道现
在距离她发布消息的时间不远了。五校委员会上的每个女人在
日落前都会知道我的住房状况，因为中子母亲梅勒妮喜欢群发
"最新消息"这类的邮件。如果说有人可以抵制梅勒妮引起的谣
言，那这个人就是可靠而坚定的简·甘布尔。所以我开始讲述
我的情况。

"我们要把房子拿到市场上去卖了。在房地产这方面我想
尽可能地保守些。我只是想确保艾登拥有他将来需要的一切东
西，而且我不想在这样的经济情况下去碰运气。简，你知道
的，这些房子要继续住下去成本很高的。我觉得维修费和压力
更少的地方会更适合我和艾登现在的情况。"

你瞧，说出来这些半真半假的话之后我也轻松了一半！这
栋房子太大又太贵，让我承担不了，但也没有必要再提糟糕的
投资、巨额债务和不值一文的房地产。我确信那一半消息到以
后也会暴露出来，就像我确信学校的一部分家长也是费尔切尔
德资本的客户一样。但至少在艾登朋友的父母面前我还能留有
一些颜面。

"我很明白你的处境。这样做是理智的。如果我没有泰德
的话也很难应对这种情况的。你做得很对。"

"谢谢你，简。"

我几乎要崩溃了。简的支持对我来说很重要。我毫不怀疑地相信她可以当艾瑟顿中学高年级的主席了，这是她在加利福尼亚北部的母校。她依然有一种成功和道德权威的气场。

"我们在学校的时候都很想你。并不是说我不想送艾登去上学，"简赶紧补充道："但我们真的很想你。"

"我是让那个地方凝聚到一起的黏胶剂。"我们都笑了。我和简之间的这个玩笑要从我们的孩子上三年级的时候说起。那时候他们的同学小埃利奥特·梅里曼在殖民地日的浸蜡仪式中问我，"费尔切尔德太太，这所学校是你开的吗？"

"不是的，埃利奥特。我只是把它凝聚起来的胶水。"我回答道，我对埃利奥特的观察感到开心但没有惊讶。我在那儿待的时间比班上的其他妈妈们都要久，只是因为我有更多的时间。在简、坎迪和蒂娜以及其他人都回家生第二个（守旧派雅皮士），第三个（"三个就是说又生了两个！"）或者第四个（"我们有那么多的钱，足够付四个孩子的学费！"）孩子的时候，而我只有一个艾登。

为了让自己不再想继发性不孕的事，我将全部精力都花在志愿服务上。如果野外考察开车的司机没来或者图书馆读者的孩子生了病，我一分钟之后就能去那顶替他们。上午的会议我一直都有时间参加。我还有充裕的时间为任何项目去做额外的外勤工作，从装信封到鼓起勇气去以"地球上的地狱"出名的麦克斯工艺店。我在社会关系方面缺少的东西单靠工时就弥补回来了。他们开始把我看做学校必不可少的一部分，是把学校凝聚到一起的胶水，连埃利奥特·梅里曼这样的小孩子都这样觉得。

现在我甚至都不想跟她们一起拼车了。

梅利特死后一连十天我没有去学校、杂货店或者除此之外的任何地方。不是因为悲伤；是因为害怕。说实话，我不敢公开露面是因为我害怕我会垮掉，会把可怕的真相对任何一个倾听的人和盘托出。在面对那些女人之前我需要让自己冷静下来。

那些女人都是谁呢？大部分曾经都是我的朋友，但现在我的整个人生都要改写了。与梅勒妮的那次会面印证了这个直觉。

"我差不多已经准备好了。也许下周我就能去学校的书展上班了！"我对简说道，希望这样可以让谈话气氛缓和一下。

"不着急，"简马上回答道，"就是想让你知道我们都很想你。哦，今天下午我在美甲店见到梅勒妮了。她跟我说你已经辞掉了在五校义卖会的工作。我很理解你为什么这么做。不过，我觉得你一直做得很好。也许明年就可以继续做了。"

这太让人难以置信了。作为前任联合主席和选拔委员会成员，简自然会很清楚我的处境。她不能看出我对梅勒妮的这个赤裸裸的谎言表现出来的震惊吗？我还要再一次装作什么事都没有。

"好吧，这都是为了让我和艾登这时候的生活变得容易一些。先考虑重要的事情！"

有时候我发现不用一句话都说出来，单单一个词就可以表达一个想法。重点！是啊，梅勒妮的重点，不是我的，但仍还是重点啊。

"好好品尝勃艮第牛肉吧！我希望你能有一杯好喝的红葡萄酒。这才是你需要的：葡萄酒！不要吃那包沙拉了！明天早上 7：45 我来接艾登。明天他们有历史考试。"简是一个本性上信任别人但是又很谨慎的人。她钻进她的越野车然后回家去了。

我叫来坎迪和蒂娜开了一场我们自己的紧急会议。

"天哪，这顿饭太好吃了！我的意思是，我知道你们今天过得很不好，但让我们来用一分钟的时间为索菲·赖特干杯吧，"坎迪举起一杯我从梅利特的收藏品中拿出的红葡萄酒，然后接着说："我的一生中从没听到这个可怜的人说过一句话。她穿着那身黑色衣服，看起来总是那么受压迫。我们都知道她来自纽约，看她在五月的时候还穿高领衫都看够了。不过她的厨艺真的很不错。"

"坎迪，你就没有想到过自己一直说个不停吗？也许这就是为什么没人能在你说话的时候插一句嘴。"蒂娜喜欢让坎迪警觉到自己的小缺点。坎迪则很喜欢有这种名声。

"言归正传。海伦，你想让我们辞职以示反抗吗？你知道我们会辞职的。这样会把梅勒妮吓坏的。我喜欢看她无法控制局面的窘样。"

我重新回想了一遍我跟中子母亲梅勒妮的整个谈话，包括她大口喝咖啡的样子还有接下来与简的谈话。跟我猜测中的一样，蒂娜和坎迪根本就没有参加什么子虚乌有的"紧急执行会议"，而她们对于我被驱逐的事情感到极为愤怒。这就是她们背着我们的梅勒妮说的坏话。现在当我们围坐在厨房里想着采取什么样的报复措施的时候，我感觉到自己不再沮丧了。事实是，我的确没有时间去集资，好让别人家的孩子接受良好的教育。我需要集资，是为了让自己的孩子接受好的教育。

"你们继续留在委员会吧。梅勒妮这种人甚至不会明白你们的抗议是针对她的。我不觉得她是那种经常反省的人。而且，她说的话的确很有道理。没有了梅利特我就失去了进入那个世界的资格。在这种经济形势下我没办法筹到钱，光靠我自己是不行。"

"你说得不对。"蒂娜说，她总是像一个拉拉队长那样乐观，哪怕是在自己的队要输的时候。

坎迪给自己又倒了一杯酒。"很遗憾，海伦，在某种程度上你说的话是对的。但是我和克里斯离婚的时候，我那一盒的名片都没用了。几乎整个商业地产行业都不再接我的电话了。我是说，真的，他是个同性恋，而我们离婚是我的错？"

坎迪的第一任丈夫克里斯·林肯是一个商业地产经纪人，同时也是一个还未出柜的同性恋。坎迪是全国广播公司分公司的一位24岁的新闻制作人。她用自己大部分的薪水来打理新染的红头发。她和克里斯是在博利屋沙龙相遇的（危险信号！），而且他们听完乔治·迈克尔的音乐会的六周后就私奔到了维加斯（危险信号！）。让坎迪开心的是，克里斯似乎很喜欢购物还有午餐喜欢喝白葡萄酒汽水（危险信号！）。在他那间满是男人的市区公司里，克里斯需要坎迪来避免别人对他的怀疑，尽管他没有在结婚誓言里说清楚这点。他们的婚姻持续了3年，但大部分的时间他们都是分居的，这是因为在他们结婚两周后坎迪就把自己的老公捉奸在床，对方还是自己的理发师亚瑟。等到离婚手续都办好的时候，坎迪已经是一名金发的娱乐记者了，而克里斯则忙于将梅尔罗斯大街改造成一个购物天堂。坎迪得到了一个很好的清偿以及亚瑟提供的终生免费染发服务，他现在是克里斯的老公，至少在马萨诸塞州是的。实际上她将这些免费的染发服务写在离婚协议上了。

"我是说，真的，我对克里斯那么好，而这个搞房地产的兄弟还是回避我。哦，当然了，14年后他们在活动上跟我讲话了，他们是想让媒体对他们的慈善承销有一个正面报道，可是在90年代早期呢？不提了。"坎迪悲叹着说。

"那么你就不想让我们对中子母亲梅勒妮做任何事？"对于蒂娜的问题我摇了摇头。我已经累得没有力气报复她了。蒂娜给了我一个鼓励的微笑,"我们想陪在你身边,海伦。"

"蒂娜,你知道我需要什么吗?我需要一份工作,一份有薪水的工作。不是一个委员会领导的职位,在那里我的时间和技能都是没有回报的。我需要有人能付给我薪水。而我甚至都不知道怎么开始。"

"我正好认识这样一个你需要的人。她就是猎头伊丽莎白·麦克斯维尔。她以前经常打电话给我介绍法律事务所方面的工作;你知道,作为一个亚洲女性我是很抢手的。但现在像我这样的女人到处都是了。不过,她还是欠我一个人情。因为是我让她的孩子们进幼儿园的。我会给她打电话的。"蒂娜说着就在自己的黑莓手机里写了一个备忘录。"你应该去买一套新衣服。你以后所有的面试都需要穿的。"

费尔切尔德夫人为帕萨迪纳一位有地位的中年女人做了一件好事。她卖掉了在圣拉斐尔地区的大房子住进了著名的柑林大街上的一幢公寓里。这条街的两边全是充满原始景观的豪华建筑,还有很多价值上百万的单元标着"待售"的牌子,这是因为那个年龄段的人人员流动很大。费尔切尔德住在一个光线很暗的灰色法式公寓楼群里,这座公寓卑微地被称为特里亚农(法国巴黎西南凡尔赛宫中的两座古堡,即大特里亚农堡和小特里亚农堡,分别建于 1687 年和 1762 年)。很明显,把这个建筑称为凡尔赛宫对于这里的居民来说就太夸张了。费尔切尔德夫人所住的顶层房间的边角面积都有超过 3000 平方英尺的古玩和艺术珍宝，这些都是她在几十年的国外旅行中收集的。当然，她以前跟室内装修师合作过，但她的个人品位是无可挑剔的。她的家本身就是一场很精彩的表演。

而她却很少邀请我到她家去做客。

费尔切尔德夫人更青睐于在俱乐部里招待客人，这样就更引人注意而不那么私人化。所以在她给我电话留言说要我去她家吃午餐的时候，我就要准备好抵御冲击了。

尽管在这点上，她还能再说什么让我的情况变得更糟的话吗？蛇女神，放马过来吧。

我使劲地敲了敲这个大铜狮头。费尔切尔德夫人出来开门了，她穿着紧身棕褐色裤子、一个暖黄色的 V 领开司米披肩和一串经典蒂芙尼的钻石首饰。这是她每周三穿的行头。

"海伦，我很高兴你能那么准时。"这是我 15 年来在婆婆这儿保留下来的唯一一个优点。我习惯早到，总是准时，但从不迟到。"进来喝杯冰柠檬茶吧。"

午餐早就准备好摆放在桌上了：乳蛋饼，带油的附餐沙拉，红酒醋酱和一小筐法式面包。两杯冰柠檬茶倒好了，每一杯都放着一片亮闪闪的柠檬。桌上没有糖，黄油或是胡椒粉。这顿午饭跟谈生意没什么两样。我们坐下来，同时把亚麻布餐巾放在膝盖上。

"我和比利谈过了。我了解你的经济处境了。"

好吧，比利和我之间的当事人保密特权已经没有了。显然比利也没能抵抗得住费尔切尔德夫人的压力，而且因为某种原因，这样反而振奋了我的精神。实际上，比利把她儿子濒临经济损失的情况告诉她对我来说是一种解脱。他说比我说更好。我点了点头，吃了一口冰冷的乳蛋饼。

"而且我听说你要把房子卖了，是真的吗？"

中子母亲梅勒妮肯定是上午在俱乐部练受欢迎的水上健美操的时候告诉那些老太太了，而现在事情已经传到了费尔切尔德夫人的耳朵里。这种谈话方式不会让我产生对抗心理。我又点了点头，我感觉她其实不是要跟我聊天，而是想确定一下她说得对不对。

"嗯，听起来你好像在那时候得快点做决定，我能明白。梅利特父亲猝然离世的时候，我也是被迫让自己快点振作起来。你现在比我那个时候年轻是件好事。在今天 40 岁的女人似乎比我那个时候接近 50 岁的女人要年轻几十岁呢。"

我等着让她继续说下去。她好像要跟我分享一些私人的东西，但那个时刻已经过去了，然后她接着问我，"你有什么计划吗？"

这一次我似乎必须得回答了。我字斟句酌地想答案。我不知道她期待我怎样的回应。我清楚自己总是不能达到她的期望值。

"我还在专注于经济方面的消息，但我正在努力向前看。"

"这是什么意思啊？"她气急败坏地说，她讨厌任何一种被认为是"新时代产物"的语言。我想可能是"向前看"这个词对她来说太模糊了吧。现在我对她厌烦了。

"费尔切尔德夫人，我来告诉你向前看是什么意思吧。它的意思是，我正在努力不让自己垮掉，不去想我丈夫用我们所有的积蓄做的事情。相反，我在卖掉我们需要卖掉的财产，像汽车和艺术品。我在找工作，希望房子卖掉以后我们能付得起一处小房子的首付和艾登的学费。如果不行，我们将不得不考虑去其他州找一个更便宜的地方。这就是我说的向前看的意思。"

哇哦！我不敢相信自己会有那么清晰的思维！大小姐似乎很钦佩我的语气和信念。她放松了右边弯起的眉毛，仔细地端详着我。然后她承认说，"我希望我能帮上你的忙。不幸的是，在经济危机的影响下我已经在经济方面做了很多妥协了。"

梅利特跟这个有关系吗？老太太是永远不会告诉我那种事情的。"我会很高兴为艾登的学费出点钱的，但现在条件不允许了。"

我又点了点头。我不确定她的话很诚恳，至少在她说"很高兴出钱"的这部分。以前她也没有为我们做过什么起眼的事，没有在艾登的名下成立大学基金或者信托基金。她崇尚自立，但我觉得她只是吝啬罢了，尤其是涉及人的时候。

"海伦，如果你能不在镇上大肆宣扬你的处境我将不胜感激。并不是说你以前这样做过，只是说为了艾登，最好不要跟你那些朋友之类的人讨论一些具体的细节。"

在过去的这15年里我注意到，有钱人经常拒绝别人，经常沉浸在自己的幻觉里。作为一个深知祖传遗产方面消息的人，费尔切尔德夫人还假装说跟朋友和远亲谈论钱或者缺钱的问题是有伤大雅的。事实是，她只是不想让任何人知道她儿媳和孙子现在已经沦落到很低的纳税等级了。

现在我明白她为什么邀请我了。

"我也不想'大肆宣扬'我的处境，但我会尽我所能保护我的儿子。如果这意味着要卖掉房子，去找工作或者申请财政补助，那我将义不容辞地去做。我就是在照顾家人和自己的过程中长大的。我不会害怕再做一次。"

费尔切尔德夫人正在努力咽下硬邦邦的乳蛋饼。她抬起头看着我，她的眼睛湿润了。看得出她正在设法控制自己的感情。就在这时候我才想起来她是一个刚失去儿子的母亲，哪怕他并不完美。

"我知道你会那么做的，海伦。我提前感谢你为维护费尔切尔德家族的名誉所做的努力。"

如果她没有那么明显地不高兴，我会对维护费尔切尔德家族的名声的想法不屑一顾。多么讽刺啊，从一开始就一直是梅利特在损害自己家族的名誉。但我意识到，不管好与坏，不管疾病还是死亡，我也是费尔切尔德家族的一员。

"当然了，为了艾登。"然后我们都点了点头。

我白天的时候不想念梅利特。白天我忙着刷墙、打包还要卖掉我的古玩，根本没有时间想他。当然，他也从没有在白天成为我生活中的一部分。我们不是那种在周二的时候说很多话的夫妻。偶尔会在下午三点左右出现一个问题，要么是去接正在训练的艾登，要么是买票或是什么其他的，这时我会打梅利特办公室的电话。但一般情况下，我们白天是不联络的。

这就是为什么他晚上回家很奇怪的原因了。这也是为什么7点钟时候的寂静让人难以忍受。艾登和我开始通过看"辛普森一家"来填补内心的空虚。毋庸置疑，将来艾登的大学女友，一个来自斯科茨代尔或者休斯敦的学心理学的漂亮女孩会因为艾登用荷马·辛普森代替自己父亲这件事而忙活死的。她会怪我没有教给艾登一个正确的处理悲伤的方式。但与保护自己将来免受责备相比，艾登此刻的笑容对我更重要。

艾登喜欢看的"辛普森一家"唯一的问题就是这个节目在福克斯电视网上，也就是罗谢尔·西姆斯就职的那家公司。因此每天晚上我和艾登吃着白天的沙锅看电视的时候，我总是等待着那个避免不了的想法：我已故丈夫的情妇肯定会在这半个小时中出来做一个商业广告。穿这件内衣上电视是不是太暴露了？我来做10点钟的评委。或者，吃这个药丸是不是就能有魔鬼身材？10点钟是揭示之前照片和之后照片区别的节目。如果福克斯新闻节目在熊猫彩车事故前就有内容编辑方面的问题，现在我就会觉得她这种性开放是针对我的了。关键时候联邦通信委员会跑哪儿去了呢？我要努力地控制住自己不往电视上面扔叉子。我开始把她看作低俗·雪莉了。

"那个女人的脸很奇怪，"一天晚上艾登一边吃着古铁雷斯家特制的安琪拉达一边评价道（做爱可以让妊娠纹消失吗？偷偷地看一下 10 吧！）。"她的脸怎么了？"

电视机的高清晰度和胶原蛋白是一对致命组合。

我按了静音键然后换了台。对丈夫的不忠表现出坚忍是一回事，而对此麻木不仁则是另外一回事。

"你看，几周后你就要参加伊格内修斯学校的入学考试了。我今天给你安排了几节考前训练课。"因为这就是帕萨迪纳家长们做的事情，他们在各种课外辅导上面要花上成千上万块钱，因为其他家长都这么做。

"请不要让我去那个头发诡异的男人那里。"

我承认是我不好。艾登跟着一个名叫汤姆先生的人学西班牙语，他长得像唐纳德·特朗普（美国地产大亨）。中子母亲梅勒妮曾说汤姆先生是"镇上最厉害的老师"。不幸的是，他的头发让艾登在上课的时候老分心。因此尽管塞纳·汤姆每小时收75 美元，艾登的分数还是下降了。有时候艾登下课后坐在车上一想到梳头发就会想吐。他求我说："我不要再去汤姆先生那儿了！"

因此我开始多付给伊米莉亚几块钱让她仔细检查艾登的家庭作业，这是个更好的办法。但伤害已经造成了。汤姆先生依然是艾登心中的一个阴影，而且他对辅导课的排斥依然很坚定。

"不要汤姆先生了。你和莉莉·周斯温森要去向一个正常的上大学的小孩咨询建议，只是提示而已，会很有趣的。"

我为什么要那样说呢？当然不会有趣了。"摇滚乐团"是有趣的。对艾登来说语法课从来都没趣。但至少艾登喜欢莉莉，她很聪明利落，考试成绩总是名列前茅。

"好吧。如果我不得不去的话。"

艾登是一个 C＋层次的学生。虽然经过了多年的恐吓、辅导，再加上又上了一所"学术严谨"的学校，艾登还是成绩平平。在这群才华横溢的 13 岁孩子里面，有的会拉一手完美的小提琴，有的会组排球旅行团，有的参加模拟法庭比赛，都在来自家长和老师的学习压力下进步。在这样一个世界里，像艾登这样平凡的学生是不会引起中学入学主任的注意的。因此他需要参加考前训练班。

我已经接受艾登在学校里表现很普通的事实了。如果是我，我肯定很乐意去米灵顿这样富有活力、纪律和家庭作业多的学校。但艾登对学习很不屑，学习表现也非常不平均。一旦涉及学校的事情，我就像科林斯王（希腊暴君），他就像是那块石头。我经常会对着他那差强人意的成绩单发牢骚：为什么他就不能少玩点乐高玩具，多在意一下自己的平均成绩呢？

梅利特以前嘲笑我瞎操心。"孩子会没事的。亚洲人也许每门能拿到全 A，但艾登高中的时候会有女孩子喜欢的。"

连蒂娜·周斯温森都做过同样的总结。

"我们的孩子当然要拿更好的成绩了。你想怎么样啊？我们想让自己的孩子受欢迎。我们不在乎孩子能不能参加生日派对。我们想让他们去耶鲁。"

蒂娜说得很有道理。艾登一出生就有了一个确定的人生，他的未来似乎包括了轻松进一所好高中，上一所相当好的大学，然后有一份受人尊敬的工作。只要他头脑清楚，不要吸毒或是出车祸或是把女朋友的肚子搞大。艾登不需要上常青藤名牌大学；他是费尔切尔德家族的。直到新年那天之前，他的人生还是跟往常那样按部就班地进行着，正如我希望他在这个年龄所做的那样。整个十二月我都没有担心艾登上不了伊格内修斯学校。这也是为什么他只申请了一所高中的原因。可现在呢？他只是没有父亲，没有经济来源的一个平凡的孩子，中子母亲梅勒妮已经很清楚地跟我说明这一点了。比一个月前相比，他现在更急需被伊格内修斯录取了。

但首先他得搞定标准化测验。

"是啊，你确实得去上辅导班。你想去伊格内修斯，对不对？"

艾登耸了耸肩。难道他不想去伊格内修斯吗？他当然想了。从他很小的时候梅利特就带他去看伊格内修斯的足球赛了。他很喜欢他那件印着伊格内修斯的 T 恤。他做梦都想着为伊格内修斯队打水球，不是吗？

"艾登，我知道现在这件事可能显得没那么重要，但明年的九月份你就会为自己做了努力而高兴的。"从他的脸上可以看出，他觉得到明年九月好像还有一百万年的时间。他恢复了电视机的声音。我们的谈话就这样结束了。

嘿，雪莉，去你的！试试这个广告怎么样：你老公在开车时给我发性信（双关，既指发短信这个动作，又暗示他们之间的性关系）吗？小心不要被10点钟的熊猫彩车撞到哦！

哦天哪，刚才我是不是说得很大声？

"妈妈，你没事吧？你刚才在自言自语。"

"我有很多事情要忙。你还要安琪拉达吗？"

第五章

　　"我得实话实说。我真的是束手无策，因为你真的不能胜任行政方面的任何工作，连初级主管都不行。"伊丽莎白·麦克斯维尔对我说。她是一个 30 岁出头的很高挑漂亮的非裔美国人。在威克斯维尔的马瑟猎头股份有限公司里，伊丽莎白闪亮的办公室里有一张很亮的桌子，上面有一张很漂亮的全家福，这是我见到的最美的全家福了。伊丽莎白冷冰冰的语气使我专心起来。"失业的工商管理硕士来我这儿都不能面试入门级的工作。你的简历上也没有任何出彩的地方。"

　　她没有对我大声呵斥，唯一的原因就是她是蒂娜的朋友，而且跟她一样也是米灵顿学校的家长。而且我刚刚丧夫的处境也会是加分项。她说"简历"的时候其实就是对我的警告了。我的"简历"是由一列慈善活动组成的，我写完之后蒂娜又帮着夸大了一下，好让我多年来做母亲、妻子和社区志愿者的经历听起来更像工作经验。我在装修委员会上的工作变成了"设计和品牌专业知识"。蒂娜还把我多年做教师与家长联系人的经历拿去应聘一个需要"团队建设能力"和"合同谈判"的工作。（跟谁谈合同呢？难道和负责实地考察旅行的特许公共汽车公司谈？）而且我通过各种组织筹集的很多善款也被美其名曰"筹集的资金"或"预算盈亏"。我早已摒弃的在伯克利大学的研究生学习也被重新定义为"硕士跟踪课程"。简历上描述的这个人是一个职业女性。

但我从来就没有过职业。

我回去除了写那篇没有完成的论文，没有其他事情可以做。我不像在律师事务所或市场部工作的蒂娜和中子母亲梅勒妮那样可以回去做个兼职。我 20 几岁的时候组建的是家庭，而不是事业：我 25 岁结婚，27 岁生下艾登，然后很开心地待在家做全职妈妈。如今我还要努力假装所有这些经历能帮我找到一份工作。

可那些经历都是生活的一部分，而并不涉及工作。

就连我香蕉共和国牌的正装（还是 8 码的特价商品！）在这个场合都感觉有点不舒服；我白天的时候从来不穿定做的衬衫和长裤，更别说在脖子上围一个亮粉色的丝绸围巾了。蒂娜说这样能让我显得年轻点。

"如果你不学着镇上其他女人那样用围巾的话，那你得用什么东西把脖子盖上！"

在我 40 岁生日的时候我宁愿跟朋友们吃一顿大餐也不要让别人请我做肉毒素、拉皮和腹部整形等美容手术。蒂娜还以为我疯了呢。很显然，这条围巾就是对我的惩罚。我觉得它在大声叫着"在发奖金的时候卖倩碧的女售货员"，但我又知道些什么呢？

但不管是我的简历还是装束都没能逃过伊丽莎白·麦克斯维尔的眼睛，但她态度很好。"在过去几年里我见了很多像你这样的女人，都是在孩子长大以后再回到工作岗位。也许她们要么是孩子上大学需要钱，或者丈夫失业要缩减开支。说实话，你的前途真的很渺茫。你可以做销售或者人际沟通方面的工作。而且我认为从生活经历来看，你不逊于任何一个工商管理硕士。但是美国公司可不这样想。你最后可能还没有自己的管家赚得多。"

这一天很快就到来了，因为我不得不让伊米莉亚离职，但我知道她说的是对的。

在我端详着年轻成功的伊丽莎白·麦克斯维尔的时候，我是多么希望梅利特去世前的这 15 年可以再重新过一遍啊。当然，我是永远不会拿艾登交换的，但为什么我没有对自己要求再高点呢？不要哭。不许哭。

"你有什么建议吗？"我尖声问她，希望我听起来不是太可悲。

"我在亨廷顿做了很多志愿活动。也许在那会有适合你的一些开发署或者公关方面的工作。他们认识你，所以你在机构里的贡献会弥补你在工作经验方面的缺陷。你聪明、口才又好，而且在社区里你还有些人脉。你只是在外面的这些地方没有街头信誉罢了。先从亨廷顿开始吧。你需要先涉足，然后才能得到真正的工作经验。"

由于过去上研究生的经历和在亨廷顿的长期志愿活动，再加上我从不参加游戏，我在众多的母亲中有了一个"简单学者"的绰号。亨廷顿图书馆，艺术收藏所和植物园（这是官方名称，镇上的人都叫亨廷顿）拥有全世界最好的罕见书籍及文件收藏之一，此外还有壮观的花园以及一个顶级的艺术和家具收藏。亨廷顿是在亨利·亨廷顿的故居上面建立起来的，他曾是铁路巨头和书籍收藏家，而他的妻子阿拉贝拉是一位人类学家和梦幻花园设计师。它位于帕萨迪纳和圣马力诺边界间的一片风水宝地上，是南方的一处更安静、甚至更昂贵的地方。

除了是一大片公共空间外，亨廷顿还是一个世界级研究机构，这要得益于它所拥有的稀有书籍和文件。只有一些经营学者才有机会在这里的收藏所做研究。他们回报亨廷顿的方式就是做那些深奥的学术报告。我的工作就是给他们端茶倒水。

在过去的十年里，我一直在志愿活动的饮食服务方面步步高升，从学前班讲解员到学者接待，这要得益于我跟学术沾点边而且我比大部分志愿者要年轻 25 岁。那些可爱的退休志愿者经常跟访问学者和馆长们说个没完没了，而我的专注使我不

会像他们那样跟所有人聊自己的孙子，因此他们喜欢我在公共
系列讲座上服务。茶和饼干总是供应给那些可以在中午参加讨
论的人。有时候他们甚至允许我介绍发言人以及分发他们一长
列一长列的证书，我感觉自己好像跟他们是平等的。我喜欢这
种感觉。

对于学校的母亲们我有自己的讲座系列。我可以去令人印
象深刻的东海岸大学聆听一位杰出学者对于历史细节所做的一
个小时的讲座，然后归纳成几个明显的事实好方便那些周三下
午没空去听讲座的人。英国启蒙时期的社交（谁知道科学研究
竟然是一批出身名门的英国人在跟女人们讲自然界一些好玩的
故事的时候产生的）；查理一世的统治（失败的国王啊！英国的
乔治·布什。虔诚，但却很血腥，因为内战而被处死）；金钱
万能理论：商业、文学和对中华帝国末期的鉴赏力（"哇哦"，
那些明代的女人和好莱坞的女人一样有商标意识，一样爱花
钱。想象一下末期的帝国在时尚杂志上和建筑文摘相遇的情景
吧）。那些演讲以及我重述讲座的过程促进了我知识的增长，
让我的生活不再空虚，另外米灵顿的妈妈们还给了我一个"费
尔切尔德教授"的称号。

在我为亨廷顿做志愿的那些年里，我从没想过要在亨廷顿
工作。谢谢你，伊丽莎白·麦克斯维尔。

"我要把那句话偷来用在我的面试上了。'经验不多但对机
构很忠诚，这就是我！'"我欢快地叫道。

"请便。"

"我能问你点事吗?"

"当然可以。"

"在你生孩子的时候有没有想过放弃自己的工作呢?"我点了下头,朝着她那张在夏威夷岸边拍的全家福望去。两个可爱的小女孩穿着木槿印花外套,伊丽莎白身穿当地服饰,头上戴着一顶鸭嘴帽。她的老公也很帅。

"我有一个单身母亲。所以我相信工作很重要。"

"很简单的一句话。谢谢你,伊丽莎白。我很感谢你给我的建议。"

"没问题。你会去书展吗?"

"也许吧。那个时候我可能正在开发署上班呢。"我笑着说。她也笑了。

"是啊,有可能的。"

"妈妈,你在这干什么呢?"艾登边说边钻进我那辆停在搭便车线上的奥迪车里。"你为什么要穿成这样啊?"

在这我得夸夸他。只要他想的,他是可以很敏锐的,只不过不是在找他的书包或者水球装备的时候。

"我是来这接你的。是我回到现实世界的时候了。"我边说边慢慢开动汽车,所幸没有碰在突然停在我前面的那辆越野车上面。"我刚从我人生的第一场职业咨询谈话回来。"

"什么职业?"

"是啊。到底是什么职业呢？我相信你比我更能胜任一份工作。至少你有一个救生员证书呢。"我看到了艾登这三周以来的第一个微笑。我顺着说下去，"你想不想退学回家做一个养家的救生员呢？"

"没问题。只要我能开爸爸那辆宝马汽车去泳池就行。"接着我们俩都笑了，真的笑了，这是梅利特去世以来我们第一次一起这样开心地笑。

然后艾登问了我一个我每天晚上躺在床上祈祷的时候都在准备如何回答的问题。

"妈妈，我们会过得很好吗？"

我直视着前方的路，仔细地想着该怎么回答比较好。"艾登，我们不会有事的，但我们肯定会遇到很多的挑战。你知道房子的事情了，但除了那个，还有就是我们不能像以前那样有钱了。我们要把房子卖掉，我要去找份工作，我们会没事的。但生活将会和以前很不一样的。"

他点了点头，他棕色的头发迷住了眼睛。"我们差不多是破产了，对吗？"

对于他说出这句话我很吃惊，我厉声问，"你什么意思呢？"

"我听到你跟坎迪和蒂娜的谈话了，嗯，还有跟麦肯纳小姐和周斯文森太太的谈话。"艾登纠正了一下自己。帕萨迪纳是一个直呼大人姓的一座城镇，"这听起来让人感觉不大好。"

　　我强忍痛苦，努力告诉自己他只是我的儿子，不是我的另一半。"现在是有点糟糕，但以后会好的。"

　　"我不一定非得去伊格内修斯。不还有公立学校吗？而且我还能找份工作，我可以帮上忙的。"

　　"不要担心。我们可以解决学费的问题。现在你的首要任务就是上学，明白吗？"

　　"好的。我爱你，妈妈。"艾登对我说这句话从不感到尴尬。他很少对梅利特说这句话，梅利特不喜欢表达自己的感情，甚至都不说那句男人们默认的那句"我爱你，哥们儿"。梅利特过去经常是拍拍他的头说，"好儿子"，好像他是一个实验室似的。

　　我紧握着他的手回答说，"我也爱你，艾登。"然后为了缓解一下情绪，我问他说，"喜欢我的围巾吗？我是不是看起来年轻了些？"

　　"你看起来像一个傻傻的法国女孩。"

　　"谢谢。"

　　我弄明白了。是五年前的那次墨西哥之旅预示了我和梅利特婚姻的破灭。每天晚上躺在床上辗转反侧，我一直在试着弄清楚那件让一切都改变的事情。我告诉自己，把那个弄清楚了，其他乱七八糟的事情也就开始清晰了。

　　我决定去墨西哥旅行。

　　"你来做计划吧。"这是梅利特在一月的一天早晨去洛杉矶市区创建他的帝国之前甩给我的一句话。"任何一个你想去的地方都行！给我一个惊喜吧！"我还以为他会在出门的时候亲我一下呢。

我就是这样想的，因为我是一个策划人。我对细节、长期规划、飞机票预订、打包清单、交通监管、天气图、短途旅行、旅行证件以及水球记录方面的事情了如指掌。我遵循的黄金定律就是"好的计划成就好的心情"。我投入到我的新任务中去。我很早就转到网上假期策划的行业了；这份工作让我感觉好像回到了在学校做研究的时候。我想 2003 年的春假是费尔切尔德家族全部的假期里的一个亮点吧。而且也是我们俩性生活的一大亮点。

我们在过去的六年里都在尝试生第二胎，但尽管我看了很多专家，吃了怀胎药还进行了计划周详、药物刺激的性生活，依然没有效果。真的，进行那种性爱真的是很有压力。医生们说这是继发性不孕症。我装作毫不伤心的样子，而梅利特却连装一下都不肯。他把责任都推到我身上，虽然韦斯顿大夫并没有得出这样的结论。

这次的假期将会是我们之间的大突破。这是我认输前最后一次放松孕育的机会了。这并不是说我和梅利特在这点上又进一步地讨论了。但我想如果我们能在异国找到一个新环境的话，或许我们可以放松下来做回以前的自己。

梅利特并没有欣赏我的创造性。

"墨西哥？那可不是夏威夷，也不是莫纳克亚山（夏威夷岛的死火山）"。

"可我们总是去莫纳克亚山啊。你说'给我一个惊喜吧'，所以我想我们可以尝试一个新地方，一个不同的地方。就像巴亚尔塔港的生态度假村那样！我们可以去见一些明星呢。"

"海伦，墨西哥不是美国。墨西哥就是墨西哥。你知道这意味着什么吗？我喝不到水，也不能查收邮件。安全问题呢？要是有恐怖分子怎么办？而且我不想看明星。你到底在想什么啊？接下来是什么啊？坐着船去游览吗？"

"你一直都在努力工作。我们都见不着你。我觉得出去探一下险会很有意思的。我们一家人一起。"我没有提到"孩子"这个字。

"我想要一个假期，而不是探险。"

其实这两个我们都没有。哦，我和艾登很喜欢那个地方，喜欢它那种有点破败、跟美国不同的那种环境。网页上承诺的"野生动物"其实是一只睡在餐厅露天平台上的老海龟。服务生们傍晚时分提供的娱乐项目就是一些糟糕的滑稽短剧，这些节目的突出特征就是有很多穿异性服装的演员用肢体动作逗观众发笑。梅利特绷着脸，使劲地开湿漉漉的玛格丽塔酒瓶盖，而我和八岁的艾登则随着瑞奇·马丁的歌声跳起了林波舞。没有人生病或是被恐怖分子袭击，而我当然也没有怀孕。

但我们俩却没有和好。

我们回到了帕萨迪纳的家里后，梅利特的意思很清楚：他要的是婚姻，而不是冒险。我那不同寻常的背景不再是优点了，而成了一种累赘。我想这就是他的原话。优点、累赘、冒险、损失。这就是他对我们俩的婚姻的评价。

第二年我们和帕萨迪纳城镇俱乐部里一半的会员一起去了莫纳克亚山，他们坐在我们身边一边喝着迈代鸡尾酒，一边谈论高尔夫。梅利特拿我们"在奇怪的墨西哥进行那次第三世界野营"跟朋友们逗乐！所有人都在笑他对那次假期的夸张描述，同时对他们自己选宾馆的品位很自信。所有人，除了我以外。

他从那以后再也没有提起过墨西哥，甚至在除夕晚上告诉我关于罗谢尔的事情时他都没有说。但是我知道，我知道，这就是那件让一切都改变的事情。

好的，向前看！

第六章

进入亨廷顿的那条长长的林荫路总是让我心情愉悦。从逼真的日本花园到其特有的英国玫瑰花园，第一次看到这座被无尽的绿色环绕的艺术圣殿，我就知道这是一个特别的地方。阳光斑驳的角落里那些喷泉和雕塑总能让我惊奇万分。曾经是亨廷顿家族的府邸的这些雅观的画廊，刚恢复了以前那些壮观的枝形吊灯和闪闪发光的镶花地板。玛丽·卡萨特的《床上早餐》和庚斯博罗的《忧郁男孩》挂在银蓝色的墙上，不禁让人想起了母性的光辉。但我最喜欢的是装满珍宝的黑暗肃穆的图书馆楼，里面的书籍从《古腾堡圣经》到阿尔伯特·爱因斯坦再到莎士比亚《第一对开本》应有尽有。我喜欢假扮成这个世界的一部分。

但我一月下旬的那个星期五，我却感到很害怕。我得管某个人要某样东西。我得请别人帮我一个大忙。我习惯了帮别人的忙，而不是请别人帮我忙。

慢慢习惯吧。

我是在户外咖啡车上遇到萨拉·怀特的，就在入口处的亭子那里。萨拉·怀特是那种头发白得很早但看起来依然很性感的女人，她的头发是一种完美的银色，皮肤也很明亮。十年前离婚后她就从卫斯理大学的招生办公室来到西部，试图在这开始新的生活。她因为给新建的中国花园筹集了数百万美元而被升为开发署的助理，这多亏了从中国流入的大量人力和钱财。如今她已经掌管了亨廷顿的所有事务。作为刚任命的公关部主任，她就是终极的信息来源。

萨拉有种加利福尼亚人喜爱的那种东海岸势利的气质。她的口音很有纽约上东区和波特女子高中的味道。她有时候会蹦出"我们在科斯科布避暑"或者"我母亲在会上看了一套周六晚上系列片"，这时捐赠者就会一致点头，假装明白她说的是什么意思。但我在几个场合上见到过萨拉放下头发的样子，那时候她刚在志愿者晚宴上多喝了点酒。她一点都不让我感觉到害怕。

至少在此时此刻之前我并不害怕她。

"海伦，"萨拉给了我一个拥抱，另外又捏了一下我的肩膀，好像她的拥抱是很真诚的一样。"我一直在想你。"

"我也一直想念这个地方。能回来真好。"

"那么快就接到你的电话我觉得很惊讶。你不用担心会被替代的事情。我知道你是不可替代的，但阿琳可以找到那些郊区的人。史密森太太很开心能加入进来负责系列讲座的事情。"我们俩都笑了。史密森太太光是问时间就能花上 20 分钟。"喝咖啡吗？"

"太好了。"我说道。我从可爱的安妮手中接过一杯拿铁，安妮在这周负责管理咖啡吧。安妮曾在艺术中心学过摄影。她会和亨廷顿的很多人一起来参加葬礼的。"谢谢你，安妮！"

"瞧瞧你，海伦！见到你真是太好了。"她笑靥如花，她开心的样子深深地感染了我。"我们需要你回到这里来。"接着她眨了眨眼，因为她是一个喜欢眨眼睛的人。

我也不自在地朝她眨了眨眼。

"我们去散步吧。我得把一些东西放在斯科特画廊里。"萨拉命令道，同时她快步向门口的路上走去。

穿着我那套香蕉共和国的装束，我再一次感觉自己像个伪装者。穿着直筒裙和中跟的高跟鞋我很难能赶上快跑中的萨拉·怀特。另外，我不想把该死的滚烫的拿铁咖啡洒在专门定做的衬衫上。蒂娜会把我杀了的。

他妈的，走慢点啊。

我慌忙地尝试着去追上长腿的萨拉，忘掉我为了找工作在卫生间的镜子前写下来并排练好几次的自我宣传。（我认为我对这所机构的忠诚已经从我的行动和承诺方面证明了。我想要一个不单单做志愿者的机会。我想成为这个团队中的一员）为

了让同伴慢下来，也为了把工作的事情了结了，我脱口而出，
"我需要一份工作。也许我不能胜任任何工作，但我愿意做任
何事情。任何事情。你们有什么可以让我做的工作吗？"

萨拉转过了她那张震惊的脸，她那闪亮的头发、涂抹均
匀的唇膏在后面那一大片竹林的衬托下显得更为楚楚动人，
接着她微笑了。"哦，那就是你需要来找我的原因啊。你为什
么不在电话里告诉我呢？我也经历过这种事情！"萨拉指的是她
离婚后境遇的变化，这是我不愿触及的一个对比，但我随它
去了。

"我们很乐意让你在这工作。但这不是一个找工作的好时
机。让我想想。我办公室目前是没有活。我们仍在坚持有一些
昂贵的东西，努力在应对经济危机的时候不要失去太多员工。"

"那其他部门有工作吗？如果有必要我可以清扫《大宪章》
上的灰尘。"亨廷顿确实有《大宪章》的副本，我不认为他们会让
我去打扫，但我只是在试着表明我的想法。

"我刚听说了一些事情，是图书馆的凯伦今天早上跟我提
到的。这学期会有一个理学博士来参观我们这。他需要一位研
究助理。"

理学博士是一种杰出学者，而且萨拉说"学期"意思是说他
会一直待到五、六月份呢。这将是我成功的开始。

"那太好了！"我兴奋得几乎喘不过气来，也许是因为我的
紧身内衣开始让我肺部缺氧的缘故。而萨拉又开始快步奔向花

园的另一边。我这套衣服真的是没有选好啊。

萨拉笑着说，"你就不想知道他是谁或者他在研究什么课题？或者是薪水是多少？"

我承认这些都是很好的问题。

萨拉告诉我了。每小时的报酬比伊米莉亚的稍微多一点，但没有小孩的生日派对上请的保安赚得多。她对这个研究者的了解也就局限于他是一个专攻特洛伊的考古学家。他来这里是为了把在一位加州理工学院教授的阁楼上发现的一些新资料分类，这些资料涉及知名考古学家海因里希·施里曼以及在特洛伊的首次挖掘。

"很遗憾，我不知道他叫什么名字。等我把这个放下我们就马上去找凯伦谈。也许他还在这儿，你也就能见见他了。"

"见他？现在？哦，天哪，不行。我不能为一位研究经典的考古学家工作！人类学家的话当然可以。植物学家的话那就太好了。研究野生动物脚印的那个早期美国历史学者奥杜邦也挺好。我喜欢鸟。但一个真正的研究经典的考古学家？没门。他会让我崩溃的。我不够聪明。他立马就会知道我是一个中途辍学的研究生，而且我的希腊语在 20 年前就很差，当然在过去的十年里也没有任何长进。我在研究所的时候辜负的所有教授的样子闪现在我面前。哦，好吧……"

"那不是你的研究领域吗？考古学！这真是上天注定啊！"

这种话你可不是每天都能听到。现在我很想把萨拉给宰了，因为我的汗水浸湿了那件量身定做的衬衫，而且我感觉到从丝袜到右腿后侧都在滴水。"是啊。嗯，都过去好几年了。也许我应该给凯伦打个电话以后再来。"

"海伦，这个工作一旦发布到网上，你就没戏了。我们选的大部分研究助理都是通过了博士入学考试的人，年轻、有能力的博士生。如果你想要这份工作，现在你就得为胜任这项工作提供充分的理由。明白我的意思吗？"

明白我的意思？这是从波特女子高中的学生嘴里说出的一句很强硬的话。但萨拉说得有道理，这也是伊丽莎白·麦克斯维尔的意思。作为一个 15 年不工作的 40 岁女人，我既不年轻也没有资历。而且我一天又一天的犹豫只能让我更老更没资历。我想到了艾登。我想到了先入门的事情。

"好吧。我们去见这位考古学家吧。"

在我把车停在斯科特画廊门前等着萨拉放下信封去图书馆找凯伦的时候，我还在紧张地喘息。天哪，我的体型什么时候变得那么难看了？教练给我设计的那套练习我多久没有做了？视野乐团是在梅雷迪斯·维埃拉之前还是之后离开的？我真的会让自己轻松快乐一点，就像梅利特所说的那样。把那条加进我的新生活里面吧：做更多有氧运动。

停！这正是我可悲的大脑应该进出的想法。集中注意力，集中注意力。试着想想你以前学过的关于特洛伊的东西。因荷马的《伊利亚特》而闻名于世。发生在公元前 1200 年的铜器时

代的那次十年围攻，说是铜器时代就可以了。特洛伊的海伦，
是那谁的妻子来着，她是地球上最美丽的女人，后来被奥兰多·
布鲁姆诱拐了。斯巴达人试图将海伦抢回来。阿基里斯是最厉
害的战士。木马计之后特洛伊沦陷，斯巴达获胜，海伦回到那
谁的身边。墨涅拉俄斯，这就是他的名字！学者们在热烈地争
论特洛伊战争到底是真的发生了还是仅仅是荷马的想象？19世
纪的时候德国商人兼业余考古学家海因里希·施里曼借助自己
的财富证明了特洛伊的存在。他在土耳其北部发现了遗址：称
它是特洛伊什么什么。特洛伊一号。特洛伊二号。好吧，相当
厉害。这些我都开始想起来了。

　　一个声音打断了我这个无能学者对特洛伊历史的回顾。
"不好意思打扰一下，您能告诉我……"

　　我自动地转到讲解员的角色中去，虽然我还没有转脸看到
问我问题的那个人。我当时站在一尊胡敦所刻的知名的"女猎
人黛安娜"铜像前面，这是亨廷顿语音向导里面的一个景点，
但我并不喜欢这个地方。黛安娜（或者希腊人所说的阿耳忒弥
斯），曾是我研究生时候的研究课题；我知道这种东西很冰冷。
但我似乎感觉我得捍卫她的遗产。

　　"这尊黛安娜铜像是让安东尼·胡敦在1790年创作的。它
因很好的肌肉组织和对强大的狩猎女神脸部的美妙刻画而被世
人赞不绝口。但说真的，这个可怜的女神用那只小弓连只兔子
都射不死，更别说是冲过来的一头野猪了！而且，她一丝不挂

地在骑马穿过森林的时候，要全速行进可是不大沾光的。擦伤都是一个问题呢。我们还是面对现实吧，这很明显是由一个男人雕刻的。"

哎哟，这些可不在官方的文字记载里。

"其实我只是想找饮水器。"

我转过脸去，看到了我见过的男人里最蓝的一双眼睛。除了眼睛，他还有晒黑了的皮肤，一头乌黑的头发还有一个开心的笑容。他肯定44岁或45岁了，很高、很帅气还穿着一件好看的巧克力棕色的条纹毛衣。他肩上背了一个邮差包，右手拿着一本卷起的旅游手册。没有戒指。他看起来像渴极了的杰拉德·巴特勒，而我就站在那里又流汗又脸红，一句话都说不出来。如果可以，我就用我那条时髦的围巾把自己勒死了。真的，我当时真的可以把自己的头给拧掉。

"哦，不好意思。很多游客都打听黛安娜雕塑，我刚才以为你也想问这个，所以我没有想就跟你解释了。"我喋喋不休地说着，听起来像一个没完没了的日本导游。"但你刚才真的说要找饮水器。这个我也可以帮上忙的！饮水器就在飘香园旁边。顺着这条路走，然后向左拐。山茶花的那边就是了。我还有什么能帮到你的吗？"

麻烦请你说没有什么了然后走开吧，这样我还能试着挽回自己的尊严。

"不，尽管我不得不同意。她拿着那个武器是没有什么优势的。而且我希望她抹了很多防晒霜。你大动肝火也是情有可原的。"

"谢谢你。有问题我会去找馆长的。"

"哦，你不是馆长吗？你好像很清楚自己在说什么。"

这个人是在跟我调情吗？还是他只是在试着不让我尴尬？真的，除了谈生意、高尔夫或梅利特，我已经很久没有跟男人聊天了，我不知道是怎么回事。另一方面，我想起来了中学和大学时候的那种不满足感，所以他可能是在跟我调情呢。但话说回来，穿着条纹毛衣的杰拉德·巴特勒为什么要跟我调情呢？

"不，我是……好吧，我希望在这里工作，但目前还没有。我……只是一个自由职业者，志愿讲解员。"什么意思？这句话是什么意思呢？

就在这时候萨拉和凯伦从图书馆的双开门里跑了出来。凯伦是一个大师级的图书管理员，我以为这个词只有在儿童读物里才有，但不是这样的，凯伦是精通杜威十进分类法的女王。她了解亨廷顿收藏里的每一卷书，每一份文件还有每一幅绘画，她就是一个会走的卡片目录。她每天都穿着那件红色运动夹克，甚至在八月份气温升到三位数的时候也照常穿着。她声称那只是"空调开得太疯狂了"；但我觉得她才疯了呢。但我很喜欢她的那份热情。

"太好了。你们已经见过面了！"凯伦叫道，同时还朝着我和穿着条纹毛衣的这个人点头。我们俩都很困惑。在图书馆工作的凯伦不是特别在意人的感情。跟人相比，她更喜欢书。但萨拉不同。感觉到我的疑惑并且注意到穿条纹毛衣的这个男人的高大健美的身材之后，她站出来用她娴熟的公关语言解释了一下我们的情况。

"很高兴见到你，奥尼尔博士。我听说了你工作方面很棒的一些事情。欢迎来到亨廷顿。我是负责公共关系的萨拉·怀特，尽管你眼前是这种场景。"接下来他们激动地握了握手然后谦虚地低了下头。"我很开心能为您提供任何方面的帮助。"

从萨拉脸上那种露骨的欲望我可以看出她说任何方面的帮助不是开玩笑随便说说的。而现在我知道穿条纹毛衣的那个人到底是谁了。该死的。

"海伦，这就是我跟你说的那位访问学者。"萨拉接着用一种很温柔的声音对我说。

请不要让我发出呜咽声。

"奥尼尔博士，我从凯伦那里听说你需要有人帮你整理资料。海伦会是你研究助理的最佳人选。她条件很好的。她跟我们一起工作了很久了。"

还能比这更糟糕点吗？我想不能了吧。

奥尼尔博士，条纹毛衣奥尼尔博士先是向我伸出手，然后又伸向萨拉。"我叫帕特里克·奥尼尔。很高兴见到你们。我还没有听过海伦这个名字，但我已经被她的热情和作为'自由讲解员'的身份感染了。我很高兴听到你说对研究助理的工作很感兴趣。"

接着他真诚地对着我们微笑了一下，我想不管奥尼尔博士研究的什么东西，此刻的萨拉都会去申请辞职来申请做研究助理吧。就连凯伦都得解开她的那件运动夹克。这就是热潮红吗？

"是的，我对这个工作很感兴趣。"此时此刻简练的语言似乎成了最安全的开场白。"我很喜欢考古学。很有条理。很干脆。"什么叫很干脆啊？

帕特里克·奥尼尔博士直视着我。他将胳膊交叉放于胸前，右边的屁股向一边翘起，他仔细地盯着我，好像在审视另一尊雕像似的。我面无表情，不流露任何缓和或者增加我紧张情绪的感情。我很确定我一点也不像他以前的研究助理：一位母亲，寡妇还是一个刚过 40 岁的女人。我的卡其色外套、头巾和丝袜并不像是"准备好要深入土层挖掘"的样子。而且，他的头发比我的都要好。

"我只有一个问题想问。"

哦，不，请不要用古希腊语跟我说话还期望我做简要的评论。求你了，上帝啊，不要。

"我的一个学生要我千万不能错过爱丝特雷娜。显然他们有镇上最好吃的墨西哥煎玉米卷。你知道这个地方在哪儿吗？"

我愣了一会儿，接着得意地回答道，"我知道！"

他等着我回答他。他想要一个完整的答案。这就是他对我的测验。而我肯定会通过这个测试。在我怀艾登的前四个月，除了墨西哥煎玉米卷和棒冰我什么都不吃。从那以后尽管梅利特提醒我有食物中毒的危险，我还是会偷偷地去光顾卖煎玉米卷的小摊。

"帕萨迪纳有好几家爱丝特雷娜，但最老的那家在费尔奥克斯和华盛顿。他们家做的烤牛肉玉米卷是镇上最好的。而且他们家从墨西哥运来的可乐是用真正的白糖生产的，不是那种加玉米糖浆的美国可乐。"

"你还是一个自由职业的玉米卷志愿讲解员吗？"

"有时候是的。"

凯伦不知道我们在说些什么，而萨拉看起来有点吃醋。

"那就这样定了。下周你能开始工作吗？或者至少把午餐送到我的办公室？"

"两样我都可以的。"

我回家想讲述我的成功的时候，我兴奋得都有点头晕了。就连正在电视机上报道咖啡因对男人性欲的影响都没有浇灭我的兴致。尽管薪水很低而且只能做几个月，但这是我人生中很重要的一步。每天都能带给我好心情的蒂娜和坎迪来我家看看我感觉如何：我会从黑暗中走出去的。

艾登对于我做帕特里克·奥尼尔博士的助理的第一个反应就是，"太酷了，你要为印第安纳·琼斯工作了！"也许这件事能帮助艾登走到现实世界中来。我都没有想到还会有这个好处。作为妈妈我又得了一分。

坎迪想知道他是不是单身。我告诉她他手上没有戴戒指，但她却说这并不能说明什么。

她说道，"他整天都要在土里挖了又挖。医生也不戴戒指的。"

要跟坎迪解释他不会真的在亨廷顿挖掘似乎是徒劳的。她喜欢使用过分夸张的语言来表明自己的观点。介于我真的不想跟我的新老板详谈自己的私生活，我也不会去打听他的私生活。

"坎迪，我的计划是为他工作，而不是嫁给他。"我提醒她说。

"但我可能想要嫁给他啊！去查清他的底细吧。"她提醒我。

蒂娜很好奇他是不是一个值得尊敬的人。"你会成天都跟他单独在一起的。你了解他的什么事情吗？"

因此就像一个优秀的研究助理那样，我做了自己的研究。那些多疑的人在登谷歌搜资料之前都做些什么呢？帕特里克·奥尼尔博士有二十多页的文章谈到了谷歌，多的让我都懒得去查了。我在谷歌上搜我自己的时候出现了两个页面，大部分的词条都写着"梅利特·费尔切尔德和他的妻子海伦。"我希望他不要在谷歌上搜我的信息。

帕特里克·奥尼尔写过文章，写过书，还拍过讲座视频。

甚至还有一个维基百科的页面专门介绍他，我真的很震撼。这意味着要么他有一些很敬仰他的学生为他写了那些词条，要么就是他雇别人写的，后者在好莱坞这个地方是很普遍的现象。坎迪和蒂娜站在我身后，我们一起读他的介绍。

目前职位：帕特里克·奥尼尔博士掌管希腊雅典的美国经典研究学院经典考古学里面的沃尔特·比亚蒂讲座。他还是古特洛伊城基金会的行政副主席和位于土耳其希萨利克的特洛伊遗址的开发主管。目前他正以亨廷顿图书馆莫蒂默列维特杰出学者的身份在加利福尼亚的帕萨迪纳度假。

目前的研究方向：奥尼尔博士是来自接近二十几个国家的超过 350 位合作开发土耳其西北部遗址的学者、科学家和技术人员中的一分子。特洛伊遗址在公元前 3000 年（即铜器时代早期）还是一座城堡，后来成了拜占庭人的聚居区，但在公元 1350 年的时候被荒废掉了。奥尼尔博士主要研究在整个遗址上如何挖掘、绘图并且制定时间表。他的研究已经使荷马时代的文本变成了可靠的历史依据。奥尼尔博士还因创作海因里希·施里曼（德国考古学家，他是第一个挖掘特洛伊遗址的人并且被认为是现代考古学之父）的传记而受到认可。

背景资料：帕特里克·奥尼尔博士是一位美国人，但他却生活在世界的各个角落。他的父亲托马斯·奥尼尔是奎斯特姆医药公司的外派经理，他们住过的地方有巴西的圣保罗，希腊的雅典和瑞士的日内瓦。奥尼尔博士毕业于日内瓦国际学校和阿默斯特学院，并获得了古代史的学士证书。他的博士证书是在普林斯顿大学获得的，专业是经典考古学。他对特洛伊和对荷马的判读的兴趣是孩童时代在雅典国际学校求学的时候开始的，而且他们一家多次对迈锡尼和其他铜器时代遗址的参观也刺激了他的兴趣。他对特洛伊的研究激起了学者、基金会和有兴趣的业余爱好者的热情。

作品：

《三巨头：荷马，施里曼和特洛伊》(2005)

《不装模作样的历史：事实，神话和阐释》(2001)

《荷马为什么重要》(BBC 纪录片)

文章：

请看 www. ancienttroy. org 网页链接

"他的私人信息怎么没有啊？"坎迪问道。

"照片在哪儿啊？"蒂娜补充了一句。

我想知道酒在哪儿。这个男人是真的优秀。他的一切都是我想拥有的，还有一些其他的。

我不仅被他吓到了，而且我感觉到很害怕。

第七章

我发现早晨四点钟的时候是担心忧虑的最好时机。这是介于刚睡醒和彻底清醒之间的一个完美时段。四点的时候我不会困到想回去接着睡，也不是起来冲咖啡的时间。因此，如果我在四点钟醒来的话，我就会躺在床上想想今天需要操心的一些事情。

我会把之前设想的一些忧虑都想个遍。我会挑最重要的三件事情，然后要么想出一个解决办法要么继续担心，直到有一个朋友跟我说没有必要为这个操心。比如他们会说，"哦，海伦，你知道会有人出来为学校园游会赞助 T 恤的。他们一直都这样做！"接着那个担心真的会消失，是的，真的有人出来做这件事了。

梅利特去世之前，我二月初典型的一个忧虑清单会包括预约理发师、洛杉矶机场可能会发生恐怖袭击，周末也许能跟梅利特做爱，还有就是要找到牙医给的那张下次洗牙需要带的小卡片。

我制定好这个忧虑清单之后，我就会在喝完三杯咖啡、送完孩子之后通过行动一个个地划去上面的事情。关于恐怖袭击还有丢了很久的那张牙医给的卡片这样的事情，我已经无能为力了，所以我就把这样的事情放在行动方案的最后面。但也有一些忧虑是需要我很快解决的。这个就是预约理发！我会预约一个比基尼蜡脱毛，因为坎迪使我意识到自己在除毛这方面的不足，或者至少让我因为那个部位毛多而感觉很难为情。我可以掌控一切事情的——或者说我想我是可以掌控一切事情的。

那时候，我真的没有什么可担心的。

我一直都猜想着或许自己的生活很无忧无虑，但现在我才明确地知道那时候我是多么开心。过去我还经常会担心自己开不开心，担心我能不能让梅利特开心，还担心艾登会不会缺什么。担心是不是开心该是多大的奢侈啊。

最近这段时间我的忧虑清单满满的都是真正要担心的事情，比如卖掉房子，能卖到足够的钱来还债和买一幢蹩脚的房子。我还想给自己买份人寿保险，因为，但愿不会发生这样的事，万一我出了什么事怎么办？我还担心院子里的树会长得太快，然后在暴雨过后撞到车库上，尽管这些树我们一年前才刚修剪过。我担心艾登会用闻胶水的方式来掩饰自己的愤怒，因为我在《早安，美国》这本书里看到了一些青少年闻胶水的惊人数据。我担心再也不能跟别人做爱。我担心我会孤独终老。

至少这些都是实实在在的忧虑。

现在我需要在忧虑清单上加上一大串全新的忧虑了：工作场所。在我第一天正式工作之前的那个八小时的情况介绍（这是有报酬的！可以带熏肉回家了！）是在人力资源部进行的，接着是图书馆的凯伦那折磨人的培训会议。在人力资源部的时候我得做很多的文书工作，但其中的大部分工作对这样一份临时的每周只有30小时的工作似乎是不必要的。但人力资源部的周敏一直在说"能了解这个系统也挺好"，我很赞同她的说法。我不隶属于任何系统已经很久了，哪怕只是在脖子上挂一个亨廷顿员工的身份证明都能给我一种成就感。

然后我被卷入凯伦旋涡中去，那件红色运动衬衫就是她唯一的装饰。凯伦对自己的工作很认真。我想如果我的工作涉及为子孙后代保留一份完好无损的葛底斯堡演说原稿的话，我也会很认真对待的。在我还是一个卑微的志愿者的时候，我并没有发现凯伦还有这一面；现在身为研究助理的我就处于大师级图书管理员的监视下了。我目前最大的担忧就是让自己的手每时每刻都保持清洁，以免自己的皮肤上的油渍弄污了书页。

我的工作会使我接触到有接近140年历史的笔记。凯伦盘问我的方式好像是我准备要担负起一项神秘使命似的，而且她一次只给我透露一点细节，不然我的工作就要不保。

"下面这些事情是我这次能告诉你的。我们的收藏馆刚获赠了十五本用罗马数字编排的笔记。这些笔记曾经是属于知名考古学家海因里希·施里曼的侄子的。这个人名叫鲁道夫·施里曼。这些笔记是一年前在加州理工学院的一所房子的阁楼上发现的。两个施里曼兄弟曾在某个时期从德国来到加利福尼亚，想在淘金热的大形势下赚些钱。海因里希的哥哥死掉了，他的遗孀带着儿子鲁道夫搬到了帕萨迪纳。鲁比·施里曼博士成了加州理工学院的第一批工程学教授中的一员，但这些日记的写作日期却早于他在大学里的研究。他是特洛伊首次挖掘的成员之一。这些笔记详细地描述了遗址在挖掘之前和挖掘过程中的原貌。我能说的就这些了。”

我有点期待穿红色运动衣的凯伦能在这番介绍之后将自己摧毁。但相反，她给我一个大大的微笑，然后递给我一副软软的白色手套。“不戴手套的时候千万千万不要摸这些笔记。任何违反规定的行为都可能终结。”

就像死亡那样的终结？还是被解雇？这个新来的凯伦两样都能办到。

接着凯伦带着我了解了“文件扫描协议”（或者说“DSP”），同时她还指出我要怎样将笔记的每一页拍上照片，将它们扫描进电脑然后为奥尼尔博士建一个工作文件夹，而且她还不停地跟我提起我未来的老板。她不厌其烦地跟我解释每天签到和离开的程序。接着是令人痛苦的对相机、书柜和电脑内部运行的检查。跟分解笔记纸张的纤维含量相比，我甚至会分解手套的纤维含量。观察凯伦好像一个慢镜头。难道她就没有意识到我在帮艾登做历史作业的时候已经建立了自己的文件扫描协议？我睡觉的时候都能扫描呢，我真的好想大喊。最后，她允许我在连环漫画册上练习这个技能，接着才能在其中的一本笔记上做，自始至终她都在旁边盯着我。

几个小时的单调工作之后，凯伦建议我们停下来，她说是因为"训练得太紧张了"。我散了会儿步，喝了一杯安妮冲的浓咖啡之后我才抖擞起精神来。

快下班的时候凯伦说我已经通过了一级文件扫描协议，这是最低的扫描等级了。

"我不想看到你去碰《古腾堡圣经》。"凯伦竟然开着玩笑说。

我几乎把自己毁灭掉了。

现在是清晨的四点钟，我既不能睡觉又不能休息，我开始想工作第一天有哪些需要担忧的事情：

不要忘记戴白色手套以及不要损坏书籍。

我怎么称呼帕特里克·奥尼尔博士呢？叫他奥尼尔博士？还是奥尼尔教授？还是帕特里克？还是帕特？还是挖掘博士？还是就说一声"嘿"？

我应该告诉他我没有拿到硕士学位吗？或者只是假装我是没有受过正式训练的考古学热爱者？这样的话我就不用透露可耻的研究生生活了。

我要提我刚过世的丈夫吗？我应该跟他讲艾登的事情吗？

我当然要跟他说艾登了，但我该说我的年龄吗？

我应该打听他的家庭吗？那样做合法吗？工作场所现在不是有关于这种问题的法律吗？

在办公室工作的人午饭时间都干吗呢？他们总是一起吗？还是一直都一个人？

我能为一个像帕特里克·奥尼尔这么帅的男人工作吗？

我想好要怎么做了。我会叫他奥尼尔博士，因为在亨廷顿这种正式场合这个称呼是最合适的。奥尼尔博士没有必要了解我的硕士学位或者我生活的其他方面，比如我曾经很有钱但现在没有了这样的事情他是没必要知道的。如果他问及，我会提到梅利特和艾登，但闲聊的时候我不需要献上这些细节的。我会带上自己的午餐，只问他工作的事情，同时希望自己不要爱上这个男人。

因为他也许有一个漂亮的希腊女朋友在雅典等着他也说不定。

这样，我有计划了。我只要坚持这个计划就可以了。

在亨廷顿一流的杰出学者就能有一流的办公空间。当他住进了7号学者公寓（这是散落在亨廷顿的十几所小瓦房中的其中一间）的时候，我就知道帕特里克·奥尼尔博士在竞争激烈的学术界是享有举足轻重的地位的。中等水平的学者们只能在图书馆的阅读桌那里工作。奥尼尔博士则应该住在私人住宅里，里面配着适合研究重要文件的空调办公室，有我需要的所有一级扫描设备，有最高级的电脑和高速上网宽带和一些漂亮的古典家具（这是亨廷顿的一个捐助人送的）。墙上挂着老式照片，沙发上放着羊毛盖毯，咖啡桌上摆着鲜花。7号公寓还有一个庭院，也许我能和奥尼尔博士像同事那样在这个地方边喝茶边聊天呢。

这个地方用来工作显得很不专业，让人感觉很奇怪。这儿更像奥海镇酒馆温泉里面一间很舒适的酒店套房（就是我和梅利特庆祝结婚十周年的地方），而不像一间办公室。我有一种想叫客房服务的冲动。这沙发让我感觉很不舒服。

工作第一天，我当然去得很早，刚过8点就到了。正式的工作时间是早上9点到下午3点。凯伦已经吩咐过，"在启动文件扫描协议之前要等奥尼尔的指示。"这就是她的原话。她甚至都不用说"冒着破坏文件的危险"。我借这个机会看了看这个地方，好进一步了解我老板的个人特点：全家福照片，好像是孩子做的一些小玩意儿还有被随意留在传真机上的一些包含个人重要信息的传真。但传真上什么都没写，就连"待寄"的字眼都没有。见鬼。

接着我做了我会做的事情：冲咖啡，擦冰箱，整理鲜花，打扫走廊，把一切都布置整齐等着"条纹毛衣"的到来。

不要表现得像个妻子那样了，我得提醒自己。你现在是一名研究助理。你有重要的工作要做。你要去扫描和整理一些资料，这些资料可以重新定义历史上最重要的一处古遗址。你可

以去揭秘！你可以增长知识！你可以点燃整个考古学世界的热
情，然后重新捡起你从伯克利辍学后丢失的尊严。你是一个学
者，不是一个妻子。快打开电脑吧！

艾登这周末要参加在米慎维埃荷举办的水球锦标赛，我正
在网上查他的日程安排，10点钟的时候奥尼尔博士走进了公
寓。他换了另一件很好看的毛衣和一条我本不应该注意到的深
蓝色羊绒围巾。他肩上背着一个邮差包，胳膊底下夹着一台笔
记本电脑。他的双手因为多年在阳光和土地下工作而变得粗糙
而黝黑。虽然他外表很光鲜，但我可以想象他在特洛伊的样
子，在推土机后面拖动着满是泥土和汗水的身体，刚挖出一层
土就急切地想得到一些什么资料。就像我曾经共事的那些考古
学家一样，他在这样豪华的环境下似乎显得很不自在。他把包
甩在沙发上的时候向我斜了一下头。

"我看你已经开始努力工作了。"

艾登曾经教过我一个小窍门，就是他上自习的时候怎样防
止老师抓住他在看网页，因此我就用亨廷顿的主页来掩盖我正
在做的事情。我想我并没有骗过这个厉害的考古学家。

"只是在适应环境呢。"我回答道，希望自己听起来像是有
过这方面的工作经验而且很懂行的样子。"你想来点咖啡吗？
我还从街上那家很棒的面包店买了一些烤饼，蔓越莓。我给你
拿一个怎么样？"

哦，天哪，我听起来像头等舱休息室里的空姐。我可爱的

帽子去哪儿了？快闭嘴吧，海伦！

"哇哦，通常我的研究助理们在一晚上的花天酒地之后从不会给我带焙烤食品的。"

"呃，你知道的，我是一个单身母亲。我花天酒地的年龄已经过去了。现在我什么都要操心，所以每天起得很早。我要还债、卖房子还要照顾儿子。我只是觉得没有什么比新鲜咖啡和丰盛的早餐更重要的了。我就是这样告诉我 13 岁的孩子的。当然，我跟他就不说咖啡的重要性了。尽管有时候我也会在早上给他冲一杯牛奶咖啡，尤其是在他爸爸去世之后。我正在努力着在我们俩之间建立联系，这样他就不会闻胶水然后辍学回家了。"

没有比这更糟糕的了。我想唯一一件我不愿提及的事情就是我研究生时候的失败吧。这件事我可能会在吃午饭的时候说出来。

"那么，你是要烤饼是吗，奥尼尔博士？"

"如果你对烤饼那么坚持，好的，给我来一个吧。另外，只有我们俩在的时候你可以叫我帕特里克。在这儿没有必要搞得那么正式。"

"抱歉，我太紧张了。我有一段时间没做过这个了。"我边回答边递给他一杯咖啡和一个放着烤饼、果酱、黄油和餐巾的盘子。"我说的是工作，不是……帮别人端烤饼。"

"明白。"从他脸上那个富有同情心的微笑看，帕特里克·

奥尼尔博士似乎真的明白了。"先让我定居下来,然后我们再说一下你的工作内容和我需要的东西。"

"好的,明白了。可以的。"

我的行动计划就是这些。

"哦,对你丈夫的事我很遗憾。萨拉把你的情况都告诉我了。节哀顺变吧。"帕特里克向我点了点头,意思是我只要回答一声"谢谢"就可以了。

萨拉·怀特用她那动听的声音肯定是说了什么了。这样一来我就是一个状况。

"谢谢。"

到中午的时候帕特里克已经将他对这项新研究的期望解释清楚了,那就是他一点期望都没有。在他看来,在加利福尼亚接下来的几个月时间也就是一个带薪假期和筹钱的机会,他的基金会现在急需新的一拨捐赠者来捐钱继续让他在特洛伊做研究。那些被凯伦吹嘘为"关于在首次挖掘中可能被破坏的资料的极其有价值的信息来源"的施里曼的笔记,用他的话说就是"一个对考古一窍不通的人的许多毫无新意的冥想"。

"鲁比年轻又没有经验,而且他从来就不喜欢考古学。他成为了一名工程师。关于维护遗址他了解得比他叔叔还少。砍和挖就是他们使用的方法。他们一行人用鹤嘴锄就在特洛伊的整片遗址上挖了一条沟。就算鲁比·施里曼看到了一些重要的东西,他自己也不会知道这东西的重要性。海因里希·施里曼通过成千上万年的考古线索才找到他认为是特洛伊的地方。如今这些线索永远地消失了。我想除了一些关于海因里希叔叔的一些逸闻趣事（在资金筹集鸡尾酒会上这些东西很有用的），那些笔记里不会有什么我能用到的东西。但要说笔记里有关于这个遗址的一些重要的资料就太牵强附会了。"帕特里克说道，"但亨廷顿依然给我钱让我过来看一下这些笔记，所以我就来这儿了。"

就这样我拯救考古学的机会离我而去了。至少现在我不用那么在意我皮肤的油渍会危及整个学科了。就在这时候，他的苹果手机响起了歌曲"挖"的铃声，我觉得他设这个铃声很聪明，而且我觉得我能知道这个铃声的名字也很聪明，多亏了我13岁的儿子。

"你最好把它'挖'了（既指代考古中的挖掘，同时又代表着接电话）。"我说着，我发誓这将是我说的最后一个考古学双关语。然后我去清理了一下盛烤饼的盘子。既然我光辉的事业还没开始似乎就要结束，那我就开始担负一个轻松的助手角色吧。

我听到"条纹毛衣"的声音变了。电话那端显然是个女人。

"是，我准备好了。到时候见。"帕特里克挂掉电话接着跟我说，他什么都没有解释。我最讨厌这样了。并不是说我有权利知道他的事情。但以前梅利特打完一个很久的电话后丝毫不解释的做法让我抓狂，现在这个人也是这样。结果证明，对于梅利特的电话我应该多问几个问题的。

"好吧，海伦，事情是这样的。我们浏览一下笔记，看看里面都写了些什么，然后把内容转录一下，但不要自杀啊。很高兴有你帮我做这种繁重的工作。"帕特里克叉开双腿，很随意地靠在沙发上，用他的理论谈论着这些笔记。他把我当成了他的同事。难怪他的学生们喜欢他到了为他写维基百科页面的程度。

哦，脸谱网上可能还会有一个帕特里克·奥尼尔迷的页面呢！午饭时间我应该看一看。

我继续清洗咖啡杯，努力地隐藏对他和他的电话的好奇心。"只是凯伦让人觉得这些笔记的出现似乎对你的工作很重要。"

帕特里克笑了起来，天哪，他眼睛周围的皱纹都那么迷人，这是他20年在土耳其的烈日炎炎下寻求历史真相的结果。"凯伦是图书管理员啊！在她看来，每一张老旧的莎草纸都包含着一个古老的秘密。这就是她成天待在温控的地下墓穴里的原因。一些旧资料只是因为旧才有价值的，并不是因为它重要。"

"哦，也许那里面有什么有用的东西呢。"我的声音充满了希望和蒂娜式的乐观。

"也许吧。你不用客气，自己去看就行了。"

这是一个熟悉的声音传来。"嗨，是我。帕特里克在吗？"

萨拉·怀特神气十足地走进来，看起来和往常一样靓丽。她穿着一件漂亮的藏青色外套，一件白色低圆领毛衣和一串粗大的雕花玻璃项链，这条项链我既没有勇气也没有高度去帮她取下来。那么……萨拉·怀特，一个单身的离婚女人，让人琢磨不透。也许她是在他开始研究的第一天欢迎他呢，这是工作方面的往来而不是社交方面的。毕竟她在人力资源部的工作仅限于一个高端项目，比如这些被称作施里曼日记的资料。

我干吗要在意呢？

"海伦，恭喜你第一天上班。这项工作太适合你了，而且太吸引人了。帕特里克周六晚上跟我讲他工作方面的事情了。我们去了牛排屋。那里的鱼片很大，用餐区也很棒，我很喜欢那里。总之我们在吃双人鱼片的时候他给我讲了一些关于笔记的好玩的事儿。你适应了吗？"

好吧，一点都不正式。这肯定是社交往来，也许就因为这个她才在周一的时候戴珠宝呢，因为周一图书馆不对外开放，而且大部分的员工都穿着很朴素的衣服。萨拉被奥尼尔博士迷住了。好吧，很明显他跟我讲的关于笔记的事他并没有告诉她。帕特里克让她相信亨廷顿想要相信的事情。他知道游戏规则。我也是，多亏了跟梅利特相处的这些年。作为研究助理我又得了一分。

"能来到这我感到很幸运。我真的很期待接下来的两个月。萨拉，感谢你为我做的一切。"

然后萨拉给了我一个大大的微笑，在帕特里克的脸颊上拘谨地亲了一下。帕特里克生硬地回应了一下，接着收起了他的手机、电脑和羊绒围巾。

"准备好了吗，帕特里克？"萨拉把背对着我问道，很明显她没有邀请我。"我们要去那家叫爱丝特雷娜的餐厅。我也很喜欢那里的吃的。"

骗子！骗子！火烧裤子！萨拉·怀特在她优越的一生中从来没有自愿吃过一个玉米卷，除非是沃尔夫冈·帕克做的而且还需是盛在陶瓷器皿里的。如果她肯为了一个男人去室外玉米卷摊上吃饭那就说明她很喜欢这个人。嗯，好吧。总之我还有工作要做呢。

"海伦，你想跟我们一起去吗？你要确切地知道要点什么菜哦。"帕特里克问道，他对萨拉刚拉过皮的脸上那副震惊的表情浑然不知。她是最近刚做了皮肤手术吗？

"我还要查清楚那些笔记的事情呢。而且我还带午饭过来了！"我挥着我亮粉色午餐袋说道，这是我去年秋天在一次乳腺癌筹款时装表演上得到的礼物。没有比棕色午餐袋更能表现节衣缩食的了。或者以我来说就是粉色午餐袋了。

"海伦，你这么节俭啊。好得很！我们走吧，帕特里克。"

萨拉·怀特！谁知道她还能像这样动真格呢？

"海伦，我今天下午可能回不来了。我们明天再见吧。谢谢你的烤饼。"说完这些话，我的新老板就把我一个人留在了办公室（或者说我的蜜月套房）里。

我还要消磨掉三个小时的时间才能去接艾登（我说的是工作时间）。也许那些笔记里真有什么重要的信息呢。

我的手机铃声使我从扫描的麻木中摆脱出来。我是那么享受文件扫描协议那缓慢而规律的节奏以至于我完全失去了时间观念。坎迪来了。

"嗨，我在工作呢！"我说道。

她大声地叫了一声，好像我刚宣布自己中了彩票似的，她接着说，"那……"

"什么？"

"那他结婚了吗？你都有什么关于他的消息？"

"哦，我还以为你关心的是我的工作情况呢。但可以说你只想知道那些没用的八卦。"

"这是我的工作。"

"没有漂亮老婆或女朋友的照片，没有从雅典打来的电话，也没有可疑的传真。但他似乎跟萨拉·怀特去约会了。而现在他们一起出去吃午饭了。"我把这些报告给我这个搞娱乐专栏的朋友。接着马上就后悔自己用词不当了。哦天哪，要是坎迪把这个消息写进她这周的专栏可怎么办啊？"坎迪，求你了，不要把这个公布出来。"

"我不会这样做的。没人认识他，而且最近经常有萨拉·怀特的报道，我开始讨厌她那无可挑剔的头发了。我很庆幸我对她产生厌烦情绪了。但你也只能有这一次机会。以后不要告诉我你不想我公布的消息了。"我想我知道她是在开玩笑。"不管怎样，我觉得萨拉·怀特跟小蒂姆·温斯顿是一类人。"

小蒂姆·温斯顿是一个矮小但世界闻名的胸腔外科医生，他曾是矮小但世界闻名的心血管病医生山姆·肯尼迪（坎迪第二任丈夫）的生意伙伴。坎迪在和山姆的六年婚姻里生下了两个漂亮的孩子玛丽亚和伊恩，但在这段时间里他们也经常吵架。坎迪不适合做医生的妻子；她受不了那些漫长而孤独的夜晚，也接受不了她丈夫周末都随叫随到的工作状态。而山姆又不适合做老公；他喜欢很多女人。他们是我见过的离异夫妻里面最幸福的一对。如果你不是看到那辆货车把坎迪的白色家具运到她在玫瑰碗另一边的新家里去的话，你永远都不会知道他们已经分开了。在孩子们的生日派对、篮球赛和节日安排上，山姆和坎迪都会一起出现，而且表现得比大多数新婚夫妇都幸福。

我也相信坎迪和山姆依旧睡在一起，但她的骄傲不会让她把这件事说出去的。

我觉得她对这个考古学家的兴趣真的是为我着想的，好让我回到正常的生活中去。"我不了解萨拉和小蒂姆，但我可以告诉你，萨拉私底下声称自己喜欢吃玉米卷就是为了和他一起吃午饭。"

"太可怕了！"坎迪说道，这是法语里面除了"我的天哪"她会说的唯一一句。"你为什么不问问他有没有结婚呢?"

我也不知道为什么。如果梅利特还活着,如果我还身为人妻而不是寡妇,我会没有任何顾虑地去猜测他有没有结婚。但现在不知道比知道似乎更安全。"这个似乎是很私人的东西。"

我看了看我电脑屏幕上的时间,到接艾登的时间了。"可能吧。我得忙完这里的工作。晚点再跟你说,坎迪。"

"再见,亲爱的。坚持下去哦。"时间到。

第一天的工作结束了。我六个小时都没有去想梅利特与低俗雪莉。

我胜利了。

第八章

　　米灵顿学校位于圣盖博谷山脚下一座古老的肺结核疗养院的旧址。这幢建筑群是在 19 世纪后半叶修复的，这里曾经住过想在帕萨迪纳通过呼吸新鲜空气和享受充足阳光恢复身体的呼吸道病人。这座疗养院曾在 20 年代的时候被荒废掉而且空闲了 10 年时间，直到厄斯迪斯·米灵顿抢购了这块地方建了一所私立学校，它跟东海岸上那些很好的学校一样开设从幼儿园到八年级的课程。既然帕萨迪纳的空气质量已经算是全国最差的那种了，那么它也成了供小孩儿们学习、成长，还有在室内度过火灾多发季节的最佳地点。米灵顿已经有超过 75 年的历史了，根据加利福尼亚的标准它已经很古老了。而且每次我进入大门在循环车道上行驶的时候，我都被这个地方的绝美风景所吸引。

　　在俄勒冈州中部地区是没有像米灵顿这样的学校的：带有

地中海风韵的华丽的粉刷建筑，露天庭院和教室间覆满紫藤的走廊，大片修剪整齐的运动场和立体方格铁架，所有这些都被围在了橄榄园和橘子园的里面。跟帕萨迪纳的很多地方一样，米灵顿每时每刻都是可以上镜头的。

在每年的二月份，米灵顿的妈妈们都会上演长达一周的写字集会，这是一个慷慨高尚的资金筹集活动。它包括戏剧表演，学生的公共演讲比赛，一流的作者签名，系列讲座，当然还有销售额达上万元的书籍。这个活动受到很高的重视，就连该地区的其他学校都来参加这儿的讲座。校门外的标语宣布了今年的活动主题：揭秘！

在去接艾登之前我要去参加几分钟的委员会议。在艾登上小学的时候我就主管写字集会了，而如今我充当了某种类似荣誉主管的职位，用我学到的技能应对任何可能发生的紧急情况。担任写字集会的主席使我接触到了米灵顿的上层母亲们。米灵顿家长协会会长给我打电话问我有没有兴趣管理写字集会的时候，我兴奋极了。就连梅利特都很佩服我。

"海伦，我们对你有百分之百的信心。你好像读过很多书。你可以为这个活动做点实在的事情。"米灵顿家长协会主席南·米切尔森在电话里毫不讽刺地跟我说。

我忙着去组织各个作者和演讲人参加那一周忙碌的活动，好像我在参加总统竞选一样。我们那年的主题是"最后一道防线"，而且我找到了当地喷气推进实验室的知名奇客队助阵，这之前这个团队可是刚让火星探测车着陆的，这真是个很棒的点子。项目经理拿着在火星上拍的第一手照片上台直播，这是写字集会一次引起全国关注的活动。不用说，这次展示获得了巨大成功，也让我登上了写字集会主席的宝座。和漫游者一样，我也尽情地预约航天员和科幻作家。航天员莎莉·瑞德为激励中学女孩子追求科学梦做了一期很特别的座谈会。雷·布莱伯利能不能取悦家长们完全取决于家长们的党派关系，这个从他们把布什政府比作《华氏451》中不读书的消防员可见一斑。当然了，我们卖书卖了上万块钱，这是我们突破的一个新的纪录。

现在的写字集会是在费尔切尔德艺术表演中心举行的，这是我和梅利特作为礼物在一次重要活动并在顺利的2006年送出的。我们是以梅利特父母的名义捐的，而费尔切尔德夫人在捐赠仪式上抢了风头。她参加仪式的时候穿得像现代的伊丽莎白女王，而且还宣称米灵顿接下来100年会比伊丽莎白时代更辉煌。坦白地说，我觉得这对于四年级的孩子和收入很低的英语老师来说压力太大了，但我什么都没说。她在舞台上的聚光灯下显得游刃有余。

梅利特走后我不止一次地希望能把捐款拿回来，但这样是不得体的。

我走在米灵顿校园里感到自己整个身体开始放松下来。在这儿我感觉很自在。我知道办公室里打印机的密码。我钥匙环上拴着壁橱的钥匙。就连他们把员工（和我）饮用的健怡可乐藏在哪儿我都知道。我还朝着在院子里等她们的小家伙们下课的妈妈们招手点头。这里面还有海蒂·汤普森和谢丽·诺尔斯，她们都是经常接受某个训练的超瘦跑将。我还跟堂娜和石峰打打招呼，用中文聊几句，她们是象棋俱乐部里用陈皮鸡和猪肉饺子诱惑孩子做家庭作业的母亲。卡米尔·德瑞尔违反了"院子里不许打电话"的规定，她嗓门大到我们所有人都能听到她刚装修过厨房的新闻。就连女校长阿黛尔·阿内特都在这个时候在院子里闲逛呢。

阿黛尔给我一个轻快的拥抱。她那件高档的斜纹软呢外套夹杂着香奈儿5号香水和培乐多奶粉味道。"我刚去幼儿园看了看。他们是越来越可爱了。你现在有时间吗？我今天本来想给你打电话的。"

"有时间，我正准备去开一个写字集会的会议呢。然后我准备去一下你的办公室。会议结束你还会在办公室吗？"

"信托理事会今天晚上要开会。我得很晚来这了。"

阿黛尔很快就走了，她很有能力，既是一位优秀的老师又是一位有才华的管理者。她很强硬但又很坚定。而且她那能经受信托理事们的自负心理的方式更造就了她的毅力。这些"世界领袖"贡献出了大量的金钱才换来了董事会的一席之地，梅利特就是其中之一。我猜这就是她想要跟我谈的，让我替代梅利特在董事会上的位置。

我越考虑就越想要那个位子。我似乎觉得就凭我为学校做出的贡献我也能赢得这个位子了。也许我不像一般的董事成员那样有一个工商管理硕士学历和开空头支票的权力，但我在学校里做的工作不管对孩子还是学校的生存都是很重要的。我开始相信我跟别人一样有资格，甚至比别人更有资格。即便艾登在往前看，但那也不能说我不能在米灵顿做领导啊。毕竟这是我的剧院啊！

我看到写字集会委员会的人在厄斯蒂斯院子里集合了，她们十几个母亲一边拿着超大杯的拿铁咖啡一边还疯狂地往自己的黑莓手机里录入信息。如果这些女人都穿着正装的话，那这里看起来就像洛杉矶任何一家公司的商务会议了，各式各样的人都在里面。但这里面一半的人都穿着瑜伽服，充分暴露了这是一个帕萨迪纳母亲们的集会。在任何时间，在任何一家发廊、杂货店或者酸奶店，镇上50％的妈妈们都会穿露露柠檬牌的瑜伽裤，哪怕她们的最后一节课是在2004年普拉提还没传到郊区的时候。我自己都还追随过这个趋势，以至于有一天蒂娜恳求我说，"求你去买那种带真正拉链的裤子吧，不然没有人会把你当回事的。"

我看着桌上放着的正装和瑜伽裤，我不知道现在应该穿哪种衣服好了，因为有工作的缘故。既然我现在得穿带拉链的衣服和定做的衬衫，那团队瑜伽裤是不是就不好了呢？

不是的，这些都是我可以信赖的人。在这儿没有什么好担心的。

有宣传部的可依赖的珍妮，有坐在凯特和莎莉旁边的装修部的美术总监山迪，还有负责音响系列的女孩们。克里斯和凯西这两位最能干的食物委员会委员被塞进了孙、金妮和杰库的"会更好"主题赠书旁边的地方。这是娜塔莎·纳塔洛夫博士带领拍摄的全明星节目，她是俄国人，但她是住在帕萨迪纳的一位牙齿矫正医师。不管在什么时间什么地点她总是穿着一双四英寸高的高跟鞋。

娜塔莎的丈夫尤里在莫斯科有很多秘密会议要开，尽管他声称这是因为自己在莫斯科经营着很多加油站。难道他要亲自把莫斯科的汽油都运回来吗？娜塔莎六岁的时候就移民美国了，但她还是有很重的俄国口音。因此很多人都学鲍里斯和娜塔莎说话，但从来不是当着她的面学。她用她那个铁拳头矫正了米灵顿大部分学生的牙齿。她是一个急切地抓住机会号召所有人"让写字集会走向全球！"的那种人。至少她在去年六月在一个非正式会议上喝咖啡的时候是这样告诉我的。现在她要寻求世界提名的计划遇到了一些障碍。

她一个小时前给我了一个打电话，大声喊着"灾难"和"取消"之类的字眼。她拜托我说看在我哲人智慧的份上一定要去参加会议。

"海伦！"娜塔莎尖叫着说，"危机转移了！但感谢你能跑过来帮忙。你太棒了。"

娜塔莎解释说，那个创作能力惊人，成功到学校害怕提前做宣传会危及这个人人身安全的主讲嘉宾，在最后关头退出了。就在今天早上，她接到经纪人的电话说是神秘嘉宾吃了太多的寿司，现在正接受医学观察看看有没有水银中毒反应呢。因此他就不能成为"揭秘"活动里面那个主要的神秘人物了！

"神秘嘉宾到底是谁啊？"我很自然地问道。

"我答应他们要保密的，但我办不到。是斯坦·布莱克。那个写了米开朗基罗结尾还吃多了寿司的斯坦·布莱克。"娜塔莎用她那带着俄国口音的英语生气地说，"我讨厌他的书，那么不可信那么愚蠢。怎么写还是那一本书。但他在不吃寿司的时候却很受欢迎。全世界的人都喜欢斯坦·布莱克。米灵顿能请到他肯定是费了不少周折吧。不过哎哟，千万别吃太多寿司哦！我想我会把这个故事透露给你的朋友坎迪的。"

我打算告诉她羞辱一个畅销作家不管是对学校还是写字集会都是会影响公共关系的，但我什么都没有说。让可靠的珍妮（或者俄国黑手党）去解决这个问题吧。

"我给你打电话是让你出主意的，因为你读过很多书。然后我就想出一个绝妙的办法。我刚给亨廷顿的萨拉·怀特打电话，看一下她们那边有没有一个神秘的人选。一个优秀的演讲者。你猜怎么着？"

我知道怎么着了。

"是印第安纳·琼斯！在某个地方挖宝贝的某个知名考古

学家！我想是特洛伊吧。而且萨拉说他是一个很活跃的演讲者。她说他很迷人。所以就定下他了。我把他的名字给忘了。"

我提示说，"帕特里克·奥尼尔博士。我给他打工。"

委员会上的人一起吸了口气。吸气的同时脸上流露出理解的表情。自从经济危机以来，很多女人都悄悄地找了兼职工作来贴补家用。她们在饰品店、书店、服装零售店拿着计时工资。现在就连拥有费尔切尔德剧院的海伦·费尔切尔德都加入了劳动者行列。

"今天我开始成为他的研究助理。"我说道，表现出一副好像是有了一份让人羡慕的任务的样子，而不单是找到了一份工作。

接着她们由震惊转为羡慕。我又成了费尔切尔德教授了。

"那太好了，海伦。"娜塔莎满意地说，"而且你那位考古学家还很活跃是吗？"

"哦，是的，他很聪明。"

"跟他说把牛鞭拿来。"

在我回阿黛尔·阿内特办公室的路上，我看到艾登正跟朋友们在中学院里玩呢。本来我是打算给他发信息说我会晚几分钟让他在办公室等我呢。现在我朝他挥挥手就行了；我不想打扰他的社交生活。他小时候经常喜欢看我在学校卖热腾腾的午餐或者在学校商店里卖棒冰。现在在中学里，我们都假装没有看到对方。我尊重他的空间。而且他也尊重我敲木头祈求好运的做法。

　　艾登的朋友们不是很酷的孩子（打长曲棍球的男孩子和演话剧的女孩子），也不是很聪明的孩子（数学实验班的学生管自己叫亚洲的爱因斯坦），但他们也属于中等受欢迎的那一列的。他们一伙的社会阶层低于那些态度恶劣的孩子，还有那些有哥哥姐姐、充足的信托基金而且父母很固执的老练孩子。但同时他们又优越于那些有青春期毛病的孩子，他们要么是因为青春期开始过早而长得很高大而且满脸粉刺，要么就是还没有经历青春期个子变高、体毛更多或者胸部变大的症状。艾登和他的七八个朋友们很舒服地窝在这个中等偏上的地方，不受任何焦虑和反抗的干扰。

　　就连我这个喜欢操心的人都不怎么担心他们这些孩子会滥交、酗酒或吸毒。好吧，其实我还是担心他们会滥交的，因为这个会很轻松随意就发生。而且在肉欲方面他们班的女孩子似乎比男孩子懂得更多。我开车去比赛的地方的时候，男孩子赶紧把盘子收拾起来，好像我不在车里似的。我很喜欢关注这些大男孩们以及他们每天关心的事情。这些事情里面是没有迪夫、卡丽和摩根的。

　　听艾登和他同学们的谈话我意识到我在八年级的时候因为基思·冯布罗克斯基而伤心的事情真的是浪费时间。十三岁的男孩不会去在乎十三岁女孩细腻的感情。他们讨论的是电子游戏和彩弹枪里有意思的地方。

第二年我本该真的开始担心艾登的，因为他升高中了而且他的新朋友可能懂得偷药丸和啤酒了，但就目前来看他的朋友们更喜欢聊聊天或者一起去看看电影，而不是偷偷地在父母餐具柜里拿酒喝。

那些打长曲棍球的无精打采的孩子我可就不敢保证了。我也关注他们在做什么了。

走进校长办公室之前我又看了一眼艾登。他看起来一点也不像梅利特。却很像我弟弟戴斯。梅利特长得很高很壮，脸很宽很大。在学前班他还算是挺英俊的：整洁、干净，长着一双蓝眼睛，穿着一件蓝色运动衣。梅利特有一次告诉我他觉得自己长得像艾德·哈里斯，只不过比他体毛多点。他比艾德·哈里斯体毛多，但又没艾德·哈里斯有激情，这我倒是同意。

婚姻是一系列半真半假的小事和草率的协议组成的。当然我是不会去干扰我丈夫对自己的评价的。

但艾登跟我似乎是一个模子里刻出来的。有一天他会长得跟我弟弟一样高、一样瘦，拥有一双大大的黑眼睛和一张可爱的脸蛋。现在他只是在忙着长个、吃饭，努力应对身体上的这些变化。在艾登还小的时候，我很高兴他长得像我娘家这边的亲戚。我周围都是费尔切尔德家的人，但艾登很明显长得像卡斯特家族的人。也许很遗憾的是在梅利特走后他除了一屁股债什么都没有继承。

"海伦，快进来吧！"阿黛尔的声音打断了我的思绪。好了，是时候跟校长谈谈好接受董事会上的那个位子了。

阿黛尔·阿内特的办公室很温暖舒适，黑色的房梁、东方风格的地毯、两把棕色皮椅构成的座位间还有一个橄榄绿的人造棉沙发。我进来的时候阿黛尔正在她那张宽敞、整洁而古典的橡木书桌后面坐着。尽管我忙于米灵顿的各项事务，但我并不怎么常来阿黛尔的办公室。一来是因为艾登不经常闹事；二来是因为我和梅利特都不是那种因为一点在操场上发生的小摩擦而去抱怨的人。

每次艾登回家讲他在课间休息的触身式橄榄球比赛受到的不公正待遇时，梅利特总会说，"算了吧。这就是一个弱肉强食的社会。你得学会怎么和浑蛋打交道。你知道为什么现在要忍耐这些吗？因为有一天你会解决那些浑蛋们。到时候他们就得忍着了。"

这就是典型的梅利特的做法。

"那么，跟我说说伊格内修斯学校的考试进行得怎么样。艾登怎么说？"阿黛尔直奔主题。我很欣赏她的高效率。

"他说还不错。但他对于什么事情都说还不错，然后还是考 C－的成绩。"我笑着说。的确！在艾登身上"还不错"这个词就是一个死亡之吻（表面上看还不错，但实际上却没那么理想）。

"你什么时候去面试？"

"这周五下午。我很紧张。"我坦言。由于"各种原因"，伊格内修斯的招生主任把我们的面试推迟到了最晚的一个时间。现在我跟帕特里克·奥尼尔的关系也搞砸了，我害怕自己会变成一个彻头彻尾的疯子。梅利特以前很会解决这种状况，因此我通常会听从他的建议。而现在我要靠自己了。

"不要担心，"阿黛尔说道，"伊格内修斯的人都很好。他们会明白的。而且，这个面试是关于艾登的，不涉及你和你的生活。"

我和阿黛尔都清楚这句话是假的。在当地所有的私立学校，这个"面试"更多的都是看家庭背景而不是关注孩子的能力。参加米灵顿"面试"的时候艾登才5岁，他根本不明白我们被问到的那些问题，比如进行一次成功的资金筹集活动或者衡量我们对米灵顿的忠诚度的问题。艾登坐在角落里把玩着一个翻斗汽车模型。

伊格内修斯的招生办主任已经见了好几次艾登了。米灵顿是一所直属学校，为了保证学生很高的升学率，它成立了私人参观项目。伊格内修斯想见的就是我。

只有我，没有梅利特了。

"海伦，不用担心，我们是不会把艾登的成绩告知伊格内修斯的。很显然他爸爸去世后他基本上就完了。谁能怪他呢？如果需要我们会为他提供这季的一些没完成的课程，这样他就能在最后一季补完所有的功课了。"阿黛尔从墙边小桌上方的那个光滑的咖啡机里给自己又倒了一杯咖啡。她倒进去一些牛奶然后等我回答。

我惊呆了。

"很抱歉我没听懂你的意思，阿黛尔。你说'他完了'是什么意思？"

"好吧，你也看到他的进度报告了。他什么作业都没有交过，也没有通过任何一场考试。这是可以理解的。而且我们都知道你也忙得不可开交了。你也没怎么帮到他。"

她在说些什么啊？我根本没有见过什么进度报告好吧？如果他们发在了我收件箱里，我肯定看到了；如果有什么问题老师们会每星期都给他们发邮件的。她真的非得加上"忙得不可开交吗？"她非得说"没怎么帮到他"吗？

阿内特校长独特的温暖的声音听起来开始有点刺耳了。

"阿黛尔，我没有见到过什么进度报告。而且我就算再忙也不会忽略艾登。他是最重要的。"

"当然了。我不是那个意思。只是我们一直都在跟你说艾登不努力的问题。"她说着便走到了办公桌旁从电脑上找出了进度报告。"你看看，过去的三周里我们往你那个叫梅利特海伦的邮箱里发了三封邮件。"

是啊！我好几周都没有登录那个邮箱了。梅利特走后我最先做的事情就包括了换一个新的电子邮箱。这是我表达那一点点愤怒的方式。我不想再用以前那个邮箱了，这是我和梅利特在申请我们第一个邮箱账户时用的邮箱地址，而梅利特自己却从来没有用过。只有我还继续用梅利特海伦这个邮箱。在我发现低俗雪莉的事情的时候我就换了另外一个邮箱。

显然我忘了告诉校方这件事了,而那些报告依旧被发到了那个旧的邮箱里。但为什么学校没有注意到我自动回复里面那个新邮箱地址呢?

"我换新邮箱了。这是我第一次听说艾登的事情。"我感觉自己有点要抱歉的意思,但阿黛尔·阿内特冰冷的表情阻止了我想要哭诉自己家庭变故的冲动。最后我简单地说,"我会管好艾登的。我们会改变现在的局面的。"

"好的。我们很同情他,但如果他通不过课程,而且是通不过所有的课程的话我们也不能让他毕业。海伦,你明白的。我们还要维护学校的名誉呢。我们对学生的期望值是很高的,因为他们要升高中必须要这样。艾登也不可以是个例外。"

我曾经以为阿黛尔·阿内特很慷慨的所有想法在那一刻烟消云散了。她在谈论的是一个刚失去父亲的 13 岁孩子,不是 13 岁的疯子。他是落了一些家庭作业,挂了几门科,那又怎么样呢?老天啊,他在这所学校都待了九年了,如今他需要的是理解,而不是严厉的爱(为起到帮助作用而严厉地对待有问题的人)。艾登现在很难过,他又没有贩卖毒品、威胁老师或者考试作弊。如果他不是一个例外,那也应该给他破一次例。他上的是八年级,又不是医学院。

有时候觉得跟梅利特生活的那些年在不经意之间也是有一

些好处的。就像现在，我真的很想用那个大沃特福德水晶苹果打她，这个肯定是她的一个优秀的学生送的礼物。但如果我真的把阿黛尔·阿内特打死的话，那艾登是肯定不能毕业了。

我忍了。

"明白，你还要考虑学校呢。"

"海伦，说到考虑学校，我们今天晚上有一个信托董事会要开。这个时间我们要提名明年的董事会成员。"阿黛尔话题转换得那么平稳，以至于我几乎都没有时间弄清楚新的谈论话题。

她有没有搞错？她真的以为在她威胁不让我儿子毕业，用毁掉我儿子的整个学业来保全米灵顿作为一流学校的名誉（顺便说一下，这所学校建的时候我还捐过钱呢）之后我还会浪费我宝贵的时间去管理她这个无情的机构吗？阿黛尔·阿内特可以去……

"而且我们已经决定让尤里·纳塔洛夫代替梅利特的位子了。我们希望你能理解。我们要保证米灵顿将来的发展。"

我不能继续再忍下去了。

"不，阿黛尔，我不理解。请你说清楚。"

接着阿黛尔·阿内特拿出了在董事会上应对企业里那些首席执行官的气概。她脾气很不好。

"我们需要一位能在资金方面给学校实际帮助的人坐这个位子。而且现在比以前任何时候都更需要。我想这个你已经没有能力办到了吧。是时候把这个机会让给别人了。"

我站了起来。我很庆幸今天穿了这件蒂娜在 J. Jill 给我买的时髦的宽腿裤，这样该死的校长阿黛尔·阿内特就看不到我的膝盖在发抖了。

但我的声音却很强硬。

"不管艾登能不能通过他所有的课程，他都会从这所学校毕业的。如果伊格内修斯打电话过来，你要支持他升学的事情。不然我就会把你刚才跟我说的话告诉那些还在乎我意见的人，比如我那个娱乐专栏作家的朋友坎迪·麦肯纳，或者我的好朋友娜塔莎·纳塔洛夫还有我的婆婆米莉森特·费尔切尔德（她依然还是很有钱的）。阿内特校长，这样一来名誉扫地的将会是你，而不是我。我希望你也理解。"

该死的校长扬了扬眉毛，然后轻轻地点了点头。

梅利特说对了一件事：总有一天我会跟浑蛋们打交道的。

"嘿，妈妈。"

"准备好出发了？"我紧绷着喉咙，希望自己的声音听起来正常一点。我转向艾登的伙伴们问道，"嗨，孩子们！今天你们学到什么了啊？"他们是戴克斯·拉姆齐跟康诺·拉姆齐，一对试管授精的异卵双生子。

"什么都没学，费尔切尔德太太。"红头发的戴克斯立马回答说。可爱的康诺头发是棕色的，他情商很高，这时候他在一边大声地笑了起来。我坚信将来有一天戴克斯会主持他自己的一套午夜脱口秀。他敏锐、幽默，而且有超出自己年龄的一种媒体素养。他的父母都是小有名气的电视作家。但在他成名之前，戴克斯还得经历青春期的诅咒，比如糟糕的皮肤、大大的鼻子，还要获得一系列的"最佳幽默感"荣誉奖章。"我们还要维护自己在米灵顿被玷污的名声呢，我们正在尽自己的一份力量。"

我笑着说，"这样很好。"

"你在跟阿内特太太谈什么呀？"艾登扔出一句话来，努力表现出一幅漠不关心的样子。我在朋友们面前问问题是想得到保护。我从没有在公共场合痛斥过他，而他也知道我不会在初中院子里那么做。

在正常情况下，比如在一个月前他爸爸还在而我还有钱的时候，一上车我立马就会责问他进度报告上面那些 D 和 F 的成绩单。我会在回家的路上一直滔滔不绝地责备他的不负责任。而今天，就连私底下我都不会痛斥他了。

"没谈什么。我等会跟你说。戴克斯跟康诺，你们现在有什么事吗？你们想不想先去吃点铁板三明治，然后我送你们回家？"

艾登看起来很开心，好像我又回到了以前的时候，因为以前的时候我总是会做这样的事情，载着满满一车的小男孩去吃东西或者去玩。

"当然好了，费尔切尔德太太。我先给妈妈打个电话。我们本来要在放学后留在学校的。我们有一场西班牙语测试，不过我们可以晚点学习。是不是啊，康诺？"

康诺翘起拇指、耸肩，然后晃了晃头，表示对这个计划很赞同。他喜欢讨论"指环王"和"太空堡垒卡拉狄加"，他的这些动作也是关于这两个电视节目的。

我同意戴克斯，"太好了。现在去吃铁板三明治。一会儿学习西班牙语。"

"费尔切尔德太太，我想我会在我的年鉴上引用那句话的。很有贾德·阿帕图的派头。"

"谢谢你，戴克斯。"

我们把车开进车道上，看到丽塔那些穿着淡紫色衣服的球童和胡安·桑切斯那辆眼熟的白卡车的时候，并没有觉得惊讶。胡安雇的那一群画家、园丁和清洁工一连好几个星期几乎都在他家里忙活，把一切都整理得井井有条。所有那些老旧的东西都被换成了新的和胡安所说的"绿色环保"的东西。当然了，胡安还夸口说他神秘的二流油漆品牌就像本杰明摩尔（一种油漆品牌）一样受欢迎。

"超级畅销！"丽塔一遍又一遍地重复着，好像单单说这个词就能让油漆更畅销似的，虽然市场很低迷、贷款也很难拿到。跟矿泉一样蓝的起居室再加上暗灰色的装饰？超级畅销！户外壁炉再加上种着薰衣草和迷迭香的休息区？超级畅销！用"黑板"漆刷新的家庭游戏区加上在塔吉特百货买的新窗帘？超级畅销！丽塔跟我说我家为一些幸运家庭提供的生活方式是抵御经济危机的。我会赚钱，我会东山再起的，这就是丽塔这个亚美尼亚人向我承诺的。

我很想相信她说的话。

但我现在真的不想跟她说话。

有时候我还要照顾艾登，还要解决他的家庭作业问题。而且从那次跟阿黛尔·阿内特的见面以来我一直在考虑喝掉那一大杯的梅里蒂奇干红葡萄酒。但这两件事都要放一放了，因为丽塔疯狂向我炫耀那个超大的海蓝宝石戒指和 N 个金手镯的姿态引起了我的注意。哇喔，她穿的可是一件印着猎豹图案的衬衫哦。

家庭招待会就在这个周末举行，而庆幸的是，我和艾登那个时候都会在奥兰治县举办的水球锦标赛上。青年人的运动可能让家人失去活力，但我很庆幸这周末能有这样一个借口离开镇上。我想我不能承受一群群的好奇心很强的邻居和让我厌倦的人在我家门前一边闲荡一猜想着我以后会怎么样。我们会去米慎维埃荷的万怡酒店，假装玩水球是唯一重要的事情。

我和艾登从车上跳出来。我告诉他，"好吧，去做你需要做的事情吧，然后准备做练习。"一星期中有五天晚上从 8 点到 10 点艾登都会在游泳馆。一星期中有两天早上从 6 点到 7 点，他会进行负重训练。正常情况下，每个月有两个周末他的球队都会在某个地方进行持续两天的锦标赛，需要在外过夜或者开很远的车。我很喜欢水球比赛，但我不喜欢我们整个生活都围绕着它转。

让艾登参加水球俱乐部是梅利特的注意。他一生都是一个严守纪律、身体健康的游泳运动员。梅利特做梦都想艾登能在伊格内修斯获得水球方面的荣耀——我们都知道在大学里打的话他身高和技术都是不符合条件的。在梅利特让我独自面对的这些任务里面，把艾登来来回回地送到游泳馆是最艰巨的一个。

"我必须要去训练吗？"艾登一连三天晚上问我说。以前如果不是天塌下来或者他有湖人比赛的前排座，梅利特是不容许艾登错过训练的。今天晚上我只想喝掉那杯酒然后看一下我扫描过的那些笔记。我最不想做的就是送他去练水球。

艾登用双手做了一个恳求的手势说，"求你了，我可以不跳过这次的训练么？"

他当然可以。我们两个都可以。

"当然可以了，但你要保证把那个家庭作业写完。我会检查的哦。"艾登对我竖起了两个大拇指，接着进了屋子。

胡安把车开出车道的时候按了按喇叭。我注意到伊米莉亚把头从后门探出来给了胡安一个特别的送别。他们之间有什么事吗？我穿过碎石路过去看丽塔。她还是跟以前一样在我双颊下亲了两下，然后马上开始跟我讲她的计划。

"我们现在的状态很好。这周日的活动一切都准备就绪了。

胡安干得很好。这看起来棒极了。超级畅销。所以……"丽塔犹豫起来，"只是有一件事情我需要问问你。请你理解，我觉得这样做是最好的。"

"好的。"我小心地回答道。

"我觉得你应该把梅利特的东西从衣柜和卧室里搬出来了。我想你已故的老公以前是很受尊重的，而我不想让来这里的人蔑视你的隐私。"丽塔的话比以前口音更重了，"我想让潜在买家们把这栋房子看作一个新的起点，不是被诅咒或者挥之不去的什么……请你理解我做这样的要求也很为难。"

哦天呢，她当然是对的！我甚至都没有想到人们会因为梅利特不光彩的死而来看这栋房子，只是出于一种病态的好奇心。连着好几周我只想着这栋房子是我一个人的。但它其实也是梅利特的。而这就是它吸引人的恐怖之处。

另外，还有罗谢尔·西姆斯呢。一想到她经过我家，进入我的生活……

"嗯……"

这个时候我就会开始啜泣。从新年那天开始我就没有真真正正、痛痛快快地哭过。在那一刻以前，我一直骗自己说自己只不过是高人一等罢了，这是因为我的愤怒、恐惧和多喝了咖啡的缘故。但一想到要搬走梅利特的东西来避免房地产商窥探我家里的秘密，来看看我过得怎么样，我就感觉生活走到了尽头。外遇、房子、钱财、新工作、艾登的成绩、在学校发生的那一幕还有费尔切尔德夫人，这一切在戴着巨大的白钻石的丽塔拥抱我的时候涌现过来。

"可怜的小家伙。对不起，我不应该问你的。"

"不，不，你说的对。"我先是边抽泣边说，然后大口喘气，丽塔丰满的胸让我感觉到窒息。我在窒息而死之前出去找到了一个通风口，但我控制不住自己的哭声。"我都没想到这点。有那么多的事情要我去做，那么多艰难的事情。我就连想他的时间都抽不出来。"

我哭得更伤心了。

穿着猎豹图案衬衫的丽塔扑过来把一件丝绸衣服披在我身上，同情之色流露于脸上。"你很坚强，就跟亚美尼亚女人那样坚强，很坚强。一般情况下你们美国女孩都不会照顾好自己，但你会。你能做到。"

"嗯……"现在我的哭声慢慢地停下来了，但仍然不能给出一句连贯清晰的回答。

"但是……如果你愿意，我可以让胡安清理这些衣柜。"那个胡安什么都能做！愿上帝保佑胡安。

我又走开了。我已经不哭了，但我开始疯狂地擦拭眉毛上的睫毛膏。这就是我上班化妆的后果。我做了下深呼吸。"没事，到家庭招待会之前我就能把自己整理好。"

丽塔用纸巾轻轻地拍那件浸湿的衬衫的时候脸上露出喜悦而解脱的表情。"这是个明智的决定。对你和你儿子都好，而且对房子也好。"丽塔看了下表然后打开了车门。"该走了！还有房子要卖呢。我们周日前再聊聊。不用担心。你的房子超级畅销的。"

艾登躺在沙发上，看着一台笔记本电脑，插着耳机，后面电视机上放着"辛普森一家"。他背包里的运动短裤和玩具枪之类的东西都散落在沙发上。我很怀疑他做什么家庭作业，看起来更像是他在和同学即时聊天，问他们"最近怎么样"之类的重要信息。

或者是更有嫌疑的一些事情，因为在我拍他肩膀的时候他立马就关闭了正在看的网页。

"艾登，"我边叫边做了一个世界通用的"把耳机拔了再跟你妈说话"的手势。他拔出了耳机。"你还想吃什么东西吗？我要打几个电话。"

艾登近期的成长速度似乎需要每天在任何食物里多加上百万的卡路里，不管是健康的还是不健康的。晚饭前的零食就是一整份的冷冻千层面，早餐吃四包速溶燕麦，训练结束要喝上好几加仑的佳得乐饮料。我的营养计划已经变成了"只要确保一直有充足的卡路里就行。"

"莉迪亚，等我一下，"他对着电脑上的麦克风说道，他那双充满期待的眼睛从屏幕上抬了起来。"巧克力冰淇淋吗？"我能听到从他耳机里传出来的一个女孩的声音。她在背诗吗？太可爱了。

"莉迪亚是谁啊?"

"她是我露营的时候交的朋友。你知道的,就是那个舞跳得很好的女孩。我们还在父母之夜上一起表演过小喜剧呢。"

哦,对了。梅利特对那个喜剧表演的评价就是一个已经无趣的周六夜现场节目的一场无趣的表演。"她很有才。向她打个招呼。"

我借他注意力集中的这个机会回顾了一下自己的计划。在他同时忙着跟好几个人网上聊天的时候我倾向于说得很响很慢,就好像他耳朵不好使或者是一个母语不是英语的人。"我要上楼给你姑妈打电话了。我需要她们帮点忙。"

他又朝我竖起了大拇指,这是一个小时里的第三次了。

他是不会明白的。

梅利特的姐姐们一直对我很好。我们从来不是那种在一起傻笑的女性朋友或者一起兜风的姐妹儿,好吧,这是因为我不像她们那样会傻笑或者兜风,但我们的关系却很好。她们比我年轻、苗条,头发也是金黄色的,但她们从没有把这个当回事。她们对帕萨迪纳一生的情谊是她们拥有了深厚的友谊和很广的社区关系网,而且她们两次的婚姻都很幸福,为费尔切尔德家族生下了一群金发的后代。

玛丽克莱尔·费尔切尔德·贝尔怀瑟(又称米米)和马德琳葛瑞丝·费尔切尔德·珀塞尔(又称麦基)的关系很好。她们是最好的朋友,都是慈善活动的联合主席,一天都要给对方打上好几次电话呢。我从没见过像米米和麦基这样好的姐妹，从来没有什么问题和对抗。她们的老公，一个是做律师的巴特，另一个是做经纪人的本已经成了最好的朋友，他们同时还是高尔夫球友和足球队教练。这是一个关系很紧密、很紧密的圈子，有时候我感觉自己像是站在外面往里看帕萨迪纳95年特权阶层的舞会国王和女王们。

但就像坎迪曾经建议我的那样，"这是你的问题，不是她们做得不好。她们是很好的女孩。"

她们很喜欢她们的大哥梅利特。梅利特比米米大6岁，比麦基大8岁。在他年轻的父亲去世后他就出来为费尔切尔德姐妹们，接着是十几岁的兄弟充当了父亲的角色，他照顾他们度过了高中、大学，接着是结婚前的工作问题。梅利特在他两个妹妹的婚礼上陪着她走上了圣·裴柏秋教堂的圣坛。她们非常想念他，这从他们在梅利特死后经常打电话和拜访我可以看得出来。

对她们来说，梅利特是英雄，不是一个调情的老公或者失败的短期资本经营者，这就是我让她们见我的原因。整个的上个月，这对姐妹好几次都主动提出做我需要她们做的任何事情。

我需要她们清理梅利特的衣柜和抽屉。

我不想在电话里问她们，这样显得太没教养了，太不像费尔切尔德家族的做事风格了。相反，我让她们在上班前跟我喝杯咖啡，因为我需要她们帮忙。当然了，两个姐妹都毫不犹豫地答应了。她们根本没有提自己要安排一下时间或者做些调整之类的事情。她们只是很简单地答应了我。

当我走进小花瓣糕点铺的时候，米米和麦基已经到了。她们穿着很相像的健身服，戴着一克拉钻石的耳环，在那用很大的白色陶瓷杯喝着咖啡。她们遗传了她们母亲高挑苗条的身材，并且从她们老公那学到了留住全职雇员的能力。米米有三个不到8岁的女儿（麦蒂、梅森和麦莉），麦基有一个上幼儿园的儿子（J. B.）和一个上学前班的女儿（凯莉），但从她们的身材你看不出她们生过孩子。

我走进来的时候麦基抬起来头，她朝我招了下手。米米也转过来朝我招了下手。我有点激动。我怎么能要求她们做我自己做不到的事情呢？振作起来。这件事一定要办成。

"瞧瞧你！穿着工作装呢！海伦，你看起来真美。"米米站起来给了我一个拥抱。蒂娜用我现在剩下的衣服和一些新的饰品为我搭配了够穿一周的工作套装。就像穿着童装的大人那样，我穿的是3号工作服：带点小喇叭的J.Jill牌时尚卡其裤，黑色圆翻领和一双黑色的低跟靴。"既经典又现代。"蒂娜说着便把一条长长的金项链戴在我的脖子上（这是"永远21"店里的一条很珍贵的项链）。她还撒谎说从远处看这条项链看起来很有香奈儿的风格。

米米做同样的拥抱和亲吻动作的时候也表达了对我装束的

赞美。"海伦，你气色真好。我们给你点了一杯拿铁咖啡。你不要带脂肪的对吗？"

这太周到了。现在我感觉内疚极了。

"是的。"我坐在一把玛丽麦高布料的时尚但搭配不协调的椅子上深呼吸了一下。最近我对闲聊很没有耐心。

"我仅仅要问一个我需要问的问题，你们可以毫无愧疚地说不。我的房产经纪人觉得我应该把梅利特的东西从卧室等其他地方清理出来。她不想人们为了寻开心拿着这些事情嚼舌头。而且我觉得她说得很对。只是……我办不到。周日前我办不到，也许很长时间内我都办不到。我想也许你们可以……"

我甚至都还没有说完，米米和麦基就跳进来帮我，她们眼睛湿润了，说的时候还表示很理解地点着头。"当然了。我们很荣幸能帮上忙。"姐妹俩异口同声地说。很明显她们很感激我请她们帮忙。她们想帮上我的忙。

"谢谢你们。我会帮艾登留点东西，像梅利特那件标着南加州大学的上衣还有一些其他的东西。而且我相信会有一些你们可能想要的东西。我想就连你们父亲的一些领带和那件很好看的深蓝色大衣梅利特都有。请你们保管那些东西吧。你们想要什么就拿吧。要是我遗漏了什么艾登可能会喜欢的东西你们就帮他留着。伊米莉亚会把最基本的那些打包然后送到那家转卖给医院的商店。我没办法说……"

"什么都不需要说。我们都不敢相信你把这件事情处理得那么好。我们所有人都不敢相信。"麦基说着，米米赞同地紧握着我的手。这个暗示很清楚：就连费尔切尔德夫人都同意了。

"我一周都要工作。周四和周五的任何时间你们都可以过来。来之前跟我说一下，这样我好让伊米莉亚腾出空来。"我说着便站了起来。谢天谢地我还有工作替我找个理由。几年前我就应该找份工作的。我喜欢有地可去，有事可想，那些跟我生活毫不沾边的事情。"谢谢你们俩。"

这两个费尔切尔德姐妹点了点头。我也点了点头。仅此一次我们都成了一个圈子里的人。

要做的事情清单里还有一件没有做。我发短信给蒂娜说：这周末有家庭招待会。忧虑的罗谢尔也许会出现。你能看着点她吗？确保她不要偷什么东西。

梅利特的妹妹们可以想要什么就拿什么。但梅利特的情妇可不行。

蒂娜回复我说：你说得太对了……荡妇要是拿什么东西……我来看着她。

第九章

让我吃惊的是，我 8 点 55 分到办公室的时候帕特里克已经坐在他桌子旁边了。他盯电脑屏幕盯得太入神了，以至于都没有注意到我。他一动不动地坐着，右手摆弄着桌上的鼠标。从他那被随意地卷起的蓝色的亚麻布衬衫袖子，我注意到了他前臂的大小和力量。他深褐色的皮肤和不多不少的黑色头发衬托出了他那块一尘不染的钢制手表。他左胳膊上面是一个文身吗？

海伦，不要再想了！

"早，"我平静地问。又是一个办公室协议问题。如果他在工作我要打扰他吗？还是我不管他直接就开始安静地扫描工作？他给我打招呼的方式告诉我我还没有超越工作的界限。

"嘿，你来了！"帕特里克开心地说，用他刚才盯着屏幕的那种认真的眼神看向我。"我今天冲咖啡了。"

"谢谢。"现在他的注视开始让我有点紧张了。每天在说
"早!"之后我就想不到什么机智的回答了。我会想几个小笑话
来填补"早!"和"午餐时间"之间的空白。为什么那么难呢?以
前我经常跟梅利特的朋友们聊天的。在设法吸引梅利特圈子里
的男人的注意的时候我会借助于我那个万全的谈话技巧:问他
们的工作。

"你在忙什么啊?"我尽量让自己的口吻随意些。我放下大
兰兹角帆布包然后走过去给自己倒了第四杯咖啡。虽然我已经
喝了很多咖啡,但我不想无礼。我喝了一小口然后闭上了嘴。
真的是闭上了嘴。"哇哦,这喝起来像淤泥!"

帕特里克笑了,好像他对我的反应一点都不意外。"这是
土耳其做法。你会习惯的。在那待了那么久,我已经学会喜欢
这种耐嚼的东西了。"

当然了。他的挖掘场在土耳其的希萨立克,耐嚼咖啡和漂
亮亚麻布的故乡,就像他穿的那件亚麻衬衫一样。这次我的一
口喝得更少,就像我在电影里看到的那样。

"这就像一顿好吃的饭菜。我昨天冲的咖啡喝起来肯定跟
洗碗水一样。"

"不,精致。就跟你一样。"帕特里克反对道,然后背靠向
电脑屏幕。

精致?真的吗?跟萨拉·怀特相比,哦,跟几乎所有的帕
萨迪纳人相比?

我在他旁边经过的时候看到他打开了一个类似一个大挖掘场的图片。我猜想应该是特洛伊。到目前为止我的研究还不包括记住古遗址的鸟瞰图，这是我大学时候的考古课要求的。"看看这个。"

我回到他桌子旁边。我站在离他右肩膀有一段距离的地方，很快我就开始担心我的呼吸问题了。

瑜伽式呼吸，瑜伽式呼吸，让气流通过鼻子。

"这就是我说的特洛伊 10 号，是被占领最晚的一座城市（或者说一个土层）。大部分人认为这个遗址上只有九座城市，特洛伊 1 号、2 号、3 号等，它们的时间可追溯到公元前 3000 年到公元 600 年。建成，然后被毁，建成，接着被毁。但我认为这里的这座就是特洛伊 10 号。我认为它是从公元 850 年开始被占领的。"电脑屏幕显示了一张整个遗址的高质量鸟瞰图。跟很多古遗址不同，特洛伊遗址上没有废墟，也没有外部迹象表明曾经有任何一种文明。考古证据被埋在了一层层的泥土下面，被草地覆盖着。帕特里克指着挖掘层边缘一片广袤的平原上的一小堆带草的泥土说，"我想这个就是决定特洛伊是不是中世纪世界一座主要贸易城市的关键证据。"

坦白说，我从照片上什么都没有看到。那个土堆下面真有一座城市吗？真的有这样一个土堆吗？对我来说这看起来就是一个足球场，不是决定任何事情的关键。"而且你的学术对手更喜欢说'不是'，对不对？"

帕特里克脸上露出惊讶的表情。

"我看你的脸谱网页面了。嗯，实际上是'让性感重现考古页面'，但你的照片很突出。"哎哟，这听起来好像是我在跟踪他的意思。

"我在谷歌上搜索特洛伊的时候看到的。而你就在那出来了。"我很快就给他解释，希望他不要留意我在暗示什么。"委员会上人们都在激烈地讨论你认为特洛伊是中世纪一座强大的贸易城市是不是可信的。有些人在诽谤你，奥尼尔博士。"

"我网页上没有写那个。"他是不是有点脸红呢？

"我想着也是。你不像是那种把自己描述成'一半是印第安纳·琼斯一半是阿波罗'的人。"

"你是在拿我寻开心吗？"

"我是。"其实我不是在拿他开玩笑，但他似乎真的很尴尬，我想还是换一个话题比较好。"我说实话。那张照片除了让我觉得是踢足球的好地方，什么都不是了。我们在看什么呢？"

"靠近点。"帕特里克跟我说。

哦，不，他身上好香，就好像他刚用布朗纳博士的香皂洗过澡然后又在柠檬美女樱里打了几个滚。

他的食指轻轻地在明亮的电脑屏幕上划过，在绿地上一处地方画了一个圈。"这是卫星图像。这就是我认为是市场、市集的地方。你能看出高度变化吗？"

"哦，当然。"我撒谎说，只是想让他停下来好让我想明白他说的话。

"我不相信你说的。我教的本科生正努力证明这点呢。坐到这来。"帕特里克命令我，同时优雅地跟我换位子，他抓着我的肩膀好让我坐到一个合适的位置。他的手指温柔地在我脸上划过，让我的眼睛停留在图片的右上方。他健美的前臂上是文身吗？他只是低声在我耳边说，"顺着我的手指看。放松眼睛，慢慢地仔细看这个幻灯片，让你的眼睛看到地形上的变化。注意这个微妙的高度变化。你看到了吗？"

谁知道"地形"可以被说得像"来吧"呢？我很难去放松任何部位，更别说是放松眼睛了。他把坚实的肩膀放在我肩上，柔声细语地跟我说话的时候我的大脑一片空白。

"放松，"他再一次告诉我。显然我紧张但精致的身体语言已经将我的心情表达得很清楚了。

再一次做瑜伽式呼吸。

这次奏效了。在我放松眼神专注地看着屏幕的时候，我看到了一座集市的微妙的轮廓，就是帕特里克之前指的地方。它就在那个我之前没看到的地方。"我看到了！"

我听起来像发现沃尔多的一个学龄前儿童。

帕特里克笑了起来，他离开了我坐的那把椅子，这让我很难过。"这次我相信你。"他转了一圈走到了电脑前面。他是怎么找到的这样一件跟他眼睛的颜色这么搭配的衬衫的呢？"有时候关键并不是找到，而是去看。"

现在我明白这个人为什么有那么多热情的追随者了。我迅速从他位子上站起来，不知道接下来要说什么了。他帮我说了，"把你的椅子搬过来。我给你看看一些其他的东西。"

亲密的身体接触不是文件扫描协议中的一部分，但我没有权利去争论这个。我只是一个助理罢了。

"喝两杯那个听起来不错。你经常在吃午饭的时候喝酒吗？"帕特里克一边问我一边在酒吧高脚凳上坐稳，并从雅致的手绘瓷碗里拿了一片橄榄，瓷碗上还印着"酒瓶的秘密酒吧"几个字的黄蓝色签名。

我心里想反对，但显然他很放松。喝着酒、吃着橄榄还聊着天，没有人比帕特里克·奥尼尔更轻松自在了。

我通常在有氧运动、委员会议和修指甲中间抽空站在水槽旁边吃白软干酪和小麦片。但鉴于这个早晨我是跟世界知名的考古学家一起，那种回答似乎有点太土，因此我选择了保全颜面。

"如果我在开合用汽车我就不喝了。"这是真的，尽管有些我认识的妈妈不遵循这种标准。

酒瓶的秘密酒吧的主人是泰德·甘布尔，简的老公，同时也是尿布产业的继承人和酒迷。以前泰德是一位企业并购律师，但其实他信托基金里的利息都够他舒舒服服地过一辈子了。他律师做得很出色，赚的钱也比以前多很多。然后9月11号那天他最好的朋友在去洛杉矶的飞机上突然死亡之后，泰德很早就辞职然后开了一家供应三明治和带西班牙小食吧的小酒店，里面的东西虽不正式，但很令人满意。店里的服务很慢，但里面的火腿是来自帕尔玛的。而且泰德是一个人人喜欢的业主，对于单独吃饭的顾客来说他也是一个很好的聊伴。我以前经常每两周就去那买一箱酒（泰德选的）和一个三明治。

现在我都是在乔氏超市买酒喝，因此我已经很久都没有去过酒瓶的秘密了。帕特里克提议我们一起吃午饭的时候，我说我知道一个好地方。我清楚地知道他想去一个萨拉·怀特不会出现的偏远的地方。他喃喃地说要去一个"其他亨廷顿员工不知道的"地方。酒瓶的秘密就在这条街上，但确实很偏。

我和帕特里克走进来的时候泰德的眉毛稍微上扬了一下。我跟梅利特甚至都没有进来过这个地方，他对这种地方是没有耐心的。但我可以看出他脸上显现出了对这个跟我一起吃午饭的男人的疑问。自从丧礼以后我就没有见到过泰德，我猜他和简晚上的时候除了我还有其他事情要聊。我很快介绍这两个男人认识，他们似乎都很开心。泰德读的书很多，而且是一个拥有知名政治和生意方面人脉的环游世界的人。而帕特里克跟泰德这样的人打交道显得很舒服自在。

帕特里克和泰德在互相谈论一些最基本的社交寒暄的时候，我一边喝着我点的灰品诺（很好喝……或许在午饭的时候我应该再喝点）一边想着过去三个小时发生的事情。

帕特里克通过一张又一张幻灯片的讲解已经让我了解了他

大部分的研究，就像用一早上的时间学会了一学期的特洛伊考古学课一样。我想起了自己 20 年前爱上考古学的原因。在一个又一个的碎片中解开谜团，运用物理、文学、语言学方法和历史数据来重新创造出一个消失一千年的文明。帕特里克正试着重组一个完整、复杂的特洛伊城市面貌，这座已经消失的传奇城市。他的工作就像一个线索游戏，只不过规模更宏大了。

跟最好的老师那样，他对我的问题很耐心，回答得也很热情。但很明显他不仅清楚自己的工作，他还了解所有人的工作：关于希腊、荷马、特洛伊以及从铜器时代开始一直持续到今天的历史。帕特里克滔滔不绝地谈论君士坦丁堡、拜占庭以及《埃涅伊德》。他援引古今的商路，不时说几句希腊语、土耳其语和拉丁语，还有哲学、地质学，他还推荐当地好吃的食物呢。而这些东西在他讲述充满幽默和热情的特洛伊木马故事的时候都涵盖进去了。

现在我明白为什么说那些笔记本没有用处了。帕特里克的工作比 140 年前一个工程师的一些观察要大得多、宽得多。帕特里克要挑战被公认的古代中世纪世界的地图，打乱被公认的学术标准。鲁道夫·施里曼在那些日记里可能会揭示的东西只是一个大谜团里的一小部分。就像帕特里克曾说的，"几条好玩的逸闻趣事"，但并不能展现出一座叫特洛伊的城市的整整 4000 年的历史面貌。

泰德的声音把我从回忆中拉回来，"那么，你结婚了吗，帕特里克？你的妻子在这吗？"

太聪明了，泰德，太聪明了！做过一次律师就永远都是律师。开火吧，顾问。我们把全部的消息都试探出来。我假装在认真地看菜单，但其实我是在等他的一个官方回答。

"我曾经结过一次婚，很久以前了。婚姻持续了大概一个半小时，不是很顺利。她不喜欢我弄回家的那些泥土。"他们俩大笑了起来，"她回到了伦敦。她热衷于物质享受。我不是很在乎那些东西。我女儿也跟她一起住在伦敦。"

什么？一个住在伦敦的前妻？还有一个女儿？

"你女儿多大了？"干得好，泰德。

"卡珊德拉 20 岁了。她在学习时尚设计。她想成为下一个斯特拉·麦卡特尼。她妈妈也是一个设计师，所以她是从她妈妈那遗传的这个特点，不是从我这遗传的。"

"我最大的那个孩子想成为一个公园管理员。我甚至都没有带她去野营过呢！"泰德和帕特里克笑得更欢快了。

我的思想在驰骋。莫名其妙地是，简·西摩的样子浮现在我的脑海中，尽管我确定帕特里克博士没有跟奎恩博士（女巫医）结过婚。这位艺术家老婆是谁？"很久以前"是多久？他看他的女儿吗？多久一次呢？明知道神话中的卡珊德拉被自己的母亲杀死，为什么还要给自己的女儿起这个名字呢？而且他看女儿的时候会不会和艺术家老婆一起喝茶、吃松脆饼？如果他有一个 20 岁的女儿，那他肯定比我要大，但是大多少呢？

继续跟他聊，泰德。继续跟他聊。

但泰德和所有其他男人一样，在话题变得很好很亲密的时候，他换了另一个话题。"我要问问你这个问题。为什么希腊人不能酿出更好喝的酒呢？他们都喝了上万年的酒了。为什么就不能改进呢？"

他们接着又谈论了 N 个有趣的话题，但都不是很私人的话题。他们讨论了巴黎最好的餐厅、英超联赛、美国跟俄国的政治、以弗所的废墟还有第一次见到布鲁斯·斯普林斯汀的感觉。天底下除了人和人际关系的所有话题他们都涉及了。过了接近两个小时，在我喝了几杯咖啡，帕特里克又喝了几杯酒以后（当然都是泰德埋单的），我们就回办公室了。

"地方好，人也好。"帕特里克在钻进车的前座的时候说道。

开始萌生的兄弟情？对他们俩来说真是太好了。

"顺便说一下，周一以前你要一个人了。我要离开镇上几天。"

我们又回到了蜜月套房里。我正在打包准备离开，接艾登我已经迟到了。帕特里克的话让我很意外。我希望我的脸上没有流露太多失望的表情。

"哦，好的。你为什么想在周一之前办完事情呢？"

"我们先设法把前六本笔记扫描储存完吧。如果你有机会转录材料的话那就太棒了。你的记录会很有用的，而且打印的会比手写的更适合我阅读。弄完五到六本日记之后我们应该就了解这些笔记里有没有关于首次挖掘的有意思的记录了。然后我会用两天的时间提出某种假设，否则人们会纳闷我们成天在忙些什么。"帕特里克说话的语气有点过于亲切。也许他不喜欢吃午饭的时候喝酒吧。"我需要提前做好准备以免萨拉又在吃玉米卷饼的时候拷问我。"

　　显然他不跟萨拉·怀特一起出发。知道这点让我心情好了很多。但是是萨拉帮我找到的这份工作，因此我也不准备出卖她。

　　帕特里克打开了电话，看来是准备在我走后再工作几个小时。"而且我不知道你能不能帮我做点事。下周我要给一群初中生做一个展示。一般情况下我的观众不是这样的。你儿子是不是差不多这么大？"

　　"是的，其实他在米灵顿上学。你的展示是在他那所学校。"

　　"世界真小啊。"

　　他一点都不知道。

　　"你能不能看一下我的PPT，看看这些是不是他那个年龄的孩子会喜欢的？我也许会需要一个勇气检测。我担心这个太学术了。"

　　"当然可以。"我很惊讶。喝了两杯酒我现在竟然成了帕特里克·奥尼尔博士的勇气检测员。"我把我的邮箱给你。你给我发过来就行。这个展示的基本前提是什么呢？"

"哦，你懂的，特洛伊战争的基本历史，一点海因里希·施里曼的故事，然后我再介绍一点我自己的研究。潜台词就是，考古学就跟解开谜团那样需要高科技的工具，如图像增强器、计算机模型和传统的手工活。"

"就像在土里挖掘那样吗？"

"对。"

"哇哦。十几岁的孩子就喜欢图像增强器！还有在沟渠里挖土。"

"我以为他们喜欢电脑呢。"帕特里克变得很有防御性。

"兴奋呢？动作呢？为什么不提现代考古学之父海因里希·施里曼是一个走私犯和骗子呢？他那上百万资本靠武器交易获得的。这个人基本没有受过什么教育，是当今学术界最底层的人。但他竟然厚着脸皮去发现特洛伊。而且他娶了一个叫索菲亚的邮购新娘，在他同意结婚之前新娘还要参加一个关于荷马的考试。干吗不为孩子们介绍一下这些东西呢？这很让人兴奋的。而电脑图像却不能让他们兴奋。"

"我是教授，不是编剧。"

"而我只是一个母亲，不是一位博士。但我认为你应该让它有意思一点。不然你可能会吓跑一代可能会成为考古学家的孩子。你不就是因为那种故事进入这个领域吗？"

帕特里克停住，他在考虑我的问题。"不，我喜欢的是学术的结构，那种学术的严格，而不是这种风流韵事。"

这回该我停住了。"那更好，奥尼尔博士。把 PPT 发给我吧。我和艾登会看的。这是我的手机号码，以免你走之后需要我做什么事情。"我草草地记下了联系方式，在他桌子旁逗留了一会儿。我在等什么呢？

"谢谢，"帕特里克直视了我很久才说道，"从这到圣巴巴拉要花几个小时啊？"

圣巴巴拉，地球上的天堂啊。圣巴巴拉都有谁或者都有什么东西呢？"大概两个小时，具体得看交通状况了。要在高峰期出发，也许要好几天呢。你在那有家人吗？"我在试探消息，希望没有表现得很明显。

"不，我的家人现在都在东海岸那边。我要去看以前的一个同学，现在我们是同事。她在大学里教书，同时在做从铜器时代到当今近东文明的商路和宗教信仰变化之间关系的有趣的研究。我要去拜访她几天，交流一下笔记什么的。"

"我希望天气会很好。愿你跟他玩得开心。"

"其实是'她'。我相信我会玩得开心的。"

第十章

"他到底有多少女人呢？先是萨拉，接着是伦敦的艺术家老婆，然后又去圣巴巴拉见一个女人？除了这些还有多少呢？"我在和坎迪一起绕着周长有 3 英里的玫瑰碗散步的时候问她。每天早晨上千个帕萨迪纳人都围绕这个著名的足球馆做运动：年轻的、年老的、遛狗的以及妈妈们。坎迪和我只不过是穿着黑色紧身衣戴着棒球帽在那天早上散步的妈妈们中的两个而已。我们已经见到了来自米灵顿（走路很慢、妆画得很浓、说西班牙语的南美洲妈妈）、马丁代尔（穿着科尔哈恩的运动鞋、身上没有任何脂肪的妈妈）以及莱德伍德（谁穿着木底鞋散步啊？）的一群妈妈们。

坎迪跟每一队的妈妈都打招呼，用她典型的那句"宝贝，加油！"来称呼每一个女人。她不对她们做社交区分。每个人都是坎迪的朋友。她真的认识镇上的每一个人。她总是说，你永远不知道什么时候就需要别人帮忙呢。

　　我回头看着她。她穿了一件带棉花的银色羽绒背心，一套卡普里的紧身衣和一双顶级的耐克鞋。她是在喘粗气吗？

　　"海伦，我们慢一点吧。今天早上你跑得跟疯子一样快。"

　　"不好意思，我只是很着急。我要去上班，还有一些其他的事情要做。"

　　我们拐过最后一个弯，看到了坎迪那辆很大的雷克萨斯汽车。她突然慢下来，把手放在我的胳膊上引起我的注意。"不要误会我的意思，但我认为你需要接受治疗了。"

　　我确实误会了。彻底误会了。"我整个的童年时期都看着我母亲试着用提高意识和原始喊叫为我治疗心理问题。不，谢谢你。我没事，或者说我会没事的。我只是需要一点时间。"

　　我们现在到停车场了。坎迪很关心地跟我说，"海伦，通常我们散步的时候我会跟你说八卦然后你点点头笑了笑。我本来打算要跟你讲我上次开五校会议的时候听说的一个关于中子梅勒妮的八卦，但我根本插不上嘴。在刚才那个长达3英里的散步中你不停地在讲米灵顿的阿黛尔、高中的招生顾问、房地产价格、你的会计、水球教练还有一个你甚至都不认识的圣巴巴拉女人。"

　　"我需要发泄我的感情，不是想联系他们。"

　　她把手伸进她背心的口袋里，然后拿出一个挂满钥匙的路易·威登牌钥匙链。"我也不喜欢自我反省。这就是我为什么喝伏特加的原因。但是亲爱的，你心里有火气。我喜欢生气，它是有目的的。但我不喜欢永远那样。我想你需要跟别人谈谈。这不是因为一个高中面试，也不是因为信托董事会，也不是因为梅利特。你生气是因为他死了，然后让你一个人来解决……所有的事情。"

作为一个结过很多次婚和绯闻不断的人，坎迪处理事情出奇地好。如果她认为我需要帮助，也许我的确需要帮助。

该死的。

我一直都把精力花在艾登身上，从没有想过自己的事。我甚至劝过艾登参加一个为悲痛的青少年提供的夏令营，但他假笑着说，"是啊，跟一帮没爹没妈的小孩一起玩听起来很有意思。"

或许我才是那个需要去夏令营的人？我甚至都不知道从哪开始。我靠在车上，假装伸出我的小腿。

"梅利特的妹妹们今天清理他的橱柜。我甚至都不能面对他的蓝色运动衣。我怎么能面对这所有……"我垂下头，"……剩下的一切呢？"

"我会从各方面打听几个人。找一个在创伤恢复治疗方面厉害又有经验的人。"

她会用这个术语我感到很惊讶。坎迪一直对梅利特和他的外遇那么不留情面。这好像是她承认自己过早地下定论了。我也是这样吗？

"就去找个人聊两次。不会有坏处的。好吗?"

"好。"

坎迪钻进她那辆越野车,启动了引擎。碧昂斯的歌从扬声器里传了出来。"在这周末交响晚会上你愿意跟我做伴吗? 一个公关负责人多给了我一张票。我打赌费尔切尔德夫人肯定在那。而且也许还会有一些帅气年老的单身男人呢。而且我说的是更老的哦!"坎迪又变回了原来的样子。

"该死,我还要去水球锦标赛呢。代我喝点雪利酒哈。"我也回到的原来的样子。

"我会的。宝贝,加油。"我的好朋友就这样风风火火地走了。

办公室里除了扫描仪低沉的嗡嗡声和后面收音机的声音什么动静都没有。借帕特里克不在的机会,我开始穿牛仔裤、听公共广播电台然后考虑坎迪说过的话。通常我在行动前对决定考虑过多,对一个问题研究思索到令人作呕的程度。

但梅利特死后我跟以前完全不同,我开始反应得很快,甚至都有点仓促。我认为我需要这样做。现在把经济问题整理好,把悲伤的事情留到以后。难道我错了吗?

也许我真的应该跟别人谈谈了。就因为我母亲是全职治疗师,并不意味着我得在接下来的 20 年里寻找自我。我确信几次速成治疗就能解决问题。或者我也可以看看蒙席先生给我寄来的几本治疗悲伤的书。我上次看库布勒罗斯的书还是上大一的时候呢。我陷入沉思中，彻底忘记了文件扫描协议第一条规定：集中注意力工作。

这时候我听到了一个恐怖的撕书的声音。

哦，该死的。我翻第六本笔记的第122页的时候翻得太快，一下子被我给撕烂了一点点。好吧，可能不止一点点。可能这页的四分之三都被我撕烂了。该死，该死，该死。

要是图书馆的凯伦在我把笔记还回去之后天天检查怎么办？求你了，求你了，求你不要让凯伦检查这些笔记啊。我不想失去这份工作。

我不想丢掉我的小命！

曾经在我13岁的时候，我为隔壁邻居照看几只猫，我不小心把其中的一只放在地窖里锁了一周。未经主人允许我就进了他家地窖，为了看看他家在地窖里种死神蘑菇的传言是不是真的。我本来期待着会在灯下发现成箱的泥土和真菌呢。相反，我发现的是存放在地窖里的普通废物：坏了的装饰品，不用的皮箱和生锈的烧烤架。米尔斯一家似乎不是死神蘑菇种植者，他们只是有收敛癖的人。

我的侦查结束后，雪球不见了。六只猫还在，但一只在行动中失踪了。我只是继续把食物放在雪球的碗里，假装他还在吃东西，因为我害怕告诉别人我把雪球弄丢了。邻居们回来的时候听到雪球从地窖里发出疯狂的叫声，然后找到了蜷着身子、全身沾满圣诞装饰品的憔悴的雪球。我就装傻，装出一副好像雪球一周都在到处乱跑，结果把自己困在地窖里的样子。

这也太奇怪了，米尔斯太太一直重复着说。他怎么会进一个锁着的地窖呢？尽管雪球受了很大的创伤，但他们还是相信了我的故事。愚蠢的嬉皮士啊，也许他们真的在种死神蘑菇呢。从那时候起我就感觉很内疚。

我处理这张被撕毁的笔记的方法跟那次的雪球事故一样：装傻。否认所有的指控。在扫描的时候这张纸已经被撕毁了，这就是我要说的话等等，他们能用碳含量测试查出来撕毁多久了吗？那我就完了。

就在这时候门铃响了，我又回到了13岁的时候。一种认为凯伦能清楚地听到那个撕毁笔记的声音的疯狂的念头在我脑中盘旋。

"嗯，等一下。"我用颤抖的声音喊道。在我匆忙藏起5号笔记的过程中我打翻了一个雅致的铅笔夹和一盒超大的纸夹。我慌忙把笔记塞进沙发枕头里，重新整理了一下羊毛盖毯好把突起的部分盖上。我的心跳加速了。

放松，放松。是凯伦在敲门吗？

她又敲了一下门，这次更响了。"海伦，你在里面吗？"

谢天谢地，是萨拉·怀特，不是凯伦。我能感觉到心跳放慢了。我猛地一下倒在沙发上，希望萨拉能接受我随意休息的做法。"哦，当然了，萨拉，快进来！"

她小心翼翼地推门进来了，四处找寻帕特里克的踪迹。当她看出自己找的人不在的时候，她开始把目光转向我，而我大白天地躺在沙发上，周围也没有任何的工作。她脸上表现出了反感。"你在干什么呢？"

我突然站起来，祈祷那本笔记不要掉在地上。"我只是在休息。你想来杯咖啡吗？"

"不用了，谢谢。"她这么说真是个解脱，因为我也没有冲咖啡，而且我的手颤抖得厉害就连豆子都拿不住。"我在找帕特里克。他在吗？"

看来帕特里克没有告诉萨拉他去圣巴巴拉的事情？太好了。现在我有点为难了。"不，他不在。而且他这周都不会过来了。"

太棒了！这就是很好的助理该说的话。很中立，但又表达出了我不能随意谈论这件事的意思。

"为什么？"

"你说什么？"

"为什么？他在哪儿？"萨拉·怀特现在不讲规矩了。难题来了。如果我告诉她他在哪儿，然后她找到了他，他可能会很烦。但如果我假装不知道，而他回来后萨拉要是发现我一直都知道的话，她会很烦。因此，我选择了一个折中的解决办法。

"他在圣巴巴拉办事呢。下周一就回来了，所以我得赶快干活。"我随意地指着我的办公桌，希望萨拉不会注意到其实桌上并没有什么东西，因为我已经把唯一一本我能整理的、但又被我弄坏了的笔记藏在沙发下面了。

"他在圣巴巴拉要干什么呢？"

我剧烈地耸了耸肩，"铜器时代的商路问题。他有急事可以打我的电话，但我没有他的联系方式。"就这样我以为她就不会再追问下去了。

她还没有那么快就完事。萨拉似乎不是很满意。她又靠近了点说，"我注意到你们俩昨天一下午都不在，是去实地考察了吗？"

萨拉·怀特是在跟踪我老板吗？"我们去吃午饭了，一顿很长的午饭。帕特里克一直在跟我说他眼睛的问题，好让我跟上他的节奏。这样可以帮我深入理解他的项目。"我解释道，我对自己的语调相当满意。"虽说花了好几天的时间，但我现在已经全都明白了。"

这里面有很多都是胡说的。我听起来像个专业人士似的。

萨拉开始在帕特里克的桌子前转悠，装出一副没有在看桌上那几份文件的样子。"你看，我们一起出去过好几次了。他有提到过我吗？"

现在该萨拉来违反第13条规定了。

"我们刚才一直在谈论特洛伊呢。我不多问他私人方面的问题。我跟帕特里克的关系还没有到那种程度。"

"当然还没有，"萨拉生气地说，一边还假装掸掉她那件定做的乳白色外套上的线头。"我想着我可以在谈话过程中过来一下。"

如果这就代表中年人确定恋爱关系的话，那么这跟高中生确定恋爱关系没有多大区别。这让我很郁闷。"他对自己私生活谈得不多。"

"你知道他前妻是一个叫苏珊娜·阿什福德的设计师吗？而且你知道玛丽马克公司和罗兰爱恩公司合并了吗？显然他们疯狂相爱了大概 6 个月的时间还生了一个孩子，但接着她就逃到了伦敦，却发现帕特里克更在乎他自己的工作，而不是她的工作。"

他当然是娶了苏珊娜·阿什福德了！他为什么不想有一个好妻子呢？这就解释了他在酒吧里跟泰德讲他前妻不喜欢泥土而喜欢物质享受的事实。但帕特里克能在吃玉米卷饼的时候跟萨拉透露这么……私密的事情让我很震惊。"他告诉你的？"

"哦，不是所有的。他只说他有一个女儿。所以我就在谷歌上搜索了卡珊德拉·奥尼尔，他女儿的名字，这样我就找到了苏珊娜·阿什福德，然后我得到了一个在卫报上采访她的机会。她没有提帕特里克的名字，但当她说'我做考古学的第一任丈夫'的时候，我就知道肯定是他。他显然为她新一批的床上用品提供了灵感。我说的是古典设计风格，而不是设计床单的理念。"

这样我就解脱了。我真的不想让帕特里克对萨拉敞开心怀，但我不知道为什么。我感觉自己有点不地道，因此我又说道，"他这个人很有意思。我相信你们肯定有很多共同点。"

我真好，能说出这句话。

显然萨拉不以为然。

"我不打扰你继续工作了，"萨拉说道。我的地道瞬间就消失了。"如果他打电话过来，你能告诉他我来过了吗?"

萨拉·怀特一出门，我立马就开始了我的"工作"，那就是努力让我对笔记的破坏减小到最低限度。我想起了帕特里克说过的话：老旧的东西不代表它们就很有价值或者跟这类似的话。

也许这些笔记最后真的会毫无价值。那样就太好了。

我正坐靠在床上转录扫描的文件呢。要粗略地转录鲁迪这份有上百年历史的手稿都是很慢的。我快弄完第一本笔记的一半了，这本笔记是对特洛伊之旅后勤工作的相当冗长乏味的描述。火车、轮船旅行队，甚至还有一张详细的装箱单，我相信会有某个学者对这个很感兴趣，但这个人肯定不是我。它看起来跟艾登去夏令营时候的打包清单没多大分别。

除了鲁迪·施里曼带的那桶鹿肉干之外。

尽管转录过程很痛苦，但我最终能用上高中时候一位辅导老师让我上的那门打字课了。"以防那个什么拉丁语不管用，"泰斯洛小姐眨着眼说，她穿着一套焦橙色长裤套装，哪怕在中俄勒冈州也努力让自己做最美的玛丽·泰勒·摩尔。

在意识到泰斯洛小姐也许说得对的时候我感觉有点恶心。

　　我关上电脑，然后关掉了床头灯。从半空着的衣柜里发出了亮光。我已经习惯了开着灯睡觉了。我骗自己说那是为艾登开的，以免他半夜想进来睡在地板上。但也是为了我自己。

　　对黑暗的惧怕对我来说还是一种新的感觉。

　　我打开灯，打开电脑，接着打那本转录好的日记。这是……什么？突然，鲁迪对装箱单的描述一下子转到了他对年轻的索菲亚·施里曼的幻想中，幻想在他到达场地的时候她穿了什么衣服，又或是什么都没穿，也就是他描述的她那"裸露、细长的脚踝，没有穿任何靴子或丝袜。"

　　鲁迪，鲁迪，鲁迪，你这个坏小子啊你。

第十一章

那天早上大部分的时间我和艾登都在争论要不要穿衬衫打领带的问题。我认为他应该打着领带去参加伊格内修斯的面试。但他反驳说，"妈妈，这看起来好像我太过努力了。"

"穿衬衫打领带只是说明你在乎。如果你上了这所学校，你还要穿四年时间呢。那么穿衬衫打领带去面试又怎么不可以呢?"我用母亲特有的那种嘘声说道。说实话，最近几天他的情绪波动很大，鉴于他最近经历的事情这是可以理解的。但为什么，为什么，究竟是为什么他还要在穿衬衫打领带的问题上跟我吵架?我把车停到学校的停车场的时候，看到在学生停车处有很多迷你库柏和老沃尔沃车。

跟米灵顿苍翠繁茂的环境相比，伊格内修斯是要多城市化就有多城市化的。这些古老的石头建筑在 20 世纪 20 年代被修建的时候是作为天主教神哲学院和养老院使用的，而现在它们都被常青藤覆盖而且被挤到了一条斜坡弯道旁边。一座脏兮兮的玻璃窗上印着耶稣会学院名字的小教堂坐落在右边的地方。游泳池和运动场顺着快速道在小教堂远处伸展出一片无尽的绿色和水泥铺成的矩形。校园最南端是一个崭新的橄榄球场，里面有价值上百万元的草坪、新闻记者席和高级衣帽间（一位很忠诚很成功的前任第三四分卫捐赠了这整个球场，梅利特曾经在捐赠仪式上嘲笑说这是后备队员的报复）。

校园不是很漂亮，但它却散发着传统的迷人特质：学生们早上在前面的宽石阶上集合；每天有一千个孩子都在进校门后触摸那个破木十字架以求好运；在通风好的餐厅里高年级学生在饭前都会做礼仪引导者。虽然有天主教传统，但伊格内修斯是南加利福尼亚学校中最接近马萨诸塞州和康奈迪克州的精英预科学校的。很大的一个区别就是它实际上不是由精英人物组成的。

不管是来自富裕或是贫困家庭的孩子，还是来自移民家庭或各种族各信仰有权势的家庭的孩子都从洛杉矶的各个地方来到伊格内修斯求学。在各大预科学校还没有对贫困学生的助学金设立捐赠基金的时候，伊格内修斯就引以为傲地制定了一个"写支票"的入学政策。如果一个园丁或是警察或者技工的孩子有资格入学，那么一些校友就会以这个学生的名义写一张供他使用4年的学费支票。这是一个60年前由掌权的迈克尔牧师发起并一直由拉斐尔牧师延续到今天的传统。受人爱戴的耶稣会看一下校友通讯录然后拿起电话。律师或房地产界重要人物或者法官永远不会见到他资助的孩子。而且学生也希望着有一天能用同样的方式偿还债务。这种方式很安静很谨慎，而且已经在这个地区培养了最忠诚的校友。伊格内修斯大部分的斗士都认为对他们高中的忠诚度要比大学或兄弟会的关系更为深厚。

我想让艾登拥有那份关系。我觉得虽然他的生活中很多其他的东西都改变了，我依旧可以把这个给他。

在后视镜前面重新抹唇油的时候，我最后一次把艾登数落了一番。他怎么了？"打领带会是重视学校传统的表现。"

"好吧。只是……怎么着都行，好吧。"接着他打上了领带，用愤怒的眼神看着我。

太好了，我心里想。今天是放低姿态的好日子。

从这起一切都变得更糟了。

招生办主任汉克·菲斯特把我们领进了他那间狭小的办公室。沙发上的针绣枕头建议我，一切事情都要谦卑。所以我想我最近还是学到了东西的。

"那，艾登，你这个季度都在读什么英文书呢？"菲斯特先生就这样开始了他的第一个问题。我知道他很清楚一个米灵顿的八年级学生这个季度会读什么样的书：《罗密欧和朱丽叶》和《杀死一只知更鸟》。米灵顿有 25 个男孩申请了伊格内修斯；艾登是最后一个参加面试的。只有大概 6 个学生能被录取。艾登是梅利特留给我的一个宝贝，他是一个体面的孩子，但他的成绩不好。他需要这个面试。我感觉汉克·菲斯特同样很清楚这点。

我很感激他问了这样一个容易回答的问题。

"嗯，嗯……"艾登开始了，眼睛一刻都没有离开地板。然后他开始坐立不安，接着就扭动坐着的椅子。"嗯，罗密欧和，嗯，朱丽叶。这本还可以。然后还有一本是关于一个律师小子为一个非裔美国人辩护的。那个带知更鸟的。"

律师小子？莎士比亚"还可以"？这个小孩是谁啊？

"哦，艾登，"我假笑着说，希望缓和一个房间里不安的气氛。"我很开心你能认为莎士比亚挺好看。"

"难伺候的读者啊，"汉克·菲斯特回答道，同时开玩笑似的将头转向我儿子。上帝保佑你，菲斯特先生。

然后游戏时间结束了。

"如果这个人写的东西你一个字都看不懂，他能有多伟大呢?"艾登气急败坏地说道，他的声音充满了挑衅的意思。"我能一整天看这些垃圾，但依然还是没意思。那有什么意义呢?"

世界上没有任何声音比希望破灭的声音更震耳欲聋了。求你了，艾登，求你振作起来。但我能看出他这种生气的年轻人的语调才刚刚开始。

我们又挣扎着经过了十分钟的问答过程。就连关于水球的一些例行问题艾登都不能给出一个文明的回答。最后是菲斯特

先生和我谈论艾登，而艾登却装出一副看时间的样子。我们聊
到了猜字谜游戏，我们还握手并祝福彼此好运，直到面试结
束，但我们都清楚地知道一点：这个艾登不是上伊格内修斯
的料。

我母亲很擅长沉默。这是她教育孩子最大的优点。当然
了，让我抓狂的是在我小时候如果我们陷入了关于后院里生锈
的蹦床的争吵，她就会在我朋友面前大喊说"需要一会儿的安
静和沉思"。"我们都闭上眼睛做一次深呼吸吧。把黑色能量都
呼出来，在光明处深呼吸。"我身穿飘逸长裙的长发母亲用这样
的方式教育我困惑不解的基督教朋友。

她会一动不动地保持一分钟，而我的朋友们在努力地不让
自己笑出来，我则努力着不让自己尴尬死。然后她就会带着一
个大大的微笑和一个解决方法回到刚才的话题。我认为这个解
决方法就是：沉思的恐怖已经让每一个陷入"黑色能量"的人彻
底忘了刚才吵架是为什么了。然而，我们都变得更冷静了，而
蹦床的游戏则顺利地进行下去，不再需要进一步的沉思了。

但没有什么时候比我在从伊格内修斯回家的路上更感激这
个叫我安静下来的课了。那15分钟的车程感觉上像是15个小
时。我和艾登一句话都没有说。我尽我最大的努力把黑色能量
呼出来；他盯着窗外，几乎没有任何呼吸。

蒂娜和坎迪都给我发了同样的一则短信——"面试进行得
怎么样？"我还没有准备好回答这个问题。我把手机关掉了。我

能听到我母亲柔和的声音说，"让它过去吧。呼出来，然后让它过去吧。"

她说得有道理。

我们回到家的时候，丽塔手下的两个人正在用锤子把那个"待售"的牌子砸进前院里，周末的家庭招待会还没有开始呢。丽塔曾承诺说，"雅致的字形和经典的颜色！"我相信邻居们会欣赏艺术走向的。我关掉车上的点火装置然后在车上坐了一会。艾登也是。

"你没有什么要说的吗？"我们最后下车的时候艾登挑衅地说道。

我记不起我什么时候比现在话还少了，也许除了梅利特跟我坦白罗谢尔·西姆斯的时候。或者会计跟我说钱的问题的时候。我不能明白刚才发生的事情，因此我当然也说不出什么有建设意义的话来。我只是说了一个显而易见的情况。

"我想你是真的很不想去伊格内修斯吧。我以为你想去呢。我们会想出办法来的。"

艾登很惊讶，好像他以为回到家我会把他给撕碎一样。当然了，如果他在梅利特面前那样做的话，后果会相当严重：大叫、指责他丢了家族的面子，然后是一周不能用电脑或手机。但在最后的几个月里，我已经不清楚如何衡量事情的重要性了。弄砸伊格内修斯的面试跟卖掉房子相比哪个会对艾登的人生更重要？谁知道呢？我好几十年都弄不清楚梅利特的死对我们生活有什么影响，所以我现在当然也不会乱下定论。"我们点比萨吧，这样就不会弄脏伊米莉亚打扫得很干净的厨房了。"

"妈妈，对不起。我搞砸了。你生我气了吗？"这是艾登整个下午说出来的一句夹杂着最复杂情感的话了。我得到了认可、道歉，而且他接受了我对他的责任。

"我没有生你气，"我坦诚地说。我很难过，很失望，很害怕，但不是生气。"不，我没有生气。我们会有办法的。"

"好。"这个神奇的字又回来了。

我知道将来有一天我们还会回到这次的谈话，正如一个月后我们收到伊格内修斯寄来的拒绝信，而那次糟糕的面试也会被艾登接受一样。

同时，我换了一个话题。"嘿，你能帮我看一张幻灯片吗？它是奥尼尔博士做的，他想保证你们班的同学都喜欢。我们等比萨来的这个时间里用 10 分钟就行。你介意吗？"

孩子微笑了一下！

"当然可以了。"

吃了一个蘑菇香肠比萨又过了三个小时以后，我和艾登把帕特里克关于特洛伊战争的富有学术气息的 PPT 展示变成了一个壮观的多媒体。原来的那个版本用艾登的话说就是"很逊"。我们这个带音乐、动画和移动的图像序列的版本用艾登的话说就是"很酷"。

我们加上了帕特里克漏掉的动作、神秘、浪漫和阴谋。还有我在脸谱网找到的几张帕特里克在挖掘现场的动作照片，这样可以让参加讲座的女老师和妈妈们大饱眼福了。

"妈妈，把这个发给你老板吧，现在就发。"艾登确信仅靠我们从绿日乐队到 The Weepies 的配乐选择我就能被升职。我喝的酒也足够让自己以为他也许是对的。

我点了一下"发送"。

"该睡觉了。周末还有事呢。"

"是啊。"

我指的是卖房子的事，而艾登说的是水球锦标赛。

在我看着艾登拖着困倦的身体去睡觉的时候，我做了一个决定。我要跟比利·欧文斯先生谈谈。他是从伊格内修斯毕业的学生，他会有办法的。而且，在清楚我的经济危机和梅利特的外遇后他只字未提，他欠我一个人情，这点他很清楚。

没有比在青年水球锦标赛上更适合逃避你的生活的了。在频繁的哨声中，在过度兴奋的人群里，在水上运动中心的震耳欲聋的回音下，我真的听不到自己的思考（鉴于我在努力考虑的事情，这样很完美）。那上千个爱管闲事的人从我家门前走过，评论着我不得不卖掉房子的悲哀那又怎么样？我的孩子刚失去了他仅有的一次能得到幸福的机会而且很快就会开始吸食大麻那又怎么样？我不得不取消运动馆会员资格，然后换一家廉价的发廊，然后卖掉梅利特在结婚十年纪念的时候送给我的那副肯特·纳尔逊画的科罗拉多街桥油画，就为了付剩下的那一半米灵顿的学费。这又怎么样呢？

我有很多防晒霜，一顶价值 12 美元的塔吉特鸭嘴帽还有一瓶健怡可乐。生活很美好。

我坐在水上运动的圣地——米慎维埃荷游泳馆里的一个热且反光的铝板凳上。米慎维埃荷的奥兰治县培养出的奥林匹克游泳运动员和奥林匹克水球运动员比这个国家任何一个村庄都要多。它是一个用氯气作燃料的工厂，当地的孩子比其他地方的新手在基因方面更有天赋，而且更高大、强壮和敏捷。尽管我们在上半场跟他们是平手，但帕萨迪纳队是不可能赢的。音乐录像带很快就会公布比分，他们会和往常一样把我们打垮。

第二天的时候，我独自一人坐着假装在看比赛，避免跟其他家长谈话。我不想跟他们一起喋喋不休地说话：比赛时间问题啊，体能训练的效果啊，还有我们输掉这场比赛的时候，要在四点钟的那次比赛上争取必赢的形势的问题。一般情况下我都会假装对这些话题感兴趣来扮演我的角色，但今天我一点耐心都没有。

这些人都很好——甘布尔家族，巴尔内斯家族，基根家族以及维拉努埃瓦家族。那些家长们因为花钱想看这位顶级教练，他曾是加州大学洛杉矶分校毕业的学生，还是美国国家队运动员，所以他们就把自己的孩子训练成打水球的机器。我能看出他们只是想让自己的孩子拥有最好的东西，但有些家长则对孩子有一些不切实际的期望值。

艾登有一些才华，一些干劲儿，但并不是那种其他家长们不停讨论的"有影响力的球员"。不像那天挤在水球麦加看台上的很多家长，我从没有幻想过他可以获得加州大学洛杉矶分校的一等水球奖学金。

在那次伊格内修斯的面试之后，我就不再抱有任何幻想了。

接着我的黑莓手机显示有未读短信。1点钟——"家庭招待会已经开始了。"蒂娜扮演了我的眼睛、耳朵和保安人员，给我发来了第一份报道。"人很多。开门的时候人都排成了一个长队。你在今天的洛杉矶时报上看到照片了吗?"

是的，我在房地产专栏看到了那则写满一页纸的广告了，把那座房子，我的房子吹捧成"供人们营造家庭和创造记忆的完美的房子"，"低价拥有一段帕萨迪纳历史的罕见的机会"。

而且是低价拥有一大段我的历史。

我回到比赛的地方，这时艾登正在拿着球做假动作，接着他从七米外做了一个反弹射门。进了! 进了! 进了!

我欣喜若狂。不管看多少场比赛，我也许都不明白频繁示意犯规的口哨声，或者"五米球"，但我喜欢看艾登进球的时候脸上开心的表情。在第二节结束的时候帕萨迪纳以 2 比 1 领先。这太不可思议了。

又是一声"砰"的声音。伊米莉亚正在厨房给人提供咖啡和饼干。很不错。她是从房子开始吗?

　　艾登下场休息了。我对他竖起了大拇指。他没有理我。我早就该明白的。在他六岁踢足球的时候，他从场上下来会寻求我的赞同。现在他只听教练说话，就是那个去过奥林匹克运动会的人，而不是听他这个对水球一窍不通的妈妈的话。

　　而我开始和蒂娜发信息。"很多同性恋情侣。你答应过会有马丁尼酒吗？"

　　"做了一次不拍摄的排练。一切顺利。没有媒体来，如果你明白我的意思。画家胡安和伊米莉亚在这儿。有什么事情吗？"

　　"被发现了：中子梅勒妮和她老公。她过度装饰地穿了一件卡尔文外套。他穿着打高尔夫的行头。她不是看了上百万次你家的房子了吗？"

　　"是啊，她是看过很多次了。她到那到底是为了看，还是为了买我的梦想的房子呢？梅勒妮跟她老公住在阿罗约下游的一座很漂亮的房子里，这是加利福尼亚的一个典型的农场，从这可以看到漂亮的小桥和桉树林子。求你不要逼我把房子卖给梅勒妮。那样的话太丢人了。"

　　啊！随着一声刺耳的汽笛声，一节比赛又结束了，而我差点从凳子上摔下来。我疯狂地给蒂娜发信息说："告诉我她在那儿待了多久。"

　　"艾登球进得太棒了！明年的时候伊格内修斯的人会爱死他的！"柴普·巴尔内斯在下面隔着好几排座位大声喊着。我又竖起拇指让自己不哭出来。柴普的儿子兰迪已经是一个高 6 英尺的"有影响力的球员"了，而且传言说他被整个地区的学校疯狂地招募，包括伊格内修斯。至少这是玛莉卡·维拉努埃瓦那天晚上在训练的时候说的，她还轻蔑地加了一句"他打球好是件好事，因为他不会算术"。

"谢谢你，柴普。我想我们今天有了一个机会。"我回答说，既想表达友善又想阻止自己去想中子梅勒妮翻我药箱的事情。至少我接受了坎迪的建议，把安眠药都藏起来了。

"他明年会干出很厉害的事情的，"柴普大声喊着好让所有人都听到。自从梅利特死后我注意到队里的爸爸们都围在了艾登身边，在比赛结束后给他额外的关注，挤出时间跟他说他表现得很好，哪怕他表现很差。真是太好了。

蒂娜回复道："梅勒妮还在。同性恋情侣在门外看植物呢。听到他们说很喜欢玫瑰花和厨房。这些人看起来跟真事似的，还开着越野车过来的。同性恋做资产估价真好。"

啊！随着汽笛声，下一节比赛开始了，帕萨迪纳的观众们站起来重复地喊着，试图让我们的球队兴奋起来。我又搽了点防晒霜，希望梅勒妮会讨厌客房里的壁纸，希望同性恋情侣会喜欢迷迭香树篱和法国薰衣草园子。也许我应该种山慈菇的；它们实在是太贵了。艾登又接着参加游泳比赛。看到他忙碌的样子感觉真好。

"梅勒妮还没有出去呢。也许她企图把伊米莉亚从你那抢走呢。听说她又开除了一个保姆。同性恋情侣在叫朋友们过来看这个地方呢。丽塔在环视着等待最后的猎杀。"

"好的。我们走吧，帕萨迪纳！我们走吧，同性恋们！"

"我的天哪。新闻婊子来了。你说对了。她还在穿着紧身牛仔裤，好悲哀啊。我要进去了。"

我开始头晕了。比赛好像正在慢镜头地进行着。我让自己积极起来，每次传球、阻挡和逗留我都疯狂地欢呼，这时第三节比赛结束了，比赛还剩下最后的 6 分钟。其他家长都看向我，对我突然的热情劲儿表示很惊讶。在某个时间我甚至还朝裁判员叫喊呢，这很能释放我的压力，但却是家长行为准则中的一个大忌。当兰迪·巴尔内斯穿过米慎维埃荷队的守门员把球用力投进，把比分改成 3 比 1 的时候，我跳起来大声欢呼，好像我们刚把一个人送到月球似的。

我决定了：如果帕萨迪纳赢了这场比赛的话，那么同性恋情侣会买下我的房子。

我们这边的观众又发出了欢呼声。兰迪·巴尔内斯在最后几秒钟的时候又进了一次球。我们把龙都给宰杀了。米慎维埃荷队在他们自己的游泳馆里输给了帕萨迪纳队！多让人沮丧啊！我下去拥抱了一下柴普·巴尔内斯，我的眼睛里满含泪水。

"新闻婊子在起居室失控痛哭起来了，而且甚至都没有能上楼。"

庆祝活动继续在我身边进行的时候，我不相信地看着短信。是难过吗？还是她最后意识到了梅利特跟妻子和儿子的"另外一个生活"很真实？

而且这正是她为自己勾勒的那种生活图景。

就在这时候我听到一个熟悉的声音叫我"妈妈!"我低头看到了儿子，他穿着一件速比涛泳衣，头上戴着一顶帽子，身边围着他那些开心的队友。艾登朝我竖起了拇指，接着指向天空。我们的眼睛对视了；而我的溢满了泪水。

我的手机在周六晚上八点半响了。我把我万怡酒店套房里的电视调成了静音。如果是大约两个月前的某一天，我会在附近的丽嘉酒店为自己预订一个房间，但现在免费的自助早餐成了一个大卖点。

作为帕萨迪纳工作最努力的房地产经纪人，丽塔这个亚美尼亚人在三个小时内已经第五次给我打电话了。她正在格伦代尔威斯汀酒店参加一个很风光的婚礼，但这并不能阻止我们的女孩做生意。她让其他的经纪人把报价传真到酒店的总办公台，这样方便她在仪式和接待之间的时间里再看一下。然后她又给我发传真到万怡酒店里。我确定坐在办公台那的那位 19 岁服务生还以为我是一个过度追求利益的人呢。

"太好了。我们有两个很高的报价。看，我跟你说过吧。合适的价格就可以改变一切。"

"卖给那对同性恋情侣吧。"我回答说。

"但梅勒妮给的价钱更好啊。比这个多 69995 块而且能更快地成交。"

人生中我们基本都会要回答这样一个问题，我的尊严值多少钱？这就是我问这个的机会。花上 69995 块钱我在家里就不用见到梅勒妮或者任何一个跟我相像的帕萨迪纳家族的人。这个选择很简单。

"我接受另一个报价，"我回答道。在过去几个小时的电话和传真里，我已经喜欢上格雷格和托尼了，他们在给我写的一封私人信件中告诉我这所房子为他们"歌唱"呢。我怎能不欣赏他们这种感情呢？而且当我住到一套单间公寓里为儿子进行家庭教育的时候，他们也许能成为我的新朋友呢。"你可以反对，但我真的不在意了。我想让格雷格和托尼买下这所房子。我会在差价上补上你的佣金的。"

"如果这就是你的决定，那就这样吧。而且你知道的，我不喜欢梅勒妮在家庭招待会上就试图把伊米莉亚从你这抢走。这样做太没品了。好的，我早上再给你消息。我得去跳舞了。"

好，我也是。我知道搬家的现实很快就会降临。但在那一刻，我只感觉到欣喜。因此就在这个 447 号房间里我借着无声的电视发出的光跳了一小段舞。

第十二章

费尔切尔德艺术表演中心里人满为患，站着的观众都在仔细聆听帕特里克·奥尼尔博士的每一句话。在跟学生、老师和合租汽车的妈妈们讲述特洛伊战争的戏剧性，探讨施里曼大胆的考古热情以及畅谈使自己走上发现之路的激情的时候，他变得活跃起来，他的紧张情绪也变得很有戏剧性。

当然了，充满激情的PPT和他那些穿着蓝色牛仔裤和亚麻运动衫的照片也提高了展示的整体质量。但当帕特里克谈到阿基里斯和帕特克拉斯大战和他们"英雄主义"的模糊性时，就好像他亲眼目睹了那个场面似的。尽管他有做小流氓的背景而且缺少正式训练，但当他描述施里曼要找到特洛伊的决心的时候，他让房间里所有的人都想在晚年的时候去走私贩卖或者从事考古学研究。而且在他谈到他个人宏伟旅途，以及在他小时候从一个城市搬到另一个城市的过程中一直以荷马为伴的事情时，嗯，房间里的每个女人都有想安慰他的冲动。从学生、老师和妈妈们的反应看，我相信就算帕特里克拿着纸板立体模型，穿着一件医院的白大褂，效果也会跟现在一样。

我看了一眼后排座，看到了那些陪同他们上初中的孩子来听帕特里克写字集会讲座的朋友们熟悉的脸。蒂娜和坎迪听得很认真，就好像"条纹毛衣"正在讲古特洛伊真实的家庭主妇似的。茜茜·蒙塔古看起来很漂亮，但对于那些大词她感觉很困惑。简·甘布尔竟然在做笔记。就连中子梅勒妮都把她的黑莓手机放一边，全神贯注地听着演讲者，这可是第一次。我注意到她跟她的狗腿子詹妮弗·布拉汉姆开始穿一样的衣服了，这对于美国的护肩生产商是件好事啊。

在帕特里克回答热情观众里六、七、八年级学生的问题的时候，写字集会主席兼该死的牙医娜塔莎博士吸引了我的眼球。她低下头做了一个世界通用的"合掌低头"的动作来表达她对我永远的歉疚。在她眼里，他是一个摇滚明星，而我则是他的便士巷。

我要接受这个名声，我想。

就在这时，帕特里克在台上开始了他的小结，"孩子们，感谢你们的关注。我很高兴能站在这里跟你们分享我的工作。我希望将来有一天你们会找到自己喜欢做的事，就像我喜欢考古这样。我把我的时间花在了挖掘土层上面，去发现我们的过去，不管是照字面意思还是象征性意思这都是事实。而且在这个过程中我可以和全世界最有才华的学生们一起去见证我们的未来。这使人变得很卑微。也许你们将来会成为这些学生中的一员。"

七年级教室里是不是刚传出一声妈妈们的叹息声？

帕特里克继续说道，"如果我不提这位给我的展示提供了很大帮助的米灵顿学生那就是我的疏忽了。艾登·费尔切尔德，你在这儿吗？麻烦你站起来一下好吗？"

坐在大概第八排位子上的艾登很尴尬地站了起来，看起来好像他的头要因为尴尬和骄傲而爆炸似的。其他孩子鼓起掌来。

我的心融化了。

"你做得很好，艾登。你应该做一名电影导演。而且我要感谢海伦·费尔切尔德，我的一位很有才华的研究助理。"帕特里克用眼神在后排座位上找到了我，跟我对视了一会儿。房间里其他母亲也向我这边看过来。"谢谢你，海伦。"

现在该我的头要因为尴尬和骄傲而爆炸了。

"如果你们还有任何其他的问题，我会再待上几分钟的。如果没有，那我祝愿你们能刻苦学习、挑战自我，并且去找到你们喜欢做的事情。"

讲座结束后，帕特里克被一群没精打采、羞羞答答的孩子围了个水泄不通，他们在琢磨他们怎么才能用一生的时间去挖掘线索。而我则站在一个偏远的角落里接受我那一份奖赏。写字集会委员会上那些穿着团队瑜伽裤的妈妈们都涌过来表达她们的赞美和羡慕。象棋俱乐部里的妈妈们则边点头边拍着我的肩膀。就连老师们都从人群中挤过来告诉我帕特里克和艾登让她们大开眼界。

随着我身边聚集的人越来越多，校长阿黛尔·阿内特也走了过来。很显然她是想缓和一下我们因为上次的事情造成的不快。

"海伦，跟这样一位学者一起共事肯定很开心吧。我确定他的研究肯定让你很充实很有动力。能有时间来做这么重要的工作一定很有满足感。而且让艾登加入进来也很有利于他未来的学术生涯。"

"是啊。但艾登一直都对历史感兴趣，所以我一点都不惊讶。你也听到那个人说的话了！艾登可以做一名电影导演呢！"我很正式地说着，希望自己的口吻能表达出我漫不经心的意思。"而且阿黛尔，我一直都可以同时胜任多项工作的。我很在意我做的工作，不管是志愿性质的还是有报酬的。做奥尼尔博士的助理并不能阻止我去做自己热爱的其他工作。"

好样的，这感觉很好。我背过身面向坎迪和蒂娜，她们终于从讲座的麻木状态中摆脱出来了。

"好的，我们再问一次。你跟那个男人一起在一个狭小的封闭空间里工作？"坎迪直切主题。

蒂娜笑起来。"我们需要在你整个内衣问题上下工夫了，只是以防在办公室里有什么'紧急发掘'。"

"你太坏了。快不要说了，他走过来了。记住，这是我的老板，不是我在克雷格列表里遇到的某个男人，就跟你生活里的男人一样，坎迪。请你们尽量得体一点。"我转过头面向帕特里克，他因为这么多人的关注而显得有点脸红。我不禁微笑起来。"刚才的讲座真的很棒。"

让我惊讶的是，帕特里克弯下身子在我脸颊上亲了一口。"多亏了你和艾登。就像孩子们说的，你们把视觉效果弄得很'酷'。"

是我的错觉还是他还在挽着我的胳膊？

坎迪只张嘴不出声地说了句"哦我的天哪！"接着她那从玫瑰王后转为八卦专栏作家的魅力又回来了。"奥尼尔博士，你刚才表现得太出色了。海伦一直以来把你藏在哪儿了？你不能一直待在图书馆挖东西吧。"

我翻了下白眼，"帕特里克，她们是我亲爱的朋友坎迪·麦肯纳和蒂娜·周斯温森。坎迪，蒂娜，这位就是帕特里克·奥尼尔博士。"

令我难过的是，他放开我的胳膊去握她们指甲修得很整齐的手了。"很高兴见到你们。海伦让我一直忙着完成任务，很忙。她似乎认为我应该把公休假也拿出来工作，而不是社交。她一直在给我笔记，修改我的展示还要做史诗般的发现。她一直是这样一个逼别人做苦工的人吗？"

就在这时中子梅勒妮挤进了我们这个开心的圈子，把空气中的氧气全都吸走了。整个早上我一直在避免跟她有任何目光对视，我怕她会因为房子的事情而跟我过不去。当然，她觉得是因为别人出价比她的高。如果她知道这只是因为不想让她买下这所房子的话，她是不会让我好过的。

求你了，梅勒妮，不要谈房地产的事情。

她给了我一个拥抱，就好像我已经为她找到了她梦想中的保姆似的，这让我感觉很解脱，但同时也有点喘不过来气。"海伦，你的这位奥尼尔博士带给我的灵感已经让我陶醉了。你一定要介绍我们认识。"

为什么她说话像在演一出经典剧场的话剧一样？而且为什么詹妮弗拿着一个剪贴板和一支笔在离我们两步远的地方徘徊不前？

"当然可以了。帕特里克·奥尼尔，这位是梅勒妮·马丁。帕特里克，梅勒妮是……"

所有人的眼睛都看向我。梅勒妮是什么？一股自然力量？还是一个吸血鬼？还是一个应该把孩子留给一个危地马拉的好女人照顾，自己回去工作的受挫的销售主管？

我今天慷慨大方。"梅勒妮是帕萨迪纳的一位举足轻重的人。梅勒妮对一切事情都了如指掌。帕特里克，我相信她会很乐意听听你基金会的事情。"

我甚至都没有费工夫去介绍詹妮弗。这是我对于她抢了我五校委员会会员身份的一种消极反抗的报复。

梅勒妮直接就投入了对这个问题的讨论中，她用那种曾管理过一个大的销售团队的信心掌控着这个时刻。"奥尼尔博士，我很想听你说说你的基金会的事情。真的。事实上，我还有一个提议呢。"

帕特里克不错过任何细节。"我曾经结过婚，而且我想这就是我的底线。但祝你好运。（英语中的求婚还有提议的意思——译者注）"

坎迪差点因为穿着的那双不合时宜的厚底鞋而摔倒。而我笑得也有点太大声了。

梅勒妮却很镇定。"拜托，奥尼尔博士。结一次婚也是我的底线。而我只是碰巧有他在身边，这让事情变得更加复杂了。我说的是各种各样的生意方面的提议。"

"我猜猜。特洛伊的泥浆面膜难道是用特洛伊的泥土做的？"坎迪尖声地说。没有比爱恨交织的关系更能产生怀恨之情的了。

"哦，坎迪。你太有意思了。而且我相信为了看起来更年轻，你已经把市场上所有的商品都试过了，所以你知道美容类产品的漏洞在哪儿。但不，不是那个，"梅勒妮回击道，"我说的是五校义卖会。奥尼尔博士难道不是最合适的主宾吗？想想看！'最好的和最闪亮的'是我们的主题。谁还能比帕特里克博士更好更聪明呢？"

蒂娜和坎迪震惊了，就好像梅勒妮刚宣布说她要把这个活动改为涂鸦"艺术家"义卖会而且还说到他们对集体的贡献似的。义卖会主宾已经选好了，是一位受爱戴的公立高中的化学老师，同时也是一位工作了 45 年将要退休的田径教练。梅勒妮不敢说出这位瑟曼先生，不是吗？

此外，在离活动还有八周的时候你就不能改变一个大型活动的主题了。多亏了蒂娜，请柬都被送去打印了。坎迪已经发布新闻稿了。一个由 10 个人组成的小组委员会也把菜单定好了。而可怜的利奥诺拉·迪拉德被分到了装饰委员会！她对"最好的和最闪亮的"的理解就是很多白色的灯和一些金属星。一想到要在两个月内重建一座古老的城市她都要晕过去了。

最重要的是，委员会成员已经买好礼服了！如果只有两个月的时间，她们在穿着晚礼服的情况下怎么去理解"特洛伊的辉煌"呢？

帕特里克向我寻求帮助，"我不是很明白。"

我试着跟他解释。"我们在镇上有一个大的义卖会，是为了给公立学校筹钱的。每年都会有一位教育工作者或艺术家或慈善家因为自己的工作而被奖赏。梅勒妮认为你会，嗯，很厉害。只是……梅勒妮，我知道我已经不在委员会工作了，但瑟曼教练怎么办呢？原来不是定的他做主宾吗？"

梅勒妮在我面前晃了晃她的黑莓手机，似乎这部手机里有这个宇宙里所有问题的答案。"你没有听到吗？我今天早上收到一个短信。瑟曼教练那时候没有时间。好像是他教的短跑运动员使用了类固醇。这位化学老师似乎对实验这类东西很了解呢。太混乱了。但这可以解释所有那些破纪录的表现。不管怎样，我们要往前看。而你，奥尼尔博士将会成为一位英勇的主宾。明白吗？英勇的哦？"

我回想起了铭刻在我记忆里的事情。根据梅勒妮以前的做法我可以断定（不要认为这个是游戏小组。这是通向美好未来的阳光大道！），在听帕特里克演讲的过程中梅勒妮已经把整个义卖会的事情都想好了。这就是她不用看她那部黑莓手机的原因；她是在跟自己做集体讨论呢！

"我们可以用特洛伊做请柬、装饰和食物的主题。我们可以在亨廷顿建一座希腊神殿，还有在风中漂浮的长长的白布条，以及地中海美妙的口音和美味的食物。而且奥尼尔博士因其令人鼓舞的工作代表着各地的中学生接受各种荣誉。另外这还有商业方面的好处——这是奥尼尔博士为基金会找到热心捐赠者的好机会。所有事情都会很顺利的。"

我不得不向梅勒妮妥协，唯独有两点我不认同，那就是特洛伊人其实不是希腊人，而且不是所有的事情都会很顺利。坎迪和蒂娜的表情告诉我她们已经被梅勒妮操纵这一切的速度搞晕了。今天早上？本地的英雄人物雷克斯·瑟曼。到吃午饭的时候梅勒妮已经骑在一匹特洛伊木马上了。

而且她是对的。我得在这件事情上支持她。帕特里克需要宣传。而我需要一份事业。

"梅勒妮，这个主意太好了。"我转向满脸狐疑的帕特里克。"这个活动吸引了所有人，而且还吸引了很多新闻媒体，甚至还有像《城里城外》和《纽约时报》这类的国家媒体。这样你的研究和基金会就会有很高的知名度。你可能也想这么做。我的意思是，你也许想接受这项荣誉。"

帕特里克环视着这群正急切地等待他答复的委员会成员说道，"我有两个问题。这个活动什么时候举办？"

"五月底。你有很多时间来准备你的晚礼服。到时候你还会在镇上吗？"梅勒妮柔声说。

帕特里克点了点头。

"第二个问题是什么呢？"

"海伦，你愿意做我的约会对象吗？"

我从不喜欢那种有活动折篷的汽车，坐在上面不仅风大、噪音大，而且我还要一个劲地往脸上抹防晒霜。但我喜欢和帕特里克一起开着他租的那辆庞蒂亚克敞篷跑车去拉古娜海滩去。这是我从克林顿执政晚期以来所做的最心血来潮的一件事了。而且这件事还需要我比基尼除毛，这对我来说是很痛苦的。

在学校发生的那件令人震惊的事情之后，帕特里克宣布我们得"马上回去工作"。坎迪对此很怀疑，这点我从她那对八卦很感冒的眼睛里看得出来。而且在我离开后她立马就给我发了一条短信，内容简短而讲究：搞什么鬼？

她这样问是对的。我和"条纹毛衣"开着敞篷车沿着太平洋海岸高速公路行驶，我在搞什么啊？我身为人母，一个刚刚丧夫的寡妇，又是"拯救喜马拉雅雪杉"组织中的一员。现在这个不是我。

帕特里克说我的朋友们都"有点过分认真"，而且在那次成功的展示之后"我们需要放松放松"，接着他在停车场玩起了诱饵掉包手法。他扔给我一顶印有"P"的棒球帽（这是他第一次提到他权威的学术背景），然后说，"把这个戴上。我们一会儿去沙滩。"

我拿起帽子跳上了车。他是我的老板，又开着车。我没有选择，不是吗？

"为什么是拉古娜海滩呢？"我在聒噪的音乐声里大声喊道，车上放的是大约 1985 年左右的埃尔维斯·卡斯提洛。拉古娜海滩是一座隐在奥兰治县海岸线上的富裕、有艺术特色的城镇。得益于其封闭的环境和高昂的房地产价格，这座城镇真的是魅力难挡。有时候山崩和火灾会让云崖塌陷下来，使天价房子沉入大海，但在天气好的时候则一切风平浪静。就像今天这样。

"这让我想起了家乡。"帕特里克朝我喊道。就算戴着一顶破旧的阿森纳帽子他都看起来很帅。

"哪个家？"他确实住过好几个地方：冬天住在雅典，夏天住在特洛伊。

"所有的家。"

"请先来杯灰皮诺和一些沙鲽吧，然后我们再吃清蒸海蚌和虾串，然后我们一起再吃一个卡普列塞色拉。你能把这个做得比平时大一点吗？哦，再加点水？"帕特里克毫不犹豫地命令道，接着又想了一下说，"你喜欢吃鱼吗？"

我点了点头，因为要说出"鱼很好吃"这句话会让我听起来很幼稚，就像参加高年级舞会的一个大一新生似的。这发生什么事情了？边界侵权了！

我们坐在 Casa de Sol 的庭院里，这是拉古娜主沙滩上悬崖边的一座壮观的餐厅。下面的海水是暗酒色的；远处的海豚在浪花里上下跳动。我再一次感激蒂娜帮我搭配好的 2 号套装：深蓝色宽腿裤和一件白色的船形领毛衣，这很适合现在的环境和我露出的锁骨。

帕特里克放下菜单，向大海望去。"我喜欢这个地方。在我小时候，我趁着父亲在加州大学欧文分校忙事情，来这里过了一个夏天，从那以后我就再也没有忘记过这个地方。"

这个细节他的维基百科页面的介绍上没有写。"我很吃惊。在你的世界里有不少很美的海滩呢。"

"嗯，当时的时间和地点都很完美。我大概有你儿子现在那么大。而且我发现了很多女孩子。但他们没有加州的女孩子可爱。"

"你不是说你唯一的伴侣是荷马吗?"我嘲弄他说,因为他在展示中把自己描述成了一个孤独好学的男孩子。

"被你逮到了。我当时有荷马,加州女孩还有撞击乐队。"

我们点的酒到了,在这个皮肤黝黑、头发金黄的服务生开瓶子的时候,我仔细地端详着帕特里克,他在跟服务生聊天,好像他们已经认识多年似的。他有一个我很羡慕的品质:不管在哪儿都可以很自在。这个你是装不了的。至少我不能,不管是在过去的 15 年里还是在我内心翻腾得像太平洋一样的此时此刻。

"雅马斯!"帕特里克举着杯子朝我说道。为我们的健康干杯。不要因为我的不冷静而让我做过度呼吸。

他在椅子上坐稳拿着一杯酒说道,"你怎么知道我要在展示上说些什么的呢?那个 PPT。我给了你一些幻灯片和一个粗略的大纲。好像你能读懂我的想法一样。"他放下杯子往前倾了倾身子,似乎想看清楚我的反应。"你好像经常那样做。你是怎么做到的呢?"

因为网络跟踪。但这个好像不是个好答案。

"没什么。我就是做了点调查,用了点想象。"

"但你搞定了。我的故事。你在不清楚我要说什么的情况下还做了这样恰到好处的图像和音乐。"

还是因为网络跟踪。而且因为你的故事其实就是我的故事:在另外一个时间里找到一个地方。我有过你这样的梦想,但我没有你这样的勇气，所以我退缩了。好吧，我为了爱情退缩了，但主要是因为我就那样放弃了。但我不能把这些都告诉他。不然就说得太多了，而且在太阳和酒精的作用下我的脸已经开始泛红了。"嘿，我也看过'夺宝奇兵'了。所有的孩子都想成为印第安纳·琼斯。你真的就那样做到了。那个故事很好讲。"

"你也能读懂你丈夫的想法吗？你跟他有那种思想上的联系吗？"

哦哦，这可是我没有料到的。"没，没有。梅利特很难懂。他的故事对我来说没有那么熟悉。甚至在经历了多年的婚姻之后我都没有明白。"

现在就不是我感觉不舒服的问题了，我就是不舒服了。不要谈论他！我想大喊。我现在不想去想他。

显然帕特里克感觉到了我的不适。"抱歉，我不应该问的。只是你跟我今天遇到的那些女人似乎不一样。而我很纳闷你是怎么来到帕萨迪纳的，怎么走到今天的。"

"我跟那些女人没有什么不同。好吧，除了我是从一个很大的蛋里孵出来的，没有什么不一样的。"

帕特里克大声地笑出来，"啊，就像特洛伊的海伦那样。或者至少有一个关于她的起源神话就是这么说的。很好的参考。我不知道你跟她都一样有着不寻常的出生。"

"是啊，其实俄勒冈中部依然还有那种事情发生。我的父母都很理解。他们似乎是在其他星球上出生的，因此他们不在意这个蛋的事情。"

帕特里克又笑了起来。"因此他们才给你起了这个名字？"

"其实我是用圣海伦斯山的名字来命名的。"

"那座火山吗？你不是吧。"

"是的。只是在我出生的时候它还只是一个小山峰。山顶还在呢。"

"你有一个以维苏威火山命名的姐姐或妹妹吗？"

"没有，但我弟弟是以一条河的名字来命名的，是德舒特河，不是冥河。"

啊，话题换了。幸好服务生端着撒了面包屑的炒沙鲽过来了，这样梅利特这个话题就被彻底放过去了。尽管我有点不乐意，但他还是斟满了我的酒杯。

"我想我用了期刊上的一些东西吧。"我开始解释道，但我的话被打断了。

"你是一个逼迫别人做苦工的人！你知道，考古学家是不喜欢谈论考古的。"

"我知道。我没有问你喜欢什么样的泥铲啊。但我认为这挺有意思的。"现在我往前倾了倾身体来看看帕特里克会有什么样的反应。"我觉得我们的鲁迪对他的叔叔的年轻老婆有意思。"

"真的吗？你确定？"

"想想吧，这样说得通。我们的鲁迪才 23 岁，跟他叔叔相比，他跟十几岁的索菲亚在年龄上更接近。而且他全身心地投入到了整个的挖掘中。他似乎被她迷住了，甚至在他们还没有正式见面的时候。他幻想着她会穿什么衣服，她身上有什么味道。然后他详细地描述了他们的第一次相遇。他写下了关于她衣服和皮肤的所有细节。他把她的眼睛描述为'烙进我灵魂的清澈的琥珀'。很明显他被她迷住了。"

"他不是也对鹿肉干给出一个很好的描写吗?"帕特里克说着便交给了我一件事情，他伸手去拿了一片跟饭菜一起端来的迷迭香的意大利烤面包。"我的意思说，根据你做的笔记，这个孩子似乎对所有东西都说个没完。"

我承认说，"是的，他的确很喜欢鹿肉干。但他把这个叫做'可爱的索菲亚'或者有时候只是用一个 S 来代指。"

"相信我说的话，23 岁的男人会做很多很愚蠢的事情的。"

显然他说的是他跟那位艺术家老婆的婚姻，但我没有再追究下去。"好吧，如果你问我的想法，我倒是觉得很浪漫呢。"

"你又开始说起浪漫了。像'浪漫'这种限定语经常反复出现在学术期刊上。这就是有说服力的研究。我想如果我能证明鲁迪跟索菲亚真的有一腿的话，那我关于特洛伊是中世纪一个重要的贸易中心的理论逐渐就会被理解了。"帕特里克显然在拿这个话题寻开心。"你是不是读了很多言情小说啊? 这就是你从这件事得到的启发吗?"

"是的，这就是孤单的研究助理在深更半夜所做的事情。读言情小说和重新解读建立在幻想撕开女人的紧身胸衣基础之上的历史。"现在我在寻开心了。哎哟，我喝高了。"这可能很重要呢。"

"怎么会呢？为什么？考古学家的私生活不应该影响考古学的发展的。"

"那普里阿摩斯的宝藏找到的那块伪币怎么解释呢？那些藏起来的手工艺品，也就是那些施里曼声称在特洛伊发现的、戴在索菲亚脖子上的金项链和耳环。这是在还没有公共关系的时候出现的一种典型的公共关系的体现。也许这个可以解释为什么施里曼可以伪造出这么壮观的东西。也许他得从全身滚烫、衣衫不整的鲁迪手里把他老婆抢回来呢。他把项链放在土里，然后把它挖出来，接着戴在他老婆的脖子上，给她拍了一张让她红遍世界的照片，最后赢回了自己的老婆。这种事你永远都说不清。"

"从没有人证明过这条项链是伪造的。"

"但我打赌你今天晚上肯定会彻夜不眠，想着也许这条项链真的是伪造的。"我一边得意地说着一边又拿了一片炒蚌。

"海伦，我的工作一点都不浪漫。它是建立在探地雷达测量、3D激光扫描和电磁土壤分析的基础上的。"

"那么，土壤分析博士，你怎么解释阿基里斯盾牌上的那块刺青呢？"我指着他的前臂，从他卷起的袖子下面有一个暴露出来的天体花纹。我开始引用荷马说过的话。"大地，天空，大海，生生不息的太阳，圆月。你那里的墨水印很有英雄气概。"

帕特里克惊讶地扬起眉毛说，"喝了太多茴香酒了。"

我接着说，"历史充满了改变世界的风流韵事。你可能不想否定我的理论。我们面对现实吧，如果帕里斯没有那么迷海伦，没有把她绑架到特洛伊的话，你就会失业。"我对这个评论有点沾沾自喜。"那么特洛伊将不复有特洛伊的存在。那么你将会做什么呢？"

这时服务生过来了，他一边收拾盘子一边把剩下的酒倒在我们的杯子里。"你们还有什么需要吗？再来点酒吗？"

求你了，上帝，不要了。现在已经是下午两点半了。而我喝的酒已经超出自己的底线了。

帕特里克尖声说道，"我想我们还需要一份双人巧克力蛋奶酥和一些浓咖啡。"

"我得跟你们说一下，蛋奶酥要等个大概半个小时呢。"服务生说话的语气表明他该换班了，他希望我们能取消这个菜好让他去冲浪。

"太好了，这样我正好有时间来让我这个助理明白，她认为海伦是一个被绑架到特洛伊的受害者的女权主义的观点是很无趣很沉闷的。她刚刚厌倦了她那位脾气暴躁、热衷权势的老公，然后他老公就撇下她和孩子走了。所以咖啡和蛋奶酥都要点。"

　　而且我还要在这个院子里待上整个下午的时间来跟帕特里克·奥尼尔博士讨论深奥的话题。

　　在长达五个小时的午饭和开了很长时间的车之后，我们到达亨廷顿的时候已经是晚上九点多了。回去的路上我们放下了车篷，但没有怎么说话。我们用最好的方式把一切都谈了个遍，帕特里克把车停在我的车旁边，他孤身一人在偌大的一个停车场里。

　　我们都下了车，因为坐了那么久的车，而且我们还在午饭后沿着沙滩散了会步来醒酒，因此我们的身体都有点僵硬。我身上有一种沙子和海水混在一起的感觉，皮肤也有点晒黑了，这种感觉就和我小时候在俄勒冈海岸上待过一天之后的那种满足感一样。我母亲以前经常说我这是被沙滩洗过了。

　　帕特里克的外表和味道都跟我一样。也是被沙滩洗过了。

　　我把他的棒球帽递给他，"谢谢你。那个……正是我需要的。"

　　他拿过帽子然后跟我对视了一秒钟。那一刻一切事情都似乎变得很慢而且充满了任何可能。但我对这种陌生的情形显得很无力。我已经很久没有这种期待的感觉了，就是打心眼里想要某个人的感觉。但这似乎来得太快了，太快了。我不具备做出一个明智的决定来拯救自己的能力。

　　接下来发生什么就都是他来决定的了。

他靠过来，海水那咸咸的味道充斥着他的衬衫和皮肤，他吻上我的脸颊。"你说得对。我今天会彻夜难眠的，"他轻轻地说，他的嘴巴离我的耳朵只有几英寸。"我会想……那些日记，还有其他事情。"

然后他把嘴唇对着我的嘴亲了下去。这感觉既柔软又强烈。他粗糙的双手从我的脸颊划到脖子，然后顺着肩膀一直到了后腰，而且在我回吻他的时候他的手就一直停在了那个地方。

这是初吻。我已经忘记那是一种什么样的感觉了。

帕特里克轻轻地把我往后推向车门那边，将他全部的重量压在我身上。我竭尽全力让自己停留在这一刻，享受他瘦瘦的腿压在我腿上，他的手放在我腰上以及他亲吻我的快感。

但我的大脑在驰骋。不要想你生活中的任何其他事情。抓住现在，和这个男人一起。

但我犹豫了。我稍微往后退了一下，而他注意到了。

他退后了一步，好判断我的反应。我的天哪，他这个人真的挺好的。我到底怎么回事啊？

他很冷静从容。他就是由冷静从容做成的。他伸过手来把我的头发弄平整。"谢谢你今天陪我，海伦。"

不，真的，谢谢你，我想喊出来。是你把我从死神那里带了出来。但相反，我轻声说，"不用谢。"这句话把他逗笑了。

这个笑声感染了我。好吧，我的无力感没有了。所有系统

都能正常运作了。现在我可以抚摸他的胸然后在停车场里把他
搞定了。但他已经在逐渐往后退了，暂时在后退。

我没有留他。我打开车门，终于说出了一句话，"明天早
上见。我会晚点去办公室。"

帕特里克点了点头，"别着急，海伦。不用着急。"

为什么我没有着急呢？该死的，我想再回到刚才那一刻。

自从梅利特去世以来我就没有想过做爱的事情。我倒是想
了很多其他的事情。比如，在有那么多练普拉提和经常去除毛
的性感的年轻女人的情况下，谁会愿意和我这样一个穿着实用
内裤和有着不可靠的个人美容习惯的 40 岁母亲发生关系呢？

或者，求你不要让我开始在网上约会。我可不想跟坎迪那
样，在咖啡店里一直坐着忍受那些可怕的约会对象，只是为了
遇到一个将来不用带电池的东西碰我的男人。

这就是我几个月一直思考的性爱方面的事情。但真真正正
地去跟一个人发生关系？直到今天晚上我才有这种想法。

而现在，因为我自己的缘故，我从极度幸福的"我不敢相
信他竟然亲了我！"的感觉转到了彻底的恐慌。躺在床上我不断
想象和我的老板发生关系的场面。地点？方式？明智不明智？
符合道德吗？如果那个很糟糕但之后我们还要回到蜜月套房里
工作怎么办？

哦我的天哪，要是我在床上表现不好怎么办？也许这就是
为什么梅利特……

不，不能想那个。不能，想，那个。我已经用好几个星期的晚上彻夜不眠在脑子里回放我和梅利特的做爱过程了。而且我觉得在我们整个的婚姻过程中我一直做得很好。我们彼此之间的吸引来得很快也很令人兴奋。我在那方面没有任何心理或情绪方面的问题，而且梅利特这方面的问题也不多，因此我是一个理想伴侣。性在我们感情开始的时候有黏合剂的作用。

但在生下艾登以及我接受不孕治疗和增肥以后我们还像新婚夫妇那样如胶似漆吗？不。我猜我认识的人里面没有人在结婚后还会有那种性生活吧。但我还是每天都跟他上床。梅利特从没对做爱的频率有过任何正式的抱怨。哪怕在我们无话可说的时候，我们通常还是能想到做爱方面的新东西。

因此我在深夜的自我分析中推测出，梅利特和肮脏雪莉的婚外情更多的是中年问题而不是性方面的。他想要的是更年轻的、更漂亮的和更苗条的，而不是更性感的。这就是我数月以来一直告诉自己的，而这也是我一直坚持的观点。

如果像帕特里克这样的男人觉得我漂亮的话，那么显然从经验层面看，我并不是不性感。男人喜欢精神自由，不是吗？在某种程度上，我还留有年轻时候在俄勒冈州的一些自由精神。而且有时我还发现会有一些爸爸盯着我衬衣下面那两个真实、毫不掺假的乳房呢。这也能证明一些事情，不是吗？那么，该死的，我为什么要在帕特里克面前犹豫呢？也许我只是不是那种随便就能勾搭上的女孩吧。

说我能睡觉真的是开玩笑。我打开灯，拿出了笔记本计算机。我翻出了刚扫描的第十四卷里的资料。也许鲁迪和索菲亚在特洛伊的月光下真的干了些什么呢。这就会把我的注意力从"条纹毛衣"那里转移过来了。

或许吧。

第十三章

"是啊，他们在做爱！"我一边激动地叫着一边轻巧地跳出7号学者公寓的门，我穿的是6号工作服。蒂娜大清早给我的穿衣建议的结果就是她评价说这是"狩猎装的一种全新的魅力"。蒂娜对别人衣柜的那种过目不忘的能力使得她可以在电话里都能帮人搭配衣服。（"你还记得你在生下艾登后经常穿的那件有很多口袋的卡其布夹克吗？你还有那件衣服吗？"）穿着这件合身的大概是1997年版的唐娜·凯伦卡其布夹克，一件A字深棕色亚麻裙和一双《走出非洲》里面描述的那种风格的靴子，我以为自己很漂亮呢。我的这条黑色腰带有点斑马印花，这是坎迪一年前在我家喝多了玛格丽塔之后留下的。我甚至还翻出来了一条印着"世界旅行者"的粗笨的木项链，或者我想应该是印着这几个字。

我感觉到一种久违的对生活的喜爱，尽管我只有五个小时的睡眠。这些日记跟我预料的一样有料，而且我迫不及待地想跟帕特里克分享这个消息，因此我特别强调地加了一句，"完完全全地在做爱！"

"谁完完全全地在做爱？"一个女人的声音传来，这个声音掺杂着来自大英帝国一个被遗忘的遥远的角落的文化和口音。

我拿着的烤饼掉在了地上。

"哦，对不起。我以为，我的意思是，我在跟帕特里克·奥尼尔博士说话。是帕特里克·奥尼尔博士，"我结结巴巴地说，我被这个女人所有的体貌特征给惊住了。她那用印花丝巾弄到后面的凌乱的黑发，她满胳膊的银手镯，她晒黑的瘦肩膀和大耳环。该死的，要是她没有跟我一样穿着卡其布夹克和亚麻裙该有多好。她那充满"狩猎装的全新魅力"的样子比我的要更名副其实一些。她真的是一个绝色美人。

这时帕特里克开门进来了，手里端着的盘子里放着几杯咖啡和很多烤焙物。他身边的那个人让我觉得很眼熟。

"海伦，你在这儿啊，"帕特里克说着给了我一个好像赢了奖一样的微笑。"太好了，我想让你见一个人。"

"海伦·卡斯特？看到那件防弹衣我就知道是你。海伦，是我，安娜贝斯！"

我的心像是被灯泡照亮了一样，但同时又有一种被匕首捅了一下的感觉！

亲爱的上帝啊，这将是加州理工学院的那些人预言的那个将要吞并亨廷顿和我（尤其是我）的大地震了。就是在现在，所以我也不用去面对我大学里的死对头安娜贝斯·斯特奇斯的问题了。当然，还有银手镯、头发以及完美的肌肤。除了变得更漂亮更有异国风情之外，她一点都没有变。

但她的口音是从哪儿来的呢？上大学的时候她还没有呢。她是从俄勒冈州的卡蒂奇格罗夫来的，不是罗德西亚。

"安娜贝斯？我看你那么眼熟呢！哇哦，安娜贝斯！天啊……"

安娜贝斯·斯特奇斯是乌伊拉米特唯一一个让我感觉自己在各方面都很愚蠢和不得体的女人。她在学校比我低两级，但在老练程度、能力和生活阅历方面却比我超前好几个世纪。她父母都是传教士，他们经常环游世界去传播福音和建学校。在她父母忙着他们的那些信徒的时候，安娜贝斯则投入到了对当地语言、文化、历史和神话的学习中去。她是一个对信息有很强的吸收能力的海绵，是一个完美的考古学学生。我学习了考古学；但她则是吸收了考古学。她父母把她送进乌伊拉米特是因为受宗教传统的影响；安娜贝斯留在了这个地方是因为她可以让一半的男生都听她的指挥。而且可能还有其他原因。

我当时嫉妒她都快发疯了。她却对我的嫉妒毫不知情。她也许是我的死对头，但我却不是她的。

而如今几乎20年的时间过去了，我们又站在了同一个房间里。她看起来像拿到博士学位的凯瑟琳·泽塔琼斯似的。没有什么比不安全感更能把我带回到大学时光了。在她真诚的拥抱面前我显得很胆怯。

帕特里克在把咖啡分给大家的时候插进来说，"你们俩认识啊。你们怎么认识的呢？"

安娜贝斯第一个抢着回答了。不愧是老师眼中的好学生。"我和海伦以前是大学同学。她是我的偶像，在乌伊拉米特她是比我高两级的古典文学系的学姐。教授们都很喜欢海伦。太喜欢了。她比我学习更刻苦。当然了，毕业后她去了科林斯做研究。当时是在伯克利的研究所，对吗？然后我们就有点失去联系了。现在竟然在这儿见到你了！在帕特里克的办公室。砸死我算了！"

冒牌的英国词汇搭配上冒牌的英国口音，这真是太完美了。

该我说话了。当我这些鲜为人知的学术经历以这样一种不可思议的方式被抖出来的时候，帕特里克吃惊地张大了嘴巴。我没办法来圆这个场了。"确实已经过去好久了。"

我知道安娜贝斯很迫切地想让我问她那昙花一现的工作的事情。但我找不到合适的方式。结婚以后我试着去联系过以前在古典考古学这个小圈子里的同学。但随着想去完成论文的动力减弱，我对别人的好奇心也变小了。我坚持不在谷歌上搜我以前圈子里面的人；我不想知道他们的成功。那太让我郁闷了。安娜贝斯就是这个不能在谷歌上搜索的名单中的第一个人。

所以她又尝试了一遍，"你现在跟帕特里克一起共事吗？"

"海伦是我这个项目的研究助理。我到这里之前她就在亨廷顿了。"帕特里克的喉咙绷得紧紧的，他脸上写满了惊愕。"你以前和盖·萨莫斯在科林斯工作过？你在伯克利研究的什么呢？"

安娜贝斯大声地哄笑起来，好像帕特里克在开玩笑似的。"好吧，我不知道，健忘先生，可能是考古学吧！她可是你的研究助理！如果你连这个都不知道，那她怎么得到的这份工作呢？难道跟我得到你那份特洛伊的工作用的方法一样？"接着她向帕特里克眨了眨眼，又发出一种狂浪的笑声。

他们光着身子在壕沟里打滚的画面浮现在了我的脑海里。

猛烈的炮火继续向我袭来。"你完成你的论文了吗？我记得我听说你没有写完。你不是离开伯克利去结婚还是干吗了吗？"

从她的口吻中我推测她的确不知道我学业荒废的事情。看来我这个保密工作做得很好。

"我是结婚了，但我没有完成论文。生活，你懂的——生活总是这样。"我不敢去看帕特里克。我感觉自己像胸前贴着一个大大的"F"的研究生版的赫丝特·普林。该转移话题了。"你们俩是怎么认识的呢？"

"在普林斯顿，接着是一起在牛津读博士后，然后当然就是跟他在特洛伊一起工作了。现在我得在学年期间在加州大学圣巴巴拉分校教课，而夏天的时候我就待在希腊。"安娜贝斯说话的语气好像这种事情只要我们所有人稍微一努力就能做到似的。她的口音是从牛津大学学来的吗？也太难听了。"帕特里克以前是我的老师，然后是我的指导教师，接着就成我的同事了。从那时开始我们就一直在联系。是不是啊，帅哥？"

"是啊。安娜贝斯就是上次我去圣巴巴拉看望的那个人。她的研究有开创性的意义，非常重要。"

是啊，我确定她的研究肯定很棒，我想。不过，平心而论，帕特里克看上去似乎跟我一样不自在。这整个的见面对我们来说越早结束越好。

安娜贝斯似乎很享受这个时刻。好像她一直在琢磨我这些年都怎么样了似的。"海伦，下次我再来的时候我们一定要好好地叙叙旧。我们有太多关于以前学校的八卦要聊了。不幸的是我得走了。我下午还要上课，但我有一些激动人心的消息要亲自跟帕特里克讲，所以我今天就逼着自己过来找他了。我们今天早上过得很愉快，不是吗？"

他们肯定就在公寓里的这个沙发上做爱了。我觉得我要吐了。"我们一定要哦！叙旧听起来很不错。"

"帕特里克有我的联系方式。感谢你一直以来为我做的一切，亲爱的，"安娜贝斯说得很戏剧化，她的胳膊挽着帕特里克的胳膊肘。"把我送到车上吧。然后你得马上跑回来，因为海伦有一些关于有人做爱的令人振奋的消息呢！是吧，海伦？"

回来后，帕特里克似乎没有心情讨论性的问题，既不想谈论我们做爱的可能又不想谈论鲁迪和索菲亚忙着做爱的事情。根据我昨天晚上看到的信息，他们俩很忙很忙。

他阴着脸，好像我是一个让他很失望的淘气孩子似的。

"嗯，这个世界真小，哈？"我开玩笑的努力并没有让他开心起来。

"你为什么不告诉我你在伯克利上过学？我曾经跟我最好的朋友盖·萨莫斯一起在科林斯工作过。你认识安娜贝斯。你让我在那一个月的时间里把你看成……"他寻找一个合适的词。显然他要说的是"一个无聊的帕萨迪纳家庭主妇"，但他不能说。所以，他说，"把你看成……这方面的新手。但其实你不是。你比我在雅典的大部分研究助理的学历还要好。难怪你用了一半时间就完成了两倍的工作量。你为什么不告诉我呢？"

他是那么的困惑以至于像"你从没有问过"这样聪明的回答都似乎不可以了。所以我做了一件自己最擅长的事情：东拉西扯。"我以为这个不重要呢。请你理解我——伯克利，科林斯，安娜贝斯——这对我来说都是另外一个世界了，帕特里克。我离开研究所搬到帕萨迪纳跟梅利特在一起。你以为我对此很自豪吗？我从一个很高水平的项目中退出来就是为了结婚、生孩子，还成了一个讲解员，天哪，但我真正想做的却是大学教授。我想成为你和安娜贝斯这样的人。在你的老板有着一个辉煌的经历并且在脸谱网上有一个粉丝网站的时候，你是不会想告诉他的。"

我看到他的表情缓和起来了，他理解我了。所以我继续说道，"帕特里克，十五年前我是一个研究生。但我现在只是一个喜欢历史的单身母亲。这就是我，这就是你当初要雇佣的那个人。而我们都很清楚这一点。"

帕特里克脸上显示出了对我的认可。接着我把一切都看明白了：我就和施里曼的日记一样，都是他的一个项目。他想通过教我特洛伊的知识和提高我的能力来让我从家庭的桎梏中解脱出来。我不像那些每年夏天在他挖掘场忙碌的傻瓜或者雅典的美国学院里面的一年级学生那样容易受骗。我是一个全新的品种：孤独的寡妇！太具有史诗性了！太有荷马的风格了！太有佩内洛普的积极质量了！他要把我从悲剧的现实中解救出来呢。

就像梅利特把我带到帕萨迪纳来把我从差劲的学业成绩的窘境中救出来一样。

帕特里克有目的地穿过房间，用他的那杯拿铁做了一个强调的手势。"现在我知道你在拉古娜是怎么认出我那个阿基里斯的盾牌的了。还跟我引用《伊利亚特》里面的话。我觉得那样显得你很有洞察力。你让我滔滔不绝地谈论我的工作和研究。我们在一起吃的那些午饭、晚饭以及我们关于荷马、希腊人和特洛伊海伦的谈话，这些背景知识你肯定早就已经知道了。我感觉自己像个傻瓜一样。"

我有点生气了。这个人以为他是谁啊？"因为我浪费了你的时间？"

"不是，"他直视着我的眼睛说道，"而是因为我浪费了你的时间。"

"帕特里克，过去的这一个月并没有被浪费掉。真的。而是在这之前的那15年被浪费掉了。但绝不是上个月。"

沉默。一阵很长时间的沉默，我不敢相信自己说出了这句话。

接着传来了萨拉·怀特熟悉的喊声，她真的是一个不分时候的新闻主任啊。"当当当当！是我。"

我本能地整理了一下我的工作服，把头发弄得蓬松了一点。帕特里克没做任何整理就回过神来了。"快进来！"

萨拉悄悄地走了进来。"希望我没有打扰到你们重要的研究。或者也许我已经打扰到了，因为这就是我要来问问你们的。"她被自己的玩笑给逗笑了，但多半是因为她神经紧张的缘故。

帕特里克很快就反应过来了，他又显得特别放松自在，看起来他几乎对萨拉的出现表示很解脱。"萨拉，我们能帮到你什么吗？"

"我刚刚接到那个电视台的电话，关于历史的一个电视台。我就赶紧冲过来了。这个电话是一个叫'龌龊的考古学家'的节目的制片人打的。这个标题是不是很棒？太生动了！"

"然后他们想让我去联合主办？"帕特里克面无表情地说。我笑了起来，尽管我很想生帕特里克的气。并不是因为他惹了我，而是因为我跟梅利特吵架后一直采用冷战的方式，这样已经形成了条件反射。但跟帕特里克在一起这个就显得大错特错了。

"不，很明显他们对你的研究很好奇。这不是很奇怪吗？这个制片人知道施里曼日记项目的事情。他说他从小道消息听说可能有一些令人震惊的消息。而且他们想在'龌龊的考古学家'的第一期就报导这个故事呢！"

我惊呆了。据我所知，关于施里曼日记的谈话只在我和帕特里克之间进行过。而他看起来甚至都没有那么感兴趣。谁还能了解这件事呢？也许帕特里克跟别人谈起过这项研究，但这不太可能啊。他一心只想着为基金会筹钱呢。这真是个谜。

萨拉盯着帕特里克，等待着他的回复。我觉得她的那条香奈儿头巾可能会因为她过度的期盼而在她头上爆掉。"哦？那些日记里会有什么东西让'龌龊的考古学家'那么激动呢？"

"我让海伦告诉你吧。"帕特里克靠在椅子背上强调说。这是他的报复吗？哦，是的。他想让我为难，就像我让他在安娜贝斯面前为难一样。"海伦，你今天早上不是冲进来要告诉我一些关于日记的事情吗？"

我努力让自己的大脑保持清醒。"从日记里可以清楚地看出，鲁道夫·施里曼和他那位很年轻的继婶婶索菲亚有一段狂热的婚外情。而且只要他们睡在一起，你就能忘掉任何关于挖掘或者考古学方法论的信息。"我试图让自己说得委婉一些，为了我自己而不是为了萨拉。鲁迪的日记彻头彻尾的肮脏下流。这让我想起了安娜贝斯和帕特里克在特洛伊的壕沟里干那个事的画面。那天早上我进门时候的那种自信全部消失了。失败了。那种自信被一种对自己性能力缺失的强烈意识取代了，尽管我戴着印着动物图案的腰带。因此我停了停接着提议说，"我不妨可以说在这些日记里有很多对起伏的胸腔的浓墨重彩的描述，而对挖土则没有太多的叙述。"

帕特里克摇了摇头。"哇哦！这可是很严肃的学问呢。"

"真的？"萨拉脸上露出震惊的表情。她是不是惊诧于她这个高层次的研究项目已经退化成了古代的一种成人娱乐？这可不是那种给亨廷顿增光的事情。然而长腿萨拉接下来的反应让我很惊讶。"这太棒了！谈论一个下流的考古学家！我爱死这个了。我们在上周的董事会上还说呢，要是我们这有几个没那么古板沉闷的项目就好了。就连主任都说我们需要一些性感的东西。听起来好像我们已经有了！"

我觉得我有点脸红了。

"你之前的预感是对的，海伦，"帕特里克承认道，"但我们要说清楚一点，这并不能改变特洛伊的整个历史。把这个说明白了，这个故事还是值得再往下挖一挖的。除了起伏的胸腔，说不定还能发现其他的东西呢。"

这次我是彻底脸红了。好吧，这么说来这个就不是那种我预想的学术突破了，但这也是我的一个成就呢。而且这件事还引起了帕特里克的注意。

"我可以告诉他们你们同意这个访谈了吗？光靠日记里的东西能弄出一个好玩的故事吗？"萨拉直勾勾地盯着帕特里克问。很明显，我不会是这个公关计划里的一分子了。他才是那个适合上镜头的博士；我只是一个穿着卡其布外套的研究助理罢了。"六周内你能准备好跟他们录节目吗？到时候你能做出点半学术的东西来吗？那个就是他们需要做这个访谈的时间。"

"我们到时候能准备好吗，海伦？"帕特里克问我。

"我需要先扫描完日记然后还要转录，但我想我会让你了解你需要的所有东西的最新情况的，奥尼尔博士。"

我加了那句"博士"就是做做样子。但没有什么效果。

"如果海伦可以扫描完日记而且为我整理好一些数据的话，我可以办到的。我们可能还需要另外的人来做一些粗活，这样我可以让海伦去做一些其他的研究。"

萨拉看起来很开心。"你需要什么就直说。这个还有义卖会颁发的荣誉，看来你已经为自己营造出一些影响力了，帕特里克。我这就去给制片人打电话。准备好八卦哦。哦，在你回雅典之前，我们还在亨廷顿为你安排了5月中旬的'杰出学者'讲座。我会连带日期给你发一封邮件过去的。我也会给海伦发一封。这太让人兴奋了!"话音刚落她几乎就偷偷地溜出去了。

萨拉刚一走,帕特里克那宜人的风度就没有了。不用说,他对于我向他保密简历的事情还在耿耿于怀。"我们有很多工作要做。不错,这是个有意思的故事。但我需要很努力地去适应海因里希·施里曼仅仅是一个跟我的研究沾点边的被人戴绿帽子的丈夫这样一个事实。我相信你能明白这点。在接下来的几周里我们不能再有任何的分心了。"

帕特里克这里所说的"分心"无非就是在花很长时间的午餐上喝酒、在海边开车还有在停车场亲热这些事情。而且每天大清早还能见到安娜贝斯。

"明白。当然了。我明白,"我尽量让自己的语气显得毫不在意的样子,跟我内心的真实感受是完全相反的。"我纳闷那位龌龊的考古学家是谁呢?而且他们是怎么发现日记里的内容的呢?"

帕特里克将胳膊横放在胸前,一副得意洋洋的神色。"你没有猜出来吗?"

我摇了摇头。

"是安娜贝斯。而且还是你告诉她的。"

第十四章

"在我们眼皮子底下你还那么退退缩缩的，跟恋爱中的大学生似的。"穿着黑色紧身衣、白色的帽衫，戴着棒球帽，蒂娜在跟我一起绕着玫瑰苑跑步的时候气鼓鼓地说。

我意识到自己脸红了。我和帕特里克的那个吻，我对坎迪和蒂娜只字未提。我依旧跟所有的人说帕特里克只是我的老板，没有别的关系了。老实说，连我自己都对"开心寡妇"这整个的身份感到不舒服。在一个帕萨迪纳这样的镇上，任何轻率的举动都会被夸大到不可思议的地步。虽然坎迪和蒂娜都知道梅利特有外遇的事情，但包括我夫家人在内的我其他的社交圈子都对此事一无所知。而且在这方面，哪怕是强硬分子都还要在找下一个配偶之前哀悼上一年的时间呢，尤其对于一个女人来说。再说，我还有艾登，永远都要考虑艾登。那蒂娜为什么要说这句话呢？她知道一些什么吗？

坎迪同意地吼了一句，"是啊。对你的损失和其他不幸我表示很抱歉，但瞧瞧你！身材保养得那么好。"

还好，她说的是我体内的脂肪含量，不是我良心上的不安。

坎迪接着说，"哦！我刚想到了一个可以放在我网站上的很棒的幻灯片！猝死和离婚可以减肥的照片！大家会很喜欢的。你见到苏西·艾弗斯了吗？自从比尔跟他的法律伙伴好上之后她就瘦得跟杆儿似的。贾米拉·霍普金斯在跟男友分开后也是瘦了很多，好像瘦了四个码呢。那天我在诺帝店的小码女装区看到她了。瞧瞧我，她在更衣室尖叫着。我在跟亚洲女人一起逛街呢！我看起来像贾达·萍克·特史密斯一样！海伦，你看起来也很美。我车上有相机。你介意拍张照片吗？"

"你在开玩笑，对吧？"我感到很高兴，但把我跟苏西·艾弗斯放在一起比较我就没那么爽了。的确，我在超市的天然食品区是见到过贾米拉（我买的只是商店品牌！），她看起来很漂亮。我怀疑她做了眼部提升吸脂手术，而且她下降的体重也很有嫌疑，但我并没有说出来。不然坎迪会把这个作为盲点新闻挂在她那个叫 candydish.com 的网页上那个"我们怀疑做过手术"专栏里。此外，苏西离婚后还做过腹腔带手术，这似乎不像是因为生活不顺而导致的减肥呢。"确切地说，这不是我最漂亮的样子！"

蒂娜同意道。"要是在义卖会上你被别人抓拍到了，那你以后就会知道把自己打扮得漂漂亮亮的了。你准备好礼服了吗，海伦？"

我爱我的朋友们，我想。我真的很爱。但她们完全不知道我在过去的这三周时间里经历了些什么。这段痛苦的时间我一直在忙着准备严肃的学术工作以及处理不同于往常的情感问题。一边努力分析施里曼日记，一边还要为"龌龊的考古学家"栏目的制片人准备备份数据，同时还要在帕特里克每次穿着一件新的条纹毛衣出现在我面前的时候（一个考古学家能有多少件条纹毛衣啊？）假装对他不感兴趣，这种生活太累了。再加上每天打包、搬家，完成丽塔的剩余工作清单，应付费尔切尔德夫人每天打来的询问伊格内修斯进展的电话，还要照顾一个学业前途渺茫的青少年，这样的结果就是来自各方面彻彻底底的压力。

又小了一个服装尺码。

我是一个没有时间思考的机器，除了我上班的时候绕着公园"竞走"的那45分钟，因为这样就免去了在吃午饭的时候我在帕特里克面前的拘谨了。我坚持遵循"不能分心"的策略。吃午饭就意味着分心。因此我让他一个人去"酒瓶的秘密"家吃饭，而我则努力逃避自己对即将到来的厄运的预感：

万一这个涉及性的理论损害到帕特里克的名声怎么办？

万一安娜贝斯发现了我研究中的不足怎么办？

万一帕特里克发现我在笔记本上画的"海伦·费尔切尔德

爱帕特里克·奥尼尔"的涂鸦怎么办?

我能抽出来时间完成环绕玫瑰碗 3 英里的路程证明了我对友谊的重视,而并不代表我可以平衡工作和生活时间。所以蒂娜,我已经没有精力来考虑晚礼服的事情了。

但很显然蒂娜有这个精力。

"嗨,海伦,你准备好要穿的衣服了吗?"蒂娜又问了一次,把我从回忆中叫了回来。"也许所有的好衣服都已经不在了。但你是要陪贵宾一起的。他们会给你拍照的。我向你保证。而且不只坎迪会拍,真正的媒体也会拍的呢。"

"嘿,我就是真正的媒体好不好!"坎迪回嘴道。"不管怎样,我们公司跟《我们》一样都是正经杂志。"

"也许我那件黑色带假钻扣的可以穿?"我提议说。这件裙子我在过去的十年里已经穿了 900 万次了。它已经跟圣约翰斯的针织品一样久远了,或者这只是我的想法。而且它奇迹般的纤维似乎随着我腰围的变化而变化。

坎迪的回答是什么呢? 她举着手边翻白眼边呻吟着。

蒂娜突然停下来,为了时尚她可是冒着损伤膝盖的危险呢。"不。不,不,不。你不能把那个东西从衣橱里给拿出来。你现在那么漂亮而且约会对象那么帅,坚决不能穿那件。说实话,你以后再搬家的时候要把那件衣服留给那对同性恋。我相信他们那位可爱的 65 岁的老母亲会喜欢穿着它去看电影首映礼的。我来负责这件事。我需要有件事情可以不让我去想周六的录取通知书的事情。这太完美了。我来做你的私人购物顾问。这件事交给我了。"

啊，是的，周六是帕萨迪纳的一个特别重要的日子。是做决定的一天。从学前班到高中的所有私立学校的录取通知书都在这一天来到每家每户的信箱里。这个地区所有的学校都在周五的时候寄出录取通知书，这是串通合谋的结果，或者用招生办主任喜欢说的一句话，那就是"一种长期的协议"。多亏了美国最有效率的邮政服务，到周六那天人们就开始纷纷讨论那些被录取的少数和没被录取的多数孩子了。

我永远都不会忘记九年前艾登收到米灵顿的通知书的场景。梅利特只允许我申请一所学校，那就是他自己的母校米灵顿。我以为这挺难的，考虑到艾登是一个多动的孩子，而所有人都知道学校喜欢安静、沉着的孩子。一直到下午三点钟还没有收到通知书。我如坐针毡，后来我找到了距离我们两条街的邮递员管他要我的信。米灵顿的信封很大很厚。我感觉一种强烈的放松感，接着在看到这个好消息的时候我又有点沾沾自喜。我一直都担心艾登可能会被拒绝，因为他在幼儿园的时候做精细动作的能力很一般，而且单足跳的时候也很粗心大意。

梅利特用嘲弄的语气安慰我说，"真的，海伦。这里是帕萨迪纳。这不是一个由精英管理的地方。他来自费尔切尔德家族。他们才不管他会不会跳呢。他们只在乎我们能不能捐很多钱罢了。"

但正如我在过去几个月里学到的一样，来自费尔切尔德家族不代表就会有一个美好的人生。尽管在艾登那次糟糕透底的面试以后我尽我全部的能力来打电话求伊格内修斯的校友、托管人比尔·欧文斯以及圣裴柏秋全能的蒙席先生，但我还是很紧张。而且费尔切尔德夫人每天那些提醒我伟大的费尔切尔德家族传统的电话对我也无济于事。但蒂娜在担心些什么呢？"蒂娜，莉莉会被马丁代尔录取的。你知道她肯定会的。这是必然的事情。"

"她应该被录取，但你永远都说不准。只有47个名额……"

哦，又来了：录取的数学算法。镇上所有的家长都玩这个游戏，这是一个根据传闻、影射以及直接公开的信息来对招生名额所做的数据分析。录取的数学算法包含了一系列复杂的变量（但又不局限于这些变量），例如：年级；性别；种族；考试成绩；老师评价；家长的职业；母亲领导学校拍卖会的意愿；有没有哥哥/姐姐被布朗大学录取；在俱乐部踢足球赛的时间；练了多久的小提琴；目前以及之前的邮政编码；和任何一个好莱坞明星的亲近程度；而且还包括是否在后院有可供学校开游泳派对使用的游泳池。对于研究录取中的数学算法蒂娜是有博士学位的。她已经以惊人的准确度阻碍了多年学校的入学考试了。但如今在涉及估测莉莉被录取的机会时，她觉得赌注就太大了。

"而且我听说今年他们有 22 个兄弟姐妹申请呢。信不信由你们，这些人里面有些还是很聪明的，市长的三胞胎除外，但他们是肯定可以被录取的。这样就有了 25 个名额，而这里面至少得有 6 个会被有奖学金的孩子拿走。然后我还听说演'绝望主妇'的演员中有一半的人给他们的女儿申请了，因此我们这样还剩下 15 个名额。而且我认识的人里面，那些有一个亚洲血统的孩子的家长都突然决定送孩子去马丁代尔了，因为那刚兴办了一个新的汉语集中训练项目，所以莉莉·周斯温森只是很多混血儿中的一个。"蒂娜气喘吁吁地说，"对于剩下的那些名额，我听说马丁代尔只招收一些长曲棍球运动员、西班牙裔的学生以及女同性恋夫妇的女儿了。"

"你现在在申请表上可以看到那样一个方框吗？是否是女同性恋的女儿？我要是早知道就好了，那样我就会扮作同性恋来让玛丽亚进罗利中学了。"坎迪开玩笑说。不然，也许这根本不是开玩笑，因为坎迪是那种为了让孩子进好高中而走极端的人。坎迪想重新得到玫瑰宫廷的青睐。玛丽亚被罗利录取便是她计划让她女儿步她后尘的第一步。坎迪永远都不会承认这点，但她想再一次在新年那天走在科罗拉多大街上。玛丽亚荣登玫瑰宫廷的宝座则是第二大好事。

我一边嘲笑坎迪一边还在安慰蒂娜，"她会没事的。莉莉是一个聪明的女孩，她成绩优秀，钢琴还获过奖，而且还有一个曾在这所学校上学的妈妈。而且她还在筹钱为那些麦当娜不能收养的孩子在马拉维建学校。马丁代尔还想要什么?"莉莉彻头彻尾都是一个完美的马丁代尔女孩。毫无疑问她会在 19 岁前出版一部小说，在 22 岁前改变世界，然后在 35 岁之前结婚并且用这一切在帕萨迪纳换来一栋大房子。"在某种程度上，我觉得如今那些能付得起全额学费的人都有很大的被录取的可能。"

蒂娜和坎迪瞥了我一眼。难道我违背了什么规则，没有跟着她们一起担心而说了一个显而易见的事实?

"我只是说……"

接下来是持续了大约 1.8 秒的尴尬的沉默。

"好吧……再过几天我们就都知道了。"蒂娜想缓和一下气氛，"如果你们收到信的时候给我打电话的话那我也保证给你们打电话。"

蒂娜指的是在帕萨迪纳的那一天人们普遍接受的缄默法则。之前家长之间、学校和学生之间疯狂的联系在这天都转到了地下。学校在寄出通知以后会停上一两天的课，声称这是他们在"工作中"，这样他们就不用接那些没被录取的学生家长的电话或者跟他们说话了。家长只跟自己信任的朋友分享信息，但这也只是在录取信息尘埃落定以后的事了。甚至有一些孩子在落榜以后待在家里，等到他们同学前几天的兴奋劲过了才回去上课。

"我相信我们都会得到好消息的，对吗?"坎迪补充说，"我们的孩子都那么完美。"

我们都笑了。刚才那个尴尬的局面一下子就抛到九霄云外了。我知道蒂娜和坎迪在周六日落之前肯定会了解所有米灵顿毕业生的录取结果。

"你知道还有什么会在周六那一天到来吗?"

"月经前不舒适的症状?"坎迪说。

"美捷步的鞋?"蒂娜猜。

"是我妈。"我说。

第十五章

通知书没来，却来了一个内尔·卡斯特。

"我过去给你和艾登做个伴。你们肯定很孤单。"这是我妈在电话里说的话。令我震惊的是，她还跟我说了她的行程和航班号。通常情况下我都要把她从俄勒冈中部拖到帕萨迪纳来。她既要经营画廊，还要照顾我爸爸。而且她一直都在主持什么姐妹艺术委员会座谈或者系列讲座。当然了，她还有很多会要开，她还是镇上大约一半病人的赞助人。过去都是我去安排所有的事情，因为她还没有完全接受电子票的概念，或者一般意义上的航空旅行（她更倾向于坐汽车和凡拉冈大众汽车）。但这次竟然是她自己订的机票。"如果冬天似乎在逐渐变长，那全球变暖有什么好处呢？"

如果我妈越来越觉得冷，那我就担心她同时也在变老了。但看到她穿着男友式牛仔、银色木底鞋和一件羊毛和羽毛做成的和服（这就是可穿的艺术）我感觉心情好了很多，也没有那么担心了。

"嗯，你很勇敢。"她叹着气，打量着拥挤的厨房和休息室的空白的墙壁（以前贴得满满的很漂亮的加利福尼亚壁纸已经拿去拍卖了）。我也很想念它们。"从你已经做的这些事情看你太勇敢了，非常勇敢。你妈妈是不是很勇敢啊，艾登？"

尽管感到很不自在，但艾登还是尽力来认可我妈的夸大的情感流露。"是啊，内尔。是，我妈很伟大。"

费尔切尔德家族的人不习惯在意别人的感觉或者特别夸奖别人的工作，除了偶尔会说一句"干得好"之外。梅利特吸引我的其中一个原因就是他不愿意把自己的感情都流露出来，这是我的家庭所不具备的能力。但艾登能在我父母来镇上让他吐露情感的时候不反抗，我感到很欣慰。我们会晚点的时候再笑话一下疯狂的内尔·卡斯特。

"你们两个都很勇敢。我在冥想的时候经常会想到你们两个。我能看出你们一直在解决问题，但过得并不好。来点卡布查蘑菇茶怎么样？"

"什么茶？"我怀疑地问她。每次见到我妈她都在推销一种新型的超级食物或者保健品。她也许已经不吸大麻了，但她依然相信神奇药物的作用。像紫锥花，银杏或者巴西莓这样来源不明而且医学又没有什么科学解释的植物，我妈都敢吃。而且过很久之后这些植物才能成为主流食物而成为果汁店的招牌食品。

"这是一种由有机蘑菇里活的培养菌做成的，就像排毒液似的。这个茶的排毒功能，哇，太好了!"她扇着炉子，几乎都要把身上的羽毛给点着了。"我告诉你，海伦，它会让你从内到外都脱胎换骨的。看看我的皮肤。而且你都想不到我的肠胃运动有多好。我还得把它用一个三盎司的洗发水瓶子装起来来逃过机场安检呢。"

"这是茶还是迷幻药啊?"我紧张地问她，我主要是想在艾登捧腹大笑之前换掉这个关于肠胃运动的话题。

"是茶! 但它是有生命力的茶! 不是干的，而是充满了活的培养菌。你要从最初阶段开始培养，就跟酵母一样。"

艾登和我互相交换了一个眼神，意思是"内尔疯了"。"谢谢你，不用了! 我还是喝橙汁吧，"艾登的声音从沙发那边传来，他插上耳机好像又接着在笔记本上听巴兹·鲁曼的那首"罗密欧与朱丽叶"了。太好了，只要能通过最后的那次英语测试，哪怕他要跟莱昂纳多学莎士比亚都可以。

我妈拿着她那不靠谱的茶诱惑我们喝下去，脸上充满了希望。为什么不偶尔喝一点排毒的东西呢?"当然! 为什么不呢? 给我来一杯。"也许有我妈在身边我会感觉好一点呢。我一个人在家里感觉很孤独，而她身上总是洋溢着热情和活力。

她递给我一杯闻起来像带土的热腾腾的德国泡菜汁一样的东西。"闻闻这个味道，然后把它喝下去。然后请你告诉我去私立学校上学有什么大不了的。为什么你们两个人都那么紧张呢？你以前上的就是公立学校，也同样接受了一个很好的教育，而且看看你现在，已经是一个考古学家了。"

也许有她在身边我并没有轻松。一周的时间听起来足够了。

为了能多有几秒钟来想出一个我妈会明白的回答，我喝了一大口这个能让肠胃做很好运动的茶。它总不可能比闻起来更难喝了吧？

"慢点喝！这才是上帝的赐福。把它当做福分来喝掉，"我妈面无表情，用她那典型的夸张的手势跟我说。"现在告诉我，为什么这所学校对你来说那么重要？"

我看了一眼艾登，确保他完全沉浸在了他那个安静的电子世界里。我不想因为我解释私立学校的理念而让他感觉不自在。事实上，如果他去不了伊格内修斯，那么他就得去一所当地的公立学校。而且尽管我不想承认，但我妈说的是对的。我也是上的一所规范的公立高中而且结果也还可以，至少在学业上是这样的。我怎么才能跟她解释清楚帕萨迪纳的观念呢？在帕萨迪纳，大部分东拼西凑的家长都不愿冒险让孩子接受公立学校的教育。或者说这是帕萨迪纳古老的家族，比如费尔切尔德家族自远古以来从没有考虑过的事情。简单地说，这个根本没有什么好商量的。

所以我说谎了。我又重新说了一遍我曾经在那次面试搞砸以后求招生办主任、蒙席先生和比尔·欧文斯帮忙的时候说过的话。"如果艾登能继续这个在伊格内修斯上学的传统，这不管是对艾登还是对我和梅利特所有的家人来说都很重要。梅利特遵循的价值观就是伊格内修斯教授的价值观。艾登要是能去梅利特曾经的母校那就好像是他有父亲陪在身边一样。"

我妈的大脑刚被茶水清洗了一遍，她不大相信我的这个小演讲。"是，我觉得他是个很棒的孩子。而且他不管去哪所学校都能表现很好。他为什么要这些虚的东西呢？"

这才是真正让我妈痛恨的地方：虚的东西。这就是她嘴里所说的金钱、社交方面的欺骗以及邮政编码的现代化。虚的东西。有一点我一直以来都很羡慕我妈，那就是她不分阶级的能力，这是褒义的。也许这是她以前跟别人分享毒品的原因吧。他们经常说的就是，"你还在忍着吗？快过来抽一点吧"。她不相信金钱可以买到尊重。她用同等的热情和善良对待身边的每一个人。这一点使她在俄勒冈的姐妹镇赢得了很多支持者。在这样一个充满了伪君子的世界里，我妈是真心真意的那种人。

讽刺的是我的婆婆米莉森特也正好是另外一个极端。米莉森特坚信阶级制度，她很明白自己该坐在什么地方（当然在最顶上）而且针对每个人的地位而对他们采取不一样的态度。没有道歉，也没有假笑。而且她也同样有一群支持者。你们就去想想看吧。

"妈，这就是这里的规则。又不是我制定的这些规则。"我说着，试图用逃避的方式结束这次谈话。但她不肯就此罢休。

"你要知道，你是可以搬回俄勒冈的。有你在那里的话会很有意思的。艾登可以去你以前的母校上学。那所学校也有自己的价值观哪。"

是啊，就像逃避考试去山上看雪或者在狩猎季节去打猎似的。还有，我们不要忘了位于小镇郊区的那些可能装着冰毒的拖车。但我什么都没有说。这时坐在沙发上的艾登突然来了精神。

"真的吗，外婆？你想让我们搬到那里去？妈妈，我们可以搬过去的！我很喜欢俄勒冈。给我一秒钟的时间我就可以搬过去。那里实在太好玩了，比这里好玩多了。"

撇开伊格内修斯不提，我从没有听到过他对帕萨迪纳的任何一所高中有过这种热情。我有一种把我妈的脖子拧断的想法。我付出了那么多努力来让艾登接受这些变故：从小时候生活的房子搬到一个局促的地方，哪怕他坚决抵制我还是让他提交了高中入学申请，不管天气如何都坚持去参加水球训练，还要适应一种没有父亲的生活。她怎么能把一个这么大的提议说得好像跟周末野营似的呢？

这会很好玩？

是啊，大概会好玩个 5 分钟，然后他就会意识到那里没有商场，没有水球队，而且电影院也只有一家。它是一个小州中部的一个小镇。不像帕萨迪纳是一个大都市里面的一个小镇。

他最后会跟那种染着黑头发、鼻子穿了环、有一个很高很瘦的夸张男朋友的女孩子做朋友。到时候会发生什么事呢？

我扬了扬眉毛，对我妈做了一个冷酷的表情。但是她没有搭理我。我用一种假装理解的语气跟艾登说，"艾登，我们先看看邮递员带来的是什么消息好吗？在我们知道关于你未来的一切事情时，那将是一个我们需要讨论的重要决定。"

我妈假装一点都没有听到我说的话。这是她最不令人喜欢的一个特点，那就是她在坚持执行自己计划的时候完全不理会别人的反对。她老旧的嬉皮风格的外表可以隐藏她内心的固执。"你能过去我们会很高兴的，艾登！而且你还能有一只你一直想要的小狗。在姐妹镇每个人都有一只小狗呢。"

现在她对于我来说已经死了。小狗对艾登来说就像圣杯一样，只是因为梅利特有过敏反应才一直没能如愿。

就在这时我家门前那个陈旧的信件投递口发出了童话般的金属的叮当声。从那些信件发出的噪声可以看出，邮递员（特兰）正试图将一个很大、很厚的信封塞进这个设计于1926年的投递口，那时候还没有发明商务信封。我几年前在前门挂一个红底金字的"新年快乐"的横幅时跟他聊过天。那时艾登刚在班里有点起色，而来自越南的特兰很欣赏我们为跨文化交流做出的努力。从那次的初次谈话我们又谈到了饭菜好吃的餐厅、20美元足部按摩的商场以及刚到美国的移民在公共交通方面的不便。特兰经常会喋喋不休地谈论南加利福尼亚州的足球，所以在他送邮件的时候我也会偶尔躲在厨房里以免又跟他在平衡计分卡的优点上聊上个半小时。可是今天他的手里却攥着艾登的未来。我冲向前厅，猛地打开门，一下子蹿到邮递员身边。

"别动。把信递给我就行。不要弄折了信封！我来拿。"我大声的喊叫声把邮递员吓呆了。他拿出一沓信还有一个前面印了伊格内修斯印章的很厚很白的信封。他被录取了。谢天谢地，他被录取了！谢谢你，蒙席先生。谢谢你，亲爱的招生办主任。学校在不录取一个学生的时候是不会给他寄官方日历表的，所有人都明白这一点。我抱了抱邮递员说，"谢谢你，特兰。谢谢你。"

"今天是个重要的日子，是吗？"他说着，他肩上扛的那个邮袋比他的体重要重两倍。"今天所有人见到我都很开心。哦，有些就不是那么开心了。我明白了。"

"好吧，只是有些孩子在等着学校的通知……"我试着去跟他解释，突然对自己粗鲁的举动而感到不适。可怜的特兰。我的行为让人感觉很假。

"不，我明白的。我儿子伯尼被罗利录取了。上高中需要花好多钱呢，不过他拿到奖学金了。我那个时候还很担心这个问题呢。我偷偷地去工作，很辛苦地工作，然后昨天晚上我就在邮局看到那封录取信了。"

哦，我的天哪。等我回去告诉坎迪邮递员的儿子被罗利录取的消息吧。我又想了想，也许我不应该告诉她这个。

"那太好，特兰。恭喜伯尼了。你肯定很为他骄傲吧。"

"是啊。亚洲人是很难被罗利录取的，因为有那么多聪明的亚洲孩子申请那所学校了。那里也许全部都是亚洲的孩子呢。白人的孩子被录取的机会会更大一些。好了，去拆开你的信吧。我看你申请的是伊格内修斯。好学校。祝你好运，太太。"

我关上了重重的橡木门。我真的是一个装模作样的人。然后，我全部的注意力都集中到了手上的这个东西上，用单调的声音叫艾登。"艾登，这有你的东西！"

"你可以拆开看。"他回叫道。但我没有拆开。我不会把这一刻从他手里抢走的。我溜回到厨房里把信封递给了艾登。我朝我妈竖起了大拇指。艾登很随意地接过信封，然后又开始看他的电影了。

"现在就把信拆开，不然我就杀了你。"我威胁他说。

"好吧，妈妈。天哪！"他像要故意折磨我似的慢吞吞地打开了信封，然后盯着信上的内容看了很长时间。或者至少对我来说似乎是很长的时间。

"信上怎么说？"我的声音每过一秒钟都在加快。

"伊格内修斯的兄弟们很高兴地欢迎我加入到2013班去。"艾登那疲惫的声音回答说。我相信这只是他装出来的。难道不是吗？"我被录取了。看，你那些担心都是多余的，妈妈。"

接着，我的眼眶突然湿润了。其实，我先是眼眶湿润，然后就彻底地抽泣起来了。我永远不用再担心他的未来了。我做到了。他也做到了。我们做到了。我紧紧地抱着艾登，但因为抽泣的缘故我一句话都说不出来。他也尽他的全力紧紧地抱着我，尽管我的感激和热情已经把他的胳膊和那封不可思议的信给压扁了。

我妈也过来抱住我们两个。她一边搓着我的背一边安慰艾登说，"他们很幸运录取了你。"

艾登从拥抱中挣脱出去。他已经到了触摸的极限了。"谢谢你，外婆。我还是更喜欢搬到俄勒冈然后养一只小狗。"

"他妈的，罗利高中把玛丽亚列到候补名单里去了。你信吗？候补名单啊！"坎迪的愤怒从电话那头传来。"你知道谁被录取了吗？那对该死的双胞胎——蕾拉和麦迪逊·圣克莱尔。他们两个都被录取了，这对弱智双胞胎。而玛丽亚竟然没被录取！她被列为候补了！"

不，现在绝对不可以跟坎迪说邮递员的儿子也被录取的消息。也不能告诉她其实这对弱智双胞胎都是玫瑰碗游泳馆的国家初级跳水队的成员而且还有望参加奥运会。这样看来，由于他们的考试成绩没有那么突出，因此他们被录取的难度比玛丽亚大多了。要从这点看的话，坎迪说得的确有道理。玛丽亚精力很充沛。如果一所学校不肯收她的话，那其他任何人被录取就会很令人费解了。

正当我准备要安慰她的时候，坎迪的愤怒又一次爆发了。

"都是因为我。是那些天杀的花花公子的照片惹的祸。如果这所学校在好莱坞北部，他们会因为这些照片而录取玛丽亚的。哦，但是在帕萨迪纳可不行。这都过了 20 年了，而我还在道歉。如今她要因为我 19 岁的时候犯下的错误而受惩罚！我讨厌这些人。"

我想坎迪口中说的"这些人"应该指的是招生办的工作人员、正在那上学的孩子的家长、刚被录取的孩子的家长以及任何跟玫瑰锦标赛有关联的人，这几乎是包括她朋友、家人和读者的所有听说过闻名全国的罗利预科学校的人了。我不能说我怪她这样想。再说，我为玛丽亚感到难过。

"但她肯定被某所学校录取了，对吗？神圣姐妹是一所很好的学校，在那她会受到很好的教育。我知道它没有罗利那样的，呃，那样的学术声誉。但神圣姐妹教育出来的女孩子都实在。玛丽亚在那会得到很好的发展的。但这是我的发泄，而不是玛丽亚的。她需要积极地看待这件事情。"我警告坎迪。

"你说得对。我真不能相信。那些花在米灵顿里的钱都是为了些什么？就为了被罗利列入候补名单？神圣姐妹是挺好，只是它不是，不是……罗利。这是一所管理很严的学校。"

"坎迪，它不是一根锁链。"我有点厌烦地更正她。"神圣姐妹的秩序已经维持了一千年了。我知道你不信天主教，但求你了，这也不是德锐学院。这是一所很不错的学校。而且很明显，修女们不介意你过去犯的错。这点很能说明她们对宽容这个词的深切感悟。在罗利你是没有这种待遇的。"

"只是……以很好的成绩从米灵顿升入罗利在过去是一件很确定的事情。现在你永远都搞不清楚他们会录取谁。"她深吸了一口气，然后呼了一口气。我想到了特兰的儿子，不管坎迪乐不乐意，这个都是刚被罗利录取的理想学生。"莉莉被马丁代尔录取了，这是当然的了。"

"我听说了。蒂娜给我发短信了。"

"而且我猜艾登也被伊格内修斯录取了吧？"

坎迪的猜测让我明白了。我想所有人都跟我一样觉得艾登被录取的希望不大吧。"他被录取了。"

"那他很开心成为伊格内修斯的一名斗士吗？"

"是啊！"我撒谎了。但我不知道自己为什么要这么做。

很显然，坎迪轻易地相信了我虚假的热情，因为她走了。她愤愤地说那些孩子的名字以及录取和拒绝的学校的名单的时候我几乎跟不上她的节奏。跟她妈妈一样卑鄙的梅丽尔进了马丁代尔；腰缠万贯的多诺万上了伊格内修斯；长得像凡妮莎·威廉斯、说话像米歇尔·奥巴马的艾亚拉进了罗利；布兰登这个愚蠢的运动员怎么会被安多弗录取呢？超级聪明但缺乏个性的卡特上了霍奇基思；肯尼迪进了凯特，我要是有个那么糟糕的离婚，我也会上一所寄宿学校。凯德是个好学生，他进了罗利；摩根哈弗西湖学校，艾什顿·库奇在那做合资足球队的教练。纳塔利上了十字路口学校，这也太矫情了，在这里分明有很好的学校干吗还要每天开车去西边？你不妨去上寄宿学校得了，这样的话整个下午都会堵在路上！这类的评论坎迪一直说个没完。她的信息来源很全面，短信啊，脸谱网啊，还有电话。我把这全部的信息都关掉了。

我什么时候开始不再关心别人的孩子了呢？

接着我想到了一个很要紧的事情。"你不会把这些都写在你那个网站上，对吧？那样的话你连候补的机会都没有了。"

"我不知道。我每年都会做孩子录取信息的总汇的，今年不能做我会很难受。公布这些信息的日子总是很多浏览量。赞助人很喜欢这个。我去年发布关于卡蒂·恩威斯特（以完美的恩威斯特家族著称）没能上幼儿园的盲点信息的时候，网站都崩溃了呢。"发布这些信息对事业是好事，但对家庭不好。坎迪显然在事业和家庭中犹豫不决。

我大胆地说，"玛丽亚还有希望被罗利录取呢。现在不要说一些将来你也许会后悔的话。你知道罗利的那些人会听说这件事的。我相信他们会监控着你的网站的。"

"如果他们那么害怕我的评论，那他们早就应该录取玛丽亚的。再说，我不喜欢让我的读者们失望。"坎迪已经开始跟自己过不去了。

"你的读者比玛丽亚还重要？你得用你现有的资源在那个候补名单上下工夫。还记得你是怎么进的名利场奥斯卡派对吗？你认识那么多人，你会让罗利录取她的。只是现在不要惹恼了学校。"

"你说得对。好的，我得走了。又有人给我打电话了。去吧，斗士们!"说完这句话她就走了。

我敲了敲艾登的门。我进他房间的时候他又很快地切换了页面。梅利特活着的时候我立过一个"不能在卧室里玩计算机"的规矩，这多亏了"早安，美国"里面很多介绍网站上捕食者的专题节目。也许今天他们还在看视频网站上好玩的动物视频，说不定明天他们就为陌生人脱衣服而且在网络摄像头里面广播呢!作为一个单身母亲，当艾登每天晚上要求把笔记本带上楼的时候我没有力气跟他斗了。现在，他也不再跟我坐在一起，而是去他自己的房间里玩。我知道他在问大家都考上了什么学校。

"进来，妈妈。"艾登穿着运动衫和一件道奇队的 T 恤坐在床上，正如我预料的一样，他的大腿上放着笔记本计算机。"威尔·甘布尔被罗利录取了。戴克斯和康纳要去伊格内修斯。康纳同时也被罗利录取了，但他想去伊格内修斯。玛丽亚要去神圣姐妹学校，这也太奇怪了。"

"为什么奇怪呢?"我说着便放下了手中的热巧克力，这是防止艾登不想开门我准备的贿赂。但他就坐在这儿，非常地健谈。也许在楼下不愿跟我坐一起说话只是装样子罢了。

"因为上周的时候她还罗利长罗利短的一个劲儿地说。现在她却说神圣姐妹学校比罗利好多了诸如此类的话。"

显然，玛丽亚已经找到了自己的应对机制，但坎迪会吗？我没有提候补名单的事情。这都是这场较量的一部分。"戴克斯和康纳被录取真是太好了！这样你们就能一起去伊格内修斯上学了。"

"我们为什么不能搬去俄勒冈住呢？"

艾登的直接让我很惊讶。"艾登，这里有我们的朋友。你的球队、我的工作还有爸爸的家人都在这里。我知道你很喜欢俄勒冈，但这里才是我们的家。"

"为什么那里不能是我们的家呢？"

为什么？因为这里是我的家，这里有继承下的遗产、新赚的钱以及很好吃的煎玉米卷。我喜欢这里的书店、文化还有建筑。我喜欢看这里的奢华，虽然我们再也不能成为其中的一员了。但艾登想要改变，还有一只狗。也许这是因为他以为这些东西就能让一切都好起来呢。

"我们慢慢走着看吧。现在我有工作要忙，而且还在想办法换个地方住，所以还不能做这个决定。我们刚有一件好事，不要把它弄得更复杂吧。"我说着便拿出来一个诺德斯特姆的回收包，这里面的东西才是我敲门的真正原因。"这儿有给你的东西。"

"是像伊格内修斯其他小孩儿穿的那种毛料马甲吗？"艾登一边伸手拿包一边开玩笑地说。

"不是，而且他们不穿毛料马甲。"我笑道。然后艾登掏出了梅利特那件有 25 年历史的伊格内修斯优秀运动员夹克，一瞬间房间显得格外沉重。这是带白色羊毛袖子的蓝色皮革外套。梅利特的名字绣在了左边，就在校徽下面。他的毕业年份和游泳臂章在右边的袖子上。这件衣服破的地方都很合适，似乎梅利特曾经很珍惜这件衣服并且保存得很好。之前除了在照片里我从没有见过这件衣服。米米和麦基在家庭开放日之前清理梅利特的衣柜的时候，她们在挂在最后面的一个干洗袋里发现了它。她们在衣架上留了一句话，"送给艾登，下一个费尔切尔德斗士。"

现在我就像当时那样哽咽了。"这是你爸爸的。他现在要是在这肯定很为你骄傲。"不管梅利特有过什么过错，他都会爱惜现在这一刻。艾登点了点头。他一句话都说不出口，一说话就会显示出他这个年纪还没有理解成年的含义。

"谢谢。"艾登终于出声了，他用手抚摸着衣服，用手指拨弄着上面的游泳臂章和刺绣。

"穿上它看看合不合适。"

艾登看着我。他不自在地挪了一下脚，好像不想让我看似的。"我想我还是一会再试吧。可以吗？"

我点了点头。"当然可以了，现在它就是你的了。要好好保管它。"

第十六章

"我一直在考虑你那天吃午饭的时候说的话，我想我接受采访的时候会从那个角度讨论的。"有一天我和帕特里克一起在蜜月套房工作的时候他随意地说道。整个早上他一边喝着放在身边的咖啡、用手理着头发，一边在一张黄色便笺上做笔记。这并不是说我专门注意了他。

我和帕特里克已经进入到了一种很舒服的工作程序中。早上我们会开个会讨论一下当天需要做些什么，然后在午饭前基本不大说话，午饭的时候他出去吃饭而我去散步，然后下午的时候回到我们的计算机旁，最后在一天结束的时候再总结一下。偶尔我会跟他讲讲艾登的事情，他也会跟我说说卡珊德拉或者他雅典的学生。我们还谈论我们看过的新闻或者电影。帕特里克也许还会提几句他前妻，而我也会提一下梅利特。但我们从没有谈过那天晚上发生的事情。

尽管我一直都在想那天晚上的事情。

但我不知道他现在在说些什么。我一直忙于从各个博物馆和大学的数字档案馆寻找辅助图片，所以我需要一秒钟的时间来把注意力转移到这个谈话中去。我从屏幕往上看的时候跟帕特里克的目光相遇了。这是三周以来我们第一次目光相遇。我提醒自己要专业。

"吃午饭的时候？"

"在拉古娜。"

哦，那顿午饭！天哪，那天我们都喝了很多酒。我希望自己没有说出来像"你很迷人。如果你再让头发长长一点就连杰拉德·巴特勒都会嫉妒你。"这样的话。因为我清楚自己那天的时候的确是这么想的。

我在那个靠海的庭院里有没有大声地说出了那些话呢？

"我没想起来。你说了什么？"我问道，同时希望他的回答不要太糟糕。

"你说历史是由伟大的爱情三角恋构成的。而且如果没有海伦、帕里斯和斯巴达王的关系网，我就会失业。如果没有了他们伟大的爱情故事和接下来的战争，那么特洛伊也会失去历史意义。我要用这个概念来谈论施里曼、鲁迪和索菲亚。我觉得你有所发现。"

如果我提出假设没有特洛伊的海伦，帕特里克·奥尼尔会失业，那就说明我喝的酒比自己想得还要多。我说这种话也太厚脸皮了。"你知道，帕特里克，我觉得以你的才华你也能在考古学的其他领域或者考古学以外的领域找到工作。我没有说你会一辈子失业。"

他突然笑了起来。哦不，我说了什么呢？他伸开腿、弓着背靠在皮椅上。他黑色的 T 恤有点短，因此在 T 恤和工装裤之间露出了他黝黑而健美的腹肌。我也没有刻意注意到这点。然后他身体向前倾，将手放松地放在膝盖上，而且朝着我微笑说。"不是关于我失业的那部分！不过我很欣赏你自信的态度。我把你放在参考名单里了。我指的是你说伟大的爱情三角恋造就历史的那个部分。"

哦，对了。那个我也说了！

"海伦、帕里斯和斯巴达王的三角关系跟索菲亚、施里曼和鲁迪的故事有很多出色的相似之处。我可以做一下比较，然后找出他们之间的联系。你知道的，年老但有能力的男人会把年轻性感的妻子输给年轻但没那么有能力的男人。然后妻子在意识到自己放弃的是金钱、权威以及骇人的黄金首饰的时候她又会回到老男人身边。在你说施里曼用普里阿摩斯宝藏来挽回自己妻子的时候，我真的觉得你发现了什么东西。我也做了一些工作。从鲁迪的笔记看，时间上刚好吻合。那是在 1873 年春天鲁迪跟他妻子搞外遇的时候他奇迹般地发现了这个宝藏。我们一直没有那次发现的确切日期，因为施里曼直到把宝藏私运出土耳其才发布了这个信息以及相关图片。但多亏了鲁迪的日记，我才能知道那次发现的具体日期是 1873 年 5 月 13 号。这是以前没有找到的相关方面新的线索。"

"而你之前还以为这些日记里不会有什么有用的东西呢。"我开玩笑说。

帕特里克站了起来。他走到我的办公桌前把转录的档案甩在了桌上。他指着一段跟这相关的文字。"我们的鲁迪没有提到任何关于他们发现黄金的具体时间的信息，因为在施里曼将项链和耳环挖出来的时候，只安排了他叔叔和索菲亚在身边。海因里希·施里曼安排鲁迪和其他工作人员去休息了。这一直是一个很巧合的发现，因为那时候施里曼似乎正好需要公共支持而且旁边没有客观的观众。但现在他妻子跟他外甥发生关系的事实被揭示之后，我同意你的看法。这两者是有一种可疑的关联。你看日记里关于这部分的描写了吗？"

"没，还没有。"自从预定好电视采访并且安排好公共演讲的日程之后，萨拉已经说服了亨廷顿增加人手来扫描和转录日记。图书馆的凯伦和她的研究生手下已经投入到这项工作中了。这样我就能空出时间来整理采访以及亨廷顿接下来的公共演讲会需要的辅助研究数据了。而且《考古学》杂志让帕特里克为它的 9 月刊写一篇关于施里曼日记的文章。我要花半天的时间来跟"醍醐的考古学家"的制片人们打电话，他们对历史的认识像是 12 岁的孩子似的一窍不通。其余时间我深入地挖掘研究资料来将演讲和杂志的文章放在一起。我喜欢这项工作。这既令人兴奋又很有成就感，但我忘了看鲁迪那些性感的日记并向帕特里克汇报了。

现在他比我先了一步，而不是我比他先一步了。

"好吧，他对普里阿摩斯最初的评价是索菲亚那晚没能去他的帐篷跟往常一样嬉戏。他对那次实际的发掘描述很少，但却有很多关于性生活的抱怨。而且他觉得索菲亚可能会回到她丈夫身边。他问了一个跟你一样的问题：施里曼会不会故意埋了普里阿摩斯的宝藏来以此赢回妻子？你的理论看起来貌似有些道理，费尔切尔德博士。"帕特里克承认道。

我被夸得快飞到天上去了，但我努力让自己冷静下来。我就像放大宪章那样小心而紧张地在桌上又放了一沓文件、一张允许艾登去迪斯尼乐园的纸片和一张热午餐表。

帕特里克接着说，"你觉得这样对安娜贝斯和萨拉来说够性感吗？"

见鬼，他为什么非得在我面前提她们两个来影响我心情？我附和道，"这也许会是几十年来帕萨迪纳发生的最不体面的事情了：性、秘密以及古老的手工艺品。听起来很像我婆婆的一生。就算你不能证明普里阿摩斯的宝藏是假的，这个爱情三角恋也肯定会让那些穿香奈儿套装来亨廷顿听你最后一次讲座的女人兴奋起来的。博士，只要你露出一点皮肤，那些富有的老女人们就会为你那个做重要研究的基金会砸上很多钱。"

"在这我一直在考虑电视节目的事情，甚至都没有想到那些富有的老女人呢。也许你可以找到一些不正经的幻灯片来做图片，那样会引来很多赞助的。"

在帕特里克面前我有好几周没有像现在这样放松了。我不想让谈话就这样结束。"你知道的，我刚发现施里曼为索菲亚捏造出来了那条项链和头饰，那时我甚至都不知道鲁迪和索菲亚有外遇呢。"

"你肯定对男人和女人之间的关系有很强的直觉力。"

我不自觉地哼了一声，想到了以前每天晚上看肮脏雪莉播新闻直到梅利特去世，这期间我一直都不知道她跟我老公搞了接近一年的外遇。"嗯，其实没有。"

"那你就是对历史有很强的直觉。毕竟历史是由平凡而有缺憾的人类创造出来的。人们会做一些自私和愚蠢的事情，然后让别人为自己的轻率付出代价。而通常情况下，优秀的研究就是这样做出来的：由一个疯狂的想法转变为现实。"帕特里克的膝盖无意中跟我的撞到一起了。

在拉古娜吃午饭的那个瞬间一下子浮现在了我的脑海里。我的胸口涌现出一股温暖而黏黏的感觉。"我想你那时候说的是你的研究不包含一丝的浪漫主义色彩吧。你说你做的都是土壤分析。"

现在他坐在我桌子上面对着我。"我还是说清楚我的感觉吧：夫妻对彼此的感情不忠诚没有什么浪漫的。在海伦和索菲亚那两个案例中，都是年轻女人对年纪大点的丈夫不忠诚。然后是年纪大的丈夫赢回自己的妻子，可是以什么样的代价呢？战争、死亡、城市的毁灭、破碎的家庭、虚假的证据以及解体的政府。历史就因为发生在草堆里的一点奸情而改变了轨道。"帕特里克的语气变得阴郁而严肃。我们的目光再次相遇了，就好像我们有了一个共同的秘密似的。"背叛可以改变一切，海伦。"

他在说我和我的简历吗？还是帕特里克知道梅利特跟肮脏雪莉之间的什么事情？还是他那位艺术家老婆背叛了他，而他依然很难过？我对他最后那句话有点困惑，一点也不确定他想要我做什么。"你那样说的时候，帕特里克，它就不是一个有关性的理论了。它就变成了一个悲剧的、史诗式的，而且有希腊特点的理论了，还有点令人郁闷。"我看了看他的反应来判断他想不想让我继续说下去。他感情强烈地凝视着我。接着为了缓和一下气氛(因为气氛太压抑了)，我说，"但你把那些事实解释出来的方式非常戏剧化。"

帕特里克大声地笑出来，实际上他还拍了拍他的膝盖。"你赞同我的理论了！哦，我很厉害嘛。"

"你说的'我赞同你的理论'指的是什么啊？我赞同什么了啊？"我很困惑。

"我故作严肃的学术垃圾啊。我刚才是在为电视采访排练呢。我的意思是，我觉得这个理论有几分道理，但我真的在乎索菲亚是不是跟施里曼消瘦的外甥上床了吗？不不。这只是一个不错的故事而已。这只是在人们对金项链和耳环的碳测定年龄不感兴趣的时候才去涉及的东西。知道普里阿摩斯宝藏是假的这个事情意义会非常重大。知道为什么吗？因为没人在乎。"帕特里克获胜似的跳起来问，"喝咖啡吗？"

我感觉很泄气。刚才我还以为我们之间有了很重要的共同点呢，可他竟然是在演戏！"只是下次你要告诉我你想让我为你的马龙·白兰度扮演乌塔·哈根。"

"乌塔·哈根是谁？"

"一个很有名的表演老师。"我厉声说，私底下默默地加了一句"不在乎博士"。我转过头对着我的计算机，很想在自己忍不住要猛烈抨击帕特里克之前结束掉这个谈话。但我随口说了一句，"背叛的确可以改变一切。"

为什么我要那么激动？真愚蠢啊，海伦！

"海伦，对不起。"帕特里克响应道，他有许多话没有说出来。我很感激他没有再对我的评论问什么问题。

"只要下次你再想检验你在电视上的角色的时候，你能让我知道就行了。我很开心能帮你顺利进行完一个假采访。这种事我跟艾登做过一百万次了，都是在他准备口头报告和其他事情的时候。"

"海伦……"他不知道该如何开口，因为他不确定我为什么生气。

"我受够了被蒙在鼓里的生活。"

我不应该在帕特里克面前发火的，但这一幕对我来说是那么的熟悉。这又是我和梅利特以前的写照，那些不愉快的部分：梅利特在他那些跟他一起上预科学校的朋友面前嘲笑我的教养的时候；梅利特丝毫不管我的时间安排，等到最后一分钟才告诉我有工作任务或者社会活动要参加的时候；尤其是在梅利特告诉我他的灵魂伴侣是一个周末新闻播报人，而不是他孩子的母亲以及结发 15 年的妻子的时候。但很显然帕特里克并不清楚我跟梅利特的这段历史。帕特里克只是在为电视采访准备一些小噱头罢了。

那我为什么会有那种反应呢？

幸运的是，我在爆发之后不久有了一个可以出去的正当理由。令我感激的是，11 点半的时候我可以匆匆地穿上那件香蕉共和国牌子的蓝色运动衣、抓起包就出了门。我让自己平静下来说，"我下午 2 点的时候再回来。我有……件事。"

帕特里克喃喃地回答道，"不用着急。"

这件"事"其实是米灵顿每年的八年级母亲午宴。表面上看这是为了向那些自从孩子上幼儿园以来为学校服务了九年的妈妈们致意。但其实是为了他们在录取结束后能找找门路以及八卦。根据以往的经验，那些孩子被顶级学校录取的妈妈们会最先到达。那些孩子被同样的学校拒绝的妈妈们则会晚点到，这样既可以避免午宴前的闲聊而且又可以早点离开避免在停车场里的谈话。而那些孩子被列入候补名单的妈妈们则穿着褐色衣服沉默地坐在那。她们期望我们喝冰茶而且表现出好像一切都很美好的样子。

坦白地讲，那次午宴我一直在灵魂出窍。因为我工作时间以及我在信托董事会成员的眼中的落魄的缘故，我已经好几个月没有来学校了。一个曾经觉得像家的地方现在感觉像是变成了一家住宿酒店。如果不是因为我答应了坎迪会在她因为孩子录取而难过的时候支持她，我也许不会理会这个午宴而去希思酒吧吃上一大盒荷兰巧克力冷冻酸奶。而且蒂娜还给我发短消息说她有一条关于裙子的好玩的消息要当面跟我说，所以我还有这个愧疚感催促着我。当我看到写着"欢迎八年级妈妈们"标志的蓝白色的气球拱门以及签到处和姓名标签表那边友善的面容的时候我的心情好了很多。

"海伦！我们都很想念你，你现在有重要的工作和其他事要忙。我们很高兴你能顺利通过难关！"拿着剪贴簿的房间代表迪迪·尼可拉斯拥抱我的时候在我身上贴了一张胸牌。"艾登太棒了。劳伦要去神圣姐妹学校上学。他们可以在一起跳舞了。这该多么有趣啊！大家看啊，海伦来了！"

大家的确都往这看了。接下来就是稀疏的掌声和热情的聊天。穿着权力套装和裹身裙的妈妈们、身材苗条的年轻妈妈们以及在米灵顿最后一次值班的疲倦的妈妈们，这些人，这些跟我亲近的人看到我真的很开心。冲到我身边的不只是坎迪和蒂娜，还有那些经历了九年的家务活、孩子差强人意的考试分数、课余的夺旗橄榄球比赛、学校资金筹备时的蔑视、态度恶劣的老师、初中的那些社会剧以及难以接受的期末考试的妈妈们。见到她们真的很开心！

这些妈妈们对我表示出了很多的关爱。你跟以前不一样了，你经历了那么多的事情！你看起来真漂亮，而且艾登考上伊格内修斯真是太棒了。你生活中应该多几件好事。听说了你和艾登的很多好消息。你能顺利度过这段时间真是不容易。她们都那么友好，以至于我都开始觉得自己辞去在米灵顿的工作是一个错误了。也许我觉得自己在名单里被"漏掉"的直觉一直都是错的。

我融入进来了。

就连穿着坚不可摧的丝质西装和结实的鞋子的校长阿黛尔·阿内特也没能把我打倒。

"米灵顿的女巫过来了。"坎迪边吃着很小的乳蛋饼边警告我。"有我替你撑腰呢。"

阿黛尔慢慢地走过来捏着我的胳膊说，"我们都为艾登骄傲。他渡过了难关，不是吗？那个时候他还是挺危险的呢。他在伊格内修斯会表现很好的，而且他们能给他这个机会真的很好。"

要是在三个月前我会喊着回答她，"很危险？给他一个机会？这只是因为他的父亲去世了！并不是他危险。这只是很悲剧很糟糕罢了，你这个讨厌的婊子！"但我什么都没有说，只是吸了一大口芒果味的冰茶。然后我突然意识到，我真的一点都不在乎阿黛尔·阿内特怎么看我或者我儿子。再过几周我们就跟这里没有任何关系了。想到这个，我就简单地点了点头说，"我们做到了，阿黛尔。我们做到了。"

我说的"我们"就是指的我和艾登。

在回车上的路上，蒂娜跟我讲了一些礼服方面的新闻。"这太让人难以置信了。复古风格的。真是太棒了。不过它是我交换来的。我和一个做服装的朋友做了点交易。我现在坐一些合同法之类的东西；她会给你准备一件今晚穿的衣服的。但你在这之前不能吃东西了，知道吗？"

我轻声地笑了，但蒂娜却没有。

"我是认真的，不要再吃了。这真是一件8号的高级订制服装。"蒂娜建议我说。"哦，而且我上周五在韩国温泉馆给我们俩订了两个位子。去义卖会之前你需要多退几层皮。"

蒂娜在洛杉矶的韩国街上的韩国温泉馆是常客；这个地方和你在首尔看到的景象几乎一模一样。这个地方就是地下乐园，里面有小巧的房间、装满浑浊液体的大浴缸、蒸汽淋浴以及一家高雅的餐厅。那些看起来象摔跤手而且莫名其妙穿着黑色胸罩和内裤的女服务生会爬到你身上然后在你身上的每一个部位擦抹，直到你有一种很痛但很舒服的感觉。然后她们把你放在一个装绿茶的大桶里。然后她们把你当小孩子一样给你洗头发再把你的身体拍干。最后，这个穿胸罩和内裤的大部队往你身上擦大量的油，然后用热毛巾把你包裹起来，让你在烘热的石板地面上蒸。离开韩国温泉馆的时候你的皮肤就焕然一新，而且还会感激韩国对个人打扮的重视。这一切还花不了100块钱。这是地球上一个天堂和地狱并存的地方。

"你说得对。从我老公突如其来的去世之后我在表皮脱落方面就懈怠了。"我面无表情地回答。然后我们俩都放声大笑起来。

我们回过神来的时候，我问道，"难道你不告诉我那件裙子是什么样子的吗?"

蒂娜微笑着说，"它看起来很像你。"

我回到办公室的时候已经准备好面对帕特里克了：充满内疚和能量而且不再想梅利特的事情。帕特里克不是梅利特。帕特里克不是梅利特。帕特里克不是梅利特。

但我一进门帕特里克就跟我直奔主题了。"我还担心你不会回来呢。听着，我对之前发生的事很抱歉。将来我会加快步骤的，现在就开始。我不能失去你。"

"是我反应太大了。"我立马回应道，但就算我回应得很快，他那句"不能失去你"还是让我有了反应。"只是我现在有很多事情要忙——我的生活和艾登以及其他方面的事情。我受到这些事情的影响了。"

"不，是我太过分了。卡珊德拉的妈妈苏珊娜，也就是我的前妻依然责怪我太投入自己的工作了，就连身边的墙都倒了也不会注意到的。"

"这就是你们离婚的原因吗？墙倒了你都没有注意到？"

帕特里克的脸上露出一丝微笑。"的确从任何层面看都是这样的。嫁给一个喜欢住帐篷而且长时间在土里工作的丈夫那种刺激和兴奋很快就会消失。她需要四面稳固的墙壁和一些注意力。我那时候不能给她这些。"一时之间我以为他会自己说下去，但他接着就放下了这个话题。"但我正在努力注意身边发生的事情。那我们重归于好？"

我有些失落地说，"我们重归于好。"

"太好了。我以后会继续处理这个的。"他指着满是数据的计算机屏幕说道。显然我们的谈话就此结束了。我脱下我的蓝色运动衫，卷起了袖子。

那天结束的时候我吃了一惊。之前我加深了对海伦和索菲亚的研究，想从这两个相隔数千年的女人身上找到一些宇宙联系。我以为这样会在考古学文章里加一些有趣的补充报导。这是我在追寻的另一个直觉，但在我不确定有有价值的信息之前我不想给帕特里克透露任何细节。我正在仔细研究一个英国女人写的一篇把海伦当女神膜拜的博士论文的时候，帕特里克突然把头伸到我肩膀上面，吓了我一跳。

他把手放在我的肩膀上。我因为穿了一件黑色开司米的高翻领毛衣来上班而有点沮丧。在那个特别的时刻 V 领的衣服会是更好的选择。"这是什么？又一个关于海伦的女性主义的解释?"他似乎是想把早晨形成的一切紧张气氛都清理干净。摩擦我的肩膀然后跟我调情是很好的开始的方式。

我迁就了一下他。"干你这行的女人尊重你吗?"我往椅子背上靠了靠然后问道,这不完全是开玩笑。

"安娜贝斯!"

安娜贝斯。当然了。我开始紧张了。

"你今晚有事吗?"帕特里克把手从我背上拿走了,他这一问让我又惊又怕。这里发生什么事了?

"我得带艾登去练水球。"我遗憾地回答他。我的确是要带艾登去练水球的,这是每周五晚上必须要做的事情。而我已经很多次坚持要让伊米莉亚做所有的准备工作和打包。她需要这一晚上的假;她跟胡安的关系真的越来越紧张了。

"我们做个交易吧。我去陪艾登练水球,你要和你那个疯子朋友梅勒妮·马丁一起吃饭。"他提议道,他也不全是开玩笑的。

我几乎快要笑死了。愿上帝保佑中子梅勒妮。通过用晚餐请柬来把主宾当人质的方法来稳固自己的社会地位真的是太精明了。也许我被五校委员会无情地抛弃是一件好事也说不定;现在我真的没有时间来跟她斗智斗勇。"你为什么要跟梅勒妮一起吃饭呢?"

"她打电话跟我说她有一个'很特别的现场拍卖物品'要问问我。你跟她说的是一样的本土语言。她这句话到底什么意思呢?"

　　他优越的学术背景在专门的慈善活动的语言方面就没有用武之地了。现场拍卖物品是要给主人带来上千块的收入的,不像无声拍卖会上的精选品那样才值几百块。这个现场拍卖会在五校义卖会上是重头戏。每到这个时候社交聚会爱好者都会被灌很多酒,但又不至于多到他们不能签支票的程度。美国偶像的决赛和金毛小猎犬的门票以及好莱坞露天剧场举行的滚石乐队表演的包厢座位和后台通行证,这些都是在现场拍卖会上出现的百年一遇的东西。中子梅勒妮会有什么东西要给帕特里克看呢? 了解梅勒妮的人会知道也许这会是一件了不得的事情。

　　我想告诉帕特里克他已经成了梅勒妮的战利品,让他小心一点,但我什么都没说。他是一个大男孩。"这意味着她要让你为这次活动捐点东西出来。还要是能让你有理由在那里赴宴的好东西。你单是参加这个义卖会是不够的。还有交换条件呢,你今天晚上就会明白了。"

　　"我答应她做主宾不是帮了她的忙吗?"

　　"她是想让你这么认为,这样你才会答应。然后她就会扭转局面。她这方面很厉害的。你等下去哪儿吃饭呢?"

　　"我想应该是 47 号小酒吧。"

　　在帕萨迪纳,47 号小酒吧讲究的食物、高价的葡萄酒以及一流的代客泊车服务(这对于那些开越野车而且资助这家餐馆达 20 年的梅塞德斯家族的人来说是必需的)是出了名的。也许跟很多类似的夫妻一样，梅勒妮每周五的晚上也都在这家餐馆有预订呢。我和梅利特很久以前也是这里的常客。"那家餐厅很不错。你要点很贵的酒哦。梅勒妮可是很有钱的。而且她老公一点个性都没有，所以你会需要酒的。"

帕特里克笑了，"好建议。你确定今天晚上不想做我的约会对象？听起来我似乎需要一些后援啊。"

我脸红了。"我还要送艾登练水球，不记得了？"

"但你还会跟我一起去义卖会，不是吗？"听起来帕特里克似乎真的是在问我这个问题，他不确定我们之间是什么样的一个关系。"求你不要让我在那天一个人面对梅勒妮啊！"

你在开玩笑吗？我想大声喊出来，我才不要丢掉一个看你穿晚礼服的机会呢！但我让自己平静下来回答道，"当然了。我听你的。"

帕特里克给我一个暗示他要离开的眼神，"太好了。如果你有什么需要的话，我这周末会在圣巴巴拉。下周一见。"

我还在对那个吻念念不忘呢。

第十七章

"请原谅我的法语，但这真的是垃圾!"我和丽塔站在一个低矮的平房的厨房里的时候她跟我说。这个平房虽然卡在了70年代但却是公元600年的价格。"需要有人来告诉这些人现在不是2007年的一月了。这个房子就连低价收购都不值当的。我们还是在感染上沙门氏菌之前离开这个地方吧。"

我和我妈整个下午都在跟丽塔一起看我下半辈子的人生：过渡小区里的一套两室一卫的房子。没有酒窖，没有凉廊，也没有让景色更出彩的金箭标志。根据买家格雷格和托尼在成交会上同意的条款，我可以在不确定经济前景之前推迟看房的时间。显然就是它了：一座房前长满灌木、镶着木板以及地毯上积攒了几十年猫毛的老旧的房子。

上次跟我的家庭律师比尔·欧文斯、会计布鲁诺以及个人律师兼购物顾问蒂娜见面之后，我清楚地明白了自己的经济处境：很糟糕，但还不致命。如果房产交易能按计划在一个月内顺利结束，而且费尔切尔德资金的股东里没人找我为他们的损失负责任的话，我基本上就可以用卖房子、家具、油画还有梅利特在拍卖会上买的高价酒的钱付清梅利特欠下的债了。我还能留下足够的钱来找一处差不多的房子（按帕萨迪纳的标准）还能付艾登在伊格内修斯的合理的学费。当然前提是我在结束掉在亨廷顿的工作后能找到一个全职工作，这个假设我甚至都没有精力去践行。

我没有钱去做的事情：帕萨迪纳那曾属于我的各种金色的聚光灯；去任何一个地方度假可以住宾馆买机票；下个十年买一辆新车；除了绘画和几块宜家地板地毯之外的任何一种装修；以及假如艾登能以很好的成绩从高中毕业的话我能为他提供一个很好的大学教育。

这不是世界末日，但这却是我的世界末日。我在最沉浸于自己的得失的时候，为大学基金感到难过，但我更为自己不再活在聚光灯下而忧伤。

我还很幼稚地想当然地以为在我给出的价格区间里可以在一个不错的小区找到一处漂亮、电视电影设备齐全的房子。我设想了一处就像我上个月在《日落》杂志的封面上看到的那种工匠平房一样温馨的双人别墅：带纯白色镶边的灰绿色墙壁，巧克力棕色的长沙发和亮橙色枕头，壁炉架上亮闪闪的烛台以及从窗外爬进来的粉红色玫瑰。头版头条新闻曾经说这是"一个被裁员的员工的梦想"。这正是我想要的东西：一个被裁员的员工的梦想！但罗谢尔上周播晚间新闻的时候费劲解释的那个"买家市场"在哪里呢？（她竟然把第三方保管的过程说成了"莴苣菜"。这的确是我已故的经济困难的老公的情妇啊）价格的确是下降了，但很显然对我来说这还降得远远不够。

这座房子不是什么被裁员的员工的梦想。它只不过让人更沮丧罢了。

站在这个有着鳄梨和呕吐物混杂的颜色的厨房里，我觉得这也许是梅利特去世以来我第九百万次哭了。我已经很想念我那对双烤箱了。

我妈转过头来看到了我的眼睛。她的表情说明了一切：在俄勒冈你这些钱可以买一处20英亩大的漂亮的木房子了。但她正如我之前要求的那样保持了沉默。我提醒过她，俄勒冈中部没有多少工作岗位，而且现在上班是我维持经济平衡的一个重要部分了。相反，她只是重复了一下之前看的六所房子里说过的那句话："我不明白。我就是不明白。"

"这些人疯了！"丽塔晃着她那头黑头发、挥舞着手腕上的金手镯，好像一个房地产界的超级英雄似的。"快点啊，我单子上还有一处房子呢。虽然还没有正式上市，但我对它很有信心！它在阳光街上呢！这怎么会不让人开心呢？而且这才是你需要的：开心，而不是垃圾。我们走吧。"

我不得不晚点再去阳光街了。那天晚上我们都有一个必须出席的费尔切尔德活动，而我则需要整理一下自己的情绪。首先冲一个澡，然后喝一大杯咖啡，最后我才去面对费尔切尔德家的所有人。我最不想要的就是在梅利特的家人面前摆出一幅可怜兮兮的样子。

我们是在庆祝梅利特的生日。这是费尔切尔德夫人的主意，但我不得不承认这个主意很棒。据坎迪向我推荐的那位治疗师（我去过三次，只难过了一小段时间）说，在失去一个家人之后的"第一个什么什么"是最难过的时候：第一个圣诞节；第一个父亲节；第一个毕业晚会还有第一个生日。我的治疗师说，经历了一年难以忍受的伤心的家事之后才能开始下一阶段的恢复过程。每一个过程都有艰难的地方，这取决于你的家庭传统。对于费尔切尔德家族来说，生日聚会一直都是低调的活动。他们不习惯宴请个人，但相反，他们选择在家庭节日上花很多的工夫。由于这个根本不存在的过生日的家庭传统，我更愿意跟艾登用看电影的方式来过梅利特的生日。如今拿着一杯白葡萄酒站在帕萨迪纳城镇俱乐部的走廊里，我为费尔切尔德夫人主动办这个活动而感到感激。

我婆婆在圣·裴柏秋教堂里精心安排了一个家庭大聚会。我和艾登到得很早，跟我们一起来的还有这奇怪的一对：身穿简约黑色连衣裙、戴着一条多排珍珠项链和爱马仕围巾的费尔切尔德夫人还有我那穿着耀眼的孔雀花纹的外套和紫色长褶皱裙的母亲。我的小姑子米米和麦基穿着几乎一样的炭灰色外套、灰色丝绸衬衫和两英寸高的高跟鞋。她们朝已经坐在前排的我和艾登走过来的时候眼眶湿润了。她们俩的老公，一个是做律师的巴特一个是经纪人本，都穿着暗深蓝色西装和条纹领带。他们过来坐到我们后面那排的时候跟我拥抱了一下并且握了握手。他们俩也跟艾登拥抱并且握了手，我很欣赏他们这么做，而且他们给了我妈一个礼貌的拥抱。我妈在每个人刚到的时候都会富有同情地点头。不像其他带小孩儿来的父母那样，米米和麦基明智地选择了把她们不到 8 岁的 5 个孩子都留在了家里。

费尔切尔德夫人那晚邀请了比利·欧文斯和他的妻子蕾西作为整个家族的一部分。他们还有他们家那三个穿戴整齐的金发孩子到得很准时。看到身材比以前更好、留着短的金色头发的蕾西和英俊的比利，我想到了我和梅利特是一对的时候跟他们一起度过的那些日子。我在想现在他们周末都做些什么呢？我肯定不在他们的安排表上了。尽管我很开心艾登今晚会有他这个年龄的朋友陪他玩，但我和比利的关系依旧很尴尬。他下半辈子都会因为罗谢尔的事情而感到愧疚的。而我下半辈子就会因为比利知道我丈夫对我不忠而感到难堪。我们很有可能再也找不回以前在一起的时候感受的那种轻松了。

聚会严肃而安静，而且弗莱赫蒂·蒙席每次在布道中提到梅利特的时候这对姐妹都会发出抽泣声。"让我们在他生日的这天记住梅利特·费尔切尔德在上帝面前曾是一个很谦卑的人吧。他的一言一行都践行了上帝的旨意，而且他还留下了很多优秀的作品。"

"致敬。"我妈说道，她这一句吓坏了我的娘家人和蒙席先生。我很喜欢这种喜剧性的安慰。我咬着嘴唇来使自己不笑出来，这时我跟费尔切尔德夫人目光相遇了。她的眼神中闪着的是理解的光芒吗？

晚宴跟梅利特的纪念招待会是在帕萨迪纳城镇俱乐部的同一个房间举行的。在帕萨迪纳城镇俱乐部里人们一轮又一轮地聊天、喝杜松子酒和吃滋补药：先是洗礼仪式，然后是毕业、订婚派对、婚礼、结婚周年纪念、退休晚宴，最后是丧礼。这些都是可以担保的，好像是会员制度本来就带的一样。每周六晚上这间白绿色相间的餐厅满满的都是常客和剩饭。对于那些不想停车或者默默无闻地在一家真正的餐厅吃饭的帕萨迪纳市民来说，帕萨迪纳城镇俱乐部的这间主餐厅是熟人相聚和吃煮透的扇形土豆的天堂。从甘布尔家族到蒙塔古家族，基本上每张桌子上都有熟悉友善的面容。以前梅利特每次给我推销一个新的经营理念的时候都会说，没有什么比归属感更强大的东西了。如果你能挖掘出一个人想要有归属感的需要，那么你就赢得了他的忠诚。

接下来在俱乐部举办的晚宴几乎是在费尔切尔德家族容许范围内最有意思的了。比利·欧文斯担当了主持人和司仪的角色，他不容许谈话内容太过伤感。人们向梅利特祝酒，但焦点很快就转移到了艾登和他被伊格内修斯录取的事情上面。比利用很多关于梅利特在伊格内修斯上学的时候发生的故事（从逃学到恶作剧再到在游泳的成功）抢尽了风头。米米和麦基详细地叙述了他在高中的时候谈过的女朋友，不管她们是玫瑰公主还是垒球运动员。就连费尔切尔德夫人都加入到这个回忆往事的队伍中来了。她讲了关于梅利特在枕头底下藏《花花公子》杂志，在丰田塞利卡的手套箱里藏了一杯威士忌这些比较龌龊的事迹。我对其中一些故事的真实性表示怀疑，但我确信比利、费尔切尔德夫人和这对姐妹说的都是真的。

他们有他们的回忆，而我也有我自己的；他们的回忆更甜蜜而且没有被污染。而这正是我在看了一天的房产垃圾之后想待的地方：一个没有拒绝的地方。这些故事我以前都听过了，但看到艾登初次听这些故事时候的表情我又有了希望。

"这葡萄酒真是太好喝了！"我妈在每次听完关于梅利特高中和大学时候的成就之后都会这样喊。我知道，跟她嬉皮士风格的过去相比，她觉得这些故事听起来太乏味了，但她心情还不错，所以我也没有阻止她。

祝福的人整个晚上都来这张活跃的餐桌，一来向费尔切尔德夫人致敬；二来为梅利特祝酒。看到费尔切尔德家族的人在这个房间里能跟所有这些人相处得那么自然，哪怕是在这样的情况下，我都开始欣赏他们生活的那种确定性了。是的，他们身上是发生过不幸：他们的父亲在他们还很小的时候就去世了，然后又是梅利特的去世，但这个家庭仍旧会延续下去，就像以前那样。这曾是我想要嫁给梅利特的原因，同时也是我不愿让艾登远离所有这一切的原因。

这个房间里的人对他们自己的生活都很知足。这有什么错吗？

我们正在收拾餐桌的时候艾登出人意料地说了一句，"米米和麦基姑姑，谢谢你们找到了我爸爸那件优秀运动员的外套。那天晚上我妈给我了。它有点大，但我想等我长大了我就能穿了。"

接下来他们又开始流眼泪而且哽咽着道谢。比利和蕾西拥抱和亲吻了所有的费尔切尔德家的人，包括我。然后很明显到了该走的时候了。但走之前费尔切尔德夫人还有最后一个请求，"海伦，能在走廊上跟你说几句话吗？过来，把最后这杯酒给喝了。"

"你不会有事吧？"

这个问题虽然很宽泛，但我知道费尔切尔德夫人想要更具体的回答。在比利·欧文斯最初告诉我梅利特破产的消息之后，我又一次告诫他不要向她透露任何信息。米莉森特·费尔切尔德也许是一个像母亲一样的重要客户，但这也不能表明她有权力了解我的事情。比利向我道了歉而且还保证在米莉森特面前绝口不提这件事情。很显然，他做到了。在今天晚上的晚宴上，他的身份是那个爱吵闹的最好的朋友，而不是顾问。

"我不会有事的,"我点着头强调着说,"只要房子卖掉了我和艾登就能挺过去了。"

"你要待在这个地方。"她不是以问题的形式说这句话。

"是的,这里有我们全部的生活。"

"那学费呢?"

"解决了。而且我们会做一个需要做的调整的。谢谢你的关心,米莉森特。"我们用最简洁的语言说清楚了很多事情。显然,她明白大体的情况,但她并不想知道具体的细节。而我也不想跟她透露任何细节。"也谢谢你今天的安排,很贴心而且做得也很对。"

"当然了,"米莉森特认同地说,尽管我不确定她的意思是"当然很贴心"还是"当然这样做得很对",或者两者都有。

很有可能是两者都有。

"海伦……"她停下来问,"你有什么需要的吗?"

我端详着我婆婆这张没有表情的脸。我想她是真心地在问我有什么需要呢,比如十万块钱或者一个职业杀手抑或是赞安诺药。那一刻我相信她可以帮我搞到那些愿望单里的所有东西甚至更多。但除了我很快就要没家没有工作之外,我什么都不需要。

"没什么需要的,米莉森特,没有。"

"我明白你在亨廷顿的那个小工作快结束了。"米莉森特浑然不顾她说"小工作"的时候我耳朵里冒出的蒸汽接着说道。

"但他们觉得你工作很努力。而且你帮的那个学者很有名头，不是吗？"

她是在打探消息吗？她听到什么八卦或者谣言了吗？好吧，我才不上钩呢。"奥尼尔博士很有才华。跟他一起工作的经历感觉很棒。"

"他走之后你打算做什么呢？"

真遗憾我们的关系在那次接吻之后没再深入下去。吃上几品脱的冰淇淋，然后再长很多肉，而且还要更多。收藏他脸谱网的页面然后每天点击上百次。你觉得呢，老太太？我要以一种你儿子没有享受过的待遇去想念他。

"我相信奥尼尔博士会给我写一份很好的推荐信的。我会找到工作的。我必须这么做，所以我也会这么做。"

现在该米莉森特端详我的脸了。"干得好。"

周日早晨在伯班克的鲍勃·霍普机场的时候我实在是太困了，就连我眼中的"很晚"都没有给我太大压力。我妈花了很长很长的时间来装她的药剂、补药、手镯、皮革以及羽毛。"你拿这些东西怎么在一辆货车上生活的呢？"在我和艾登把她这个带扎染丝带的深蓝色翻滚包放在阿拉斯加航空公司的候机厅前面的人行道上的时候我问道。

"这是我一直都在沉思的问题：我是从哪儿弄来的这么一大包东西的呢？"我妈说完这个双关语自己就笑了起来。"不用管我了。你们不用进来。我一个人可以顺利通过安检。和你这个帅气的孩子一起过一个美妙的周日吧！过来，我亲爱的艾登。"

艾登用真挚的感情跟外婆紧紧地抱在了一起。"再见，外婆。今年夏天再见！"他一边说着一边戏剧化地眨了眨眼睛。

我妈也朝他眨了眨眼睛，"祝你好运，孩子。"

"你们在说些什么啊？"我问道，我感觉自己是唯一那个不懂这个玩笑的人。

"我们在进行一个计划，但我们不能说出来。我们还需要一些其他的情报，对吧，艾登？"

"嗯。"艾登大声说着。他已经爬回到奥迪车的前座上去了。

"妈……"

"不用担心。没什么值得担心的。我们把一切都想清楚就会告诉你的。"

我还是不喜欢被他们蒙在鼓里，但我随它去了。"谢谢你能来陪我。跟你在一起真的很有趣。我的确需要有人陪。"

我妈给了我一张"你这个迷失的小绵羊"的表情，之后她提到了琼妮·米歇尔。"你知道你是什么吗，亲爱的？是星团，海伦，星团。"

我明白每次我在公共场合夸奖艾登的时候他什么感觉了：不自然和古怪。"我知道，妈妈。我只是还需要一段时间才能重返那个花园。"

"我明白。"她抱了抱我，然后轻快地转过身去拉着她那个拖轮箱，晃着超级大的随身行李。"我把那个活茶培养留给你了。接着冲着喝啊！而且要感恩。星团，海伦！星团！"

我回到车上的时候想，我应该更像锯屑才对吧。"想到宜家吃肉丸子吗？"

"现在差不多是早上的十点钟呢。"艾登回答道。

"你知道我的座右铭的：肉丸子越早吃越好。"

第十八章

一步一步地跟上长腿萨拉的时候我意识到自己的午餐健身计划是有多么成功了。我不像四个月前急需那个公关主任的工作的时候那样喘不过来气了。现在当我们在亨廷顿的走道上跑步经过修剪整齐的草坪、跳跃的喷泉和盛开的山茶花的时候，我可以穿着欧式舒适鞋一边散步一边聊天一边用剪贴板做记录了。"好的，我说一下下周的主要工作，萨拉。周三早上我们要向《考古学》杂志上交文章以及辅助图片。周三下午我们要和'龌龊考古学'节目的制片人见面商量前期制作……"

"哦，听听你现在说的话。从老师跟家长的联系人到'前期制作'——在很短的时间内你的变化真的很大。"哪怕是萨拉，这样的嘲弄也有点太刺耳了。她慢慢停在那家日本茶馆门口来等我的反应。

给我听好了，长腿婆娘，就我所知，做写字书展的主席除了做一个电视节目还是需要有很多创造力、计划和一些权术的，我很想这样反驳她。电视节目有很多有薪水的制片人队伍和资源可以挥霍。而学校志愿者就得靠自己创造出新的东西来了。跟那个相比这个不过是过家家罢了。

但我什么都没说。为了将来的工作推荐信我需要看萨拉善良的一面，所以我假装她只是说了一句很讨人喜欢的调皮的话。"让你说对了。我还没有拿到什么证书就开始用一些行话了。我再重新说一遍。周三下午我们要开一个关于前期制作的会来回顾一下第二天拍摄的具体细节。也许你应该去旁听一下。然后，周四当然是拍摄的大日子了。制片人想先在早上的时候在学者公寓拍摄，然后以雕塑公园为背景在北景草坪和山茶花小道旁边取外景。我知道他们也给你发了那个邮件。他们想一天内就搞定，这将会是很漫长的一天。工作人员是早上7点钟来，所以我已经安排保安给他们早点开门了。然后星期五的时候在创始人纪念馆有一个公共讲座。我到时候会准备好PPT。最后是在周六的义卖会。"

萨拉优雅地坐在旁边的一个凳子上，她叉腿的姿势露出了JP Tod休闲鞋上面的驼色人字形袜裤。她衣服的质地怎么会搭配得那么好？我就不会弄这种混搭的东西。她拍了拍旁边的座位，让我跟她一起坐下来休息一下。我顺从了，只是没有她那么优雅罢了。"海伦，我第一次推荐你做这份工作的时候我不是很确定你可以胜任。但我觉得你需要休息一下。而看看你现在的样子。我不知道没有你帕特里克会怎么办。那个男人的生活需要你 24 小时的工作才能有条不紊呢。没有了你他几周后回雅典的时候就会不知所措。"

"谢谢你，萨拉。"她的话让我听着有点刺耳。她说得好像我是一个懒散的秘书外加被溺爱的妻子似的。我想到了他在雅典和特洛伊可以随便发生关系的那些女研究生的线条分明的二头肌和晒黑的双腿。更不要提安娜贝斯那抚慰人心的存在了。据她的制片人说，她正计划着今年夏天去特洛伊拍摄呢。我想我去描述某一个考古学家的时候不会用"不知所措"这个形容词。没有我帕特里克也会处理得很好的。

"在这个项目上你发挥的作用很大。你把事情办得真的很好。我会为你留意可以继续跟我们一起待在亨廷顿工作的机会的。"萨拉坚定地看着我。

哇哦，现在我真得要飘到天上去了。"我很想继续留在这儿。那样的话就太棒了。"

"我要去见主任了。"萨拉站起来说道，她准备快速朝着另外一个方向出发了。"顺便说一下，你知道奥林匹亚·萨顿迈杰斯是谁吗？"

当然了，哪个美国公共广播公司杰作电影院的观众会不知道奥林匹亚·萨顿迈杰斯是谁的？她是一个白皙迷人，彻头彻尾的英国演员。她的名字跟品味高雅的古装剧是同义词。在过去十年里，她担任了所有以 19 世纪英国为背景的电视剧的女一号。没有人穿高腰的棉布裙能比奥林匹亚更漂亮的了。但最近她在跟丹尼尔·克雷格共同出演的最后一集邦德电影里饰演了军情六处的一名聪明而性感的特工。她对丰胸手术的排斥已经使她成为了小胸女人心目中的偶像。而且，新闻里经常会播放她跟一个又一个帅气的男演员的花边新闻。萨拉问的这个问题真是古怪啊。"当然了，那个出现在 BBC 和邦德电影里而且穿 B 罩杯胸罩的女演员。怎么了？"

"嗯，梅勒妮打电话说帕特里克要带她去参加五校义卖会。她想为自己要一张免费票和一个贵宾桌上的席位。我猜他们俩是一对吧。他跟你提起过她吗？"萨拉问的时候没有注意到我震惊的表情。她似乎并不知道我才应该是他的约会对象。哦，我的天哪，萨拉肯定一直在等到最后这一刻再提邀请的事情！而且很显然，她根本没有怀疑安娜贝斯跟帕特里克之间的暧昧关系。我们两个都上当了。

"不，永远不要跟我提她。"这是我唯一可以叫出来的话。

"好吧，不管怎么样我和帕特里克的问题都解决不了的。我在这，而他几周之后就要离开了。这是最好的办法。"萨拉的头仰的很高，她彻底搞错了他们之间的关系。其实他们之间除了偶尔一起吃午饭和一些萨拉单方面的幻想根本没有什么需要"解决的"。"演员才是最适合他的，整个都是戏剧效果。你知道像帕特里克这样的男人是多么希望生活里充满戏剧色彩的吧。当然，像我们这种职业女性不够令人兴奋，是不能抓住他们的。该死，我要迟到了。"

萨拉匆忙地离开了，而我就像被粘在了凳子上一样。

梅利特去世之前我经常觉得在任何情况下我们都有两条路可以选择：高调的路和低调的路。但自那以来我意识到，你唯独可以选的两条路只有慢的路和行动之路。在慢路上我可以消极地站在一边对现实做一些疯狂的猜想，然后等着某个人过来拯救我。或者我可以做下深呼吸走上行动之路，搜集信息然后做明智的决定。看，我在悲痛恢复的三个阶段里还是学到了一些东西的。

我选择了行动之路。

第一件事就是给坎迪发短信：对于奥林匹亚·萨顿迈杰斯你有什么了解？

然后我接着给蒂娜发了一条短信：请查一下义卖会的座位表。我在贵宾席吗？

最后我检讨了自己不切实际而且稍显不成熟的期望，希望对自己的严厉责备可以减少我的焦虑而且使我在跟帕特里克说话的时候不至于歇斯底里。他是一位世界闻名的考古学家。你是一个肚子上有妊娠纹而且额头有皱纹的卑微的研究助理。他想找什么样的女人都可以；他干吗会选你呢？在停车场发生的那件事，那些亲密的交谈不过是他的做事风格罢了。你当真要问选你还是奥林匹亚·萨顿迈杰斯？这难道能称得上是一场比赛吗？

我对自己感觉越不好，我对这个状况的感觉就越好，因为这样我就可以接受那个无法避免的事实了：我会独自一人去义卖会，而帕特里克会跟一个邦德女郎一起回希腊。但如果事实真的是这样，我要更早地去发现，而不是更晚。

一旦你没有什么可以失去的，那么你也就不会失去什么了。

我一下子从凳子上跳起来，然后回到公寓里问了帕特里克一个问题：到底发生什么事了？

相信我，没有比看到一个漂亮的女演员跟一个英俊聪明的考古学家的激情的拥抱更让你大吃一惊的了。尤其是在这位女演员是奥林匹亚·萨顿迈杰斯，考古学家是……安娜贝斯的时候？

天哪。

"哎哟！"当我站在7号学者公寓的门口看到眼前这惊人的一幕的时候，我像傻瓜一样地喊道。如果我没有那么急着跟帕特里克对峙，那么在不小心撞到这对情侣的时候也许我还能悄悄地离开。但我还是跟往常一样毫不优雅地进来了。安娜贝斯和这位我见过的最苍白的女人很缓慢地分开了。这两个人相爱了。

显然，办公室里的这三个人里面我是最尴尬的那个了，而且非常尴尬。

"海伦！我们被你逮到了！"安娜贝斯咯咯地笑着说。

"安娜贝斯，对不起，我没有……"我开始向她道歉，但她打断了我。

"我不是说你'逮到'了我们。我的意思是，哎哟，你发现我们了，哈哈！我们没有什么好藏着掖着的！"安娜贝斯一边滔滔不绝地说着一边把面如土色的奥林匹亚推向我。"奥林匹亚，这就是我之前一直在跟你提的那个海伦。海伦，这位是我这辈子的挚爱，奥林匹亚·萨顿迈杰斯。"

从头到脚裹着开司米的奥林匹亚像拥抱失散很久的姐妹似的拥抱了我，然后在我双颊上留下了一个欧式风格的吻。"海伦！"奥林匹亚说话的声音像在唱歌。"这太好了！"哦，她是那么的柔软，而且闻起来像科茨沃尔德的小绵羊。

"欢迎来到帕萨迪纳！"我如释重负，以至于自己的嘴巴开始莫名其妙地乱说一气。"你们是拉拉啊。太好了！"奥林匹亚是安娜贝斯的约会对象，不是帕特里克的！这个消息太好了！帕特里克不会跟一个漂亮的女演员一起去参加盛会了；他要跟我一起去。我继续像弱智似的在那傻笑。安娜贝斯和奥林匹亚对我的热情似乎有点惊讶。我试着用郊区母亲最好的表达"我是艾伦迷"的方式解释道："我只是说你们在人生中能找到一个人去爱去拥有真的很好。一个那么……特别的人。你们两个看起来很幸福。而这个也让我那么的……幸福。"

"我们还没有公开或者干吗的，太复杂了。"安娜贝斯温柔地拍着奥林匹亚的胳膊解释道。奥林匹亚接着安娜贝斯的思路说道，"我们只是在等一个合适的时间来告诉大家。你明白的。"

"嗯，我明白。生活很复杂。这个不用说我也知道。而你是……"在漂亮的萨顿迈杰斯面前我几乎都不能正常地讲话了。谢天谢地，她是拉拉。跟她竞争帕特里克我是一点机会都没有。"你是……我最喜欢的英国……人。"这也太尴尬了。然后我就一下子明白过来了。根据我看过的所有新闻报道，"龌龊考古学家"是阿佛洛狄忒传媒公司和 BBC 联合制作的。哦！那阿佛洛狄忒肯定就是奥林匹亚了！"等等，阿佛洛狄忒就是你的制作公司吗？"

"是啊！好吧，其实是我们所有人的。安娜贝斯的表演是我们的第一个节目。这太令人兴奋了，而且安娜贝斯说如果没有你整个的第一节就没有任何意义了。她说你是一个传奇人物。"现在我明白安娜贝斯那个冒牌的英国口音是怎么回事了。这不是因为安娜贝斯曾在牛津读过博士后；而是因为她跟奥林匹亚一起的这几年。爱情的力量真奇妙啊。

而尽管我很喜欢这个消息，但在这对情侣面前我还没有彻底缓过神来。这样一来帕特里克去哪儿呢？是在这对里面插一脚玩三人行？还是很乐意单独一个人？

"我已经欣赏过了。"我暂时拨开奥林匹亚的赞美，回到了真正重要的事情上来。我跟正对着我的安娜贝斯说，"在这里我还以为你跟帕特里尔克是一对呢！"

"哦不，那是一百万年前的事情了，但现在已经不能改变了。"安娜贝斯坦言。她和她那位联合主演相顾一笑，"在很多方面这真的是无法改变的事实了。再说，帕特里克最近总是忙工作。在过去的十年里真的是这样。他依旧是单身的事实是我们这个时代最大的考古学谜团之一。我想他在等那个可以跟他一起工作的人吧。他跟我接触只是为了我的研究。"

"一百万年前"的话我还可以忍受。

奥林匹亚插话了，"他来圣巴巴拉的时候要么拿着他的笔记本待在客房里要么就是拿着书去沙滩，只在喝鸡尾酒的时候露个面。"这么说奥林匹亚一直以来都藏在圣巴巴拉，而帕特里克从没提起过？

接着这位电影明星和考古学家跟我讲述了她们整个的罗曼史：她们相遇的地方和方式（差不多是在两年前的克里特岛，那时奥林匹亚正在研究一个 19 世纪的女性探险者的角色，而安娜贝斯为她提供辅导），她们是如何确定的跨洲恋爱（"圣巴巴拉正好可以解决伦敦雾大的问题！"），还有她们对于未来的规划（2014 年之前完成"龌龊考古学家"以及关于玛丽·居里和两个孩子的迷你剧集）。她们两个没完没了地讲述着，她们很开心有人可以跟她们一起分享她们的故事。

我几乎都没有注意到时间的流逝，直到傍晚的时候帕特里克走进了房间。如果他真的对我们一起舒服地坐在沙发上喝茶聊天感到很惊讶，那只能说他没有表现出来。"好吧，这真是强大的三巨头啊。我错过什么了吗?"

开心时光最后持续了三个小时。我们三个女人把帕特里克甩在了亨廷顿然后把爱的大游行挪到了木加勒斯墨西哥酒吧,因为奥林匹亚说鳄梨酱永远都吃不够。根据她大腿的尺寸我敢说她对"吃够"的定义跟我的相差很远。但换地方的时候我可以有机会在车上给坎迪发短信了。

短信内容是:明星出场。相约木加勒斯。保持低调。

坎迪回答道:有什么料呢?

我回答:龌龊考古学家跟奥林匹亚·萨顿迈杰斯私底下是一对。

在坎迪的世界里,保持低调的意思就是有八卦的时候从酒吧里或者隔壁的餐桌上探个究竟。而私底下指的就是不能在坎迪的网站上发布罢了。她在被罗利列入候选的事情之后需要一点刺激的东西,而这正是她需要的——跟名人亲密交谈,而不是八卦她们的事情。

一开始的时候她保持了距离,喝着苏打水跟酒吧侍从劳尔攀谈了很久,而安娜贝斯则和奥林匹亚一起喝着玛格丽塔酒。在我觉得时机成熟的时候我向她招手示意她过来见安娜贝斯和奥林匹亚。在服务生端上安杰拉达的时候她们三个已经像老校友那样打成一片了。坎迪跟她们讲了那个我已经听了一百万遍的变糟糕的玫瑰女王的自白。但她一直在不停地说;这就像观看一个女人的独角戏一样。安娜贝斯和奥林匹亚的热情反应使她开始更有激情地讲述自己整个的人生故事了。最后她解释说那个 candydish. com 的网站就是她作为职业报导者来发布明星八卦的方式。安娜贝斯和奥林匹亚开心地尖叫了一声，不过这也许是她们喝了玛格丽塔酒的缘故。咖啡倒好之后，奥林匹亚就招呼她的经纪人过来，说阿佛洛狄忒传媒公司要买坎迪自传的版权。她浑身洋溢着光彩。

"一旦这笔买卖被登上综艺节目，玛丽亚的名字肯定就会被罗利高中从候选名单里划去了。"坎迪小声地对我说，"再说，她们说的可是家庭影院系列。所以不用担心，我什么都不会说的。在这件事上我会等待机会到来的。而且我也喜欢她们。我想被她们邀请去圣巴巴拉待上一周，你呢？"

坎迪答应开车把有点喝醉的龌龊考古学家和她那位白雪公主送回酒店。她有一笔买卖要争取，而我得回家看艾登。服务生把她那辆崭新的美洲虎开过来在门口候着。"这太有意思了，"安娜贝斯滔滔不绝地说着，"我爱死你们了。你在大学的时候一直都是那么有意思吗，海伦？我对周四的拍摄已经迫不及待了。坎迪，你一定要来。我们也想让你过来。"

"我是不会错过的。我可以把我的摄影师带过来吗？这样可以让你们的表演被更多的人知道呢。"

"哦，这真是一个好点子！"天真的安娜贝斯说道。

"但我有一个建议：明天不要提供盐和土豆条。多准备点水就可以了。"她们三个人挤上车的时候坎迪警告安娜贝斯说，

"不然你们会肿起来而且拍出来的脸也会很胖！对吧，奥林匹亚？"从没有过胖脸的奥林匹亚对此表示真心的赞同。

等我的车过来的时候我的思绪飘向了帕特里克。既然我现在知道了他跟安娜贝斯之间什么都没有，我对于义卖会感到的压力就更大了。

我们之间真的有什么吗？

第十九章

"准备好了吗?"两天后我在看着造型师帕特里克弄平土耳其亚麻衬衫领子的时候问道。我开始把这件衣服看作帕特里克的蓝色的那件了。现在我们站在亨廷顿学者公寓友谊厅的一个临时改成的化妆间里,昨天晚上我熬夜打扫了这个房间而且在里面放了一些鲜花和看起来很重要的书籍,好为访谈做好准备。那个电视频道看起来还可以。擦了粉并喷了发胶的帕特里克看起来很焦躁,同时也很帅。

"海伦,放松。我以前做过访谈的。而且这个研究很棒。拍摄会很棒的。然后我们大家可以一起出去喝杯啤酒。这不过是电视节目罢了。"

"你看起来真帅,奥尼尔博士。我可以在中间休息的时候给你补妆。你要是需要唇膏就叫我。"20岁左右的瘦小可爱的莫娜围着的那个石匠围裙里装满了化妆品、刷子、棉签以及安全别针。她转向我说道，"你需要弄点头发和化妆品吗？"

我看起来有那么糟糕吗？正当我要默许的时候，奥林匹亚猛地窜了过来。她穿着一条漂亮的白色牛仔裤和一件衬着那条银绿色腰带的黄褐色麂皮衬衫。莫娜惊讶地张开了嘴。在她这次的拍摄中还有邦德女郎！"海伦当然什么都不需要了。她本来就很漂亮了。而且摄像机也拍不到她。但可以拍到你，帕特里克。所以快进到布景里去。拿出好的状态来。"奥林匹亚担当了制片人的角色，一边使帕特里尔克小跑着离开一边也把莫娜推出了门。"亲爱的化妆女孩，去最后看一眼安娜贝斯吧。告诉她她看起来很漂亮，因为她已经开始怀疑自己了。快去！"

莫娜去了。奥林匹亚的确是一位电影明星啊。

"坎迪在这儿吗？我想跟她说点事。"

"她随时都可能会过来。她现在跟摄制组在一起呢。她说你觉得可以了。"我不知道自己为什么在扮演坎迪的制片人的角色。我只是想让帕特里克一切都顺利。还有安娜贝斯。想不到一个摄制组也可能会激怒某些人。

"我跟她说完全可以了！"奥林匹亚拍着手说，她手腕上的珍珠手镯发出闪闪的光芒。她把胳膊放在我的肩膀上用密谋的语气跟我说，"我们一起去弄点不雅的东西吧，好不好？"

亨廷顿的花园、图书馆、艺术画廊和金鱼池塘已经被成百上千的电影和电视节目借用过了。利奥、珍妮弗·洛佩兹、德尼罗……凡是你能叫得上名字的，都在这个地方拍摄过。你会觉得亨廷顿的工作人员现在肯定会对另一个电影剧组来占用他们的停车场、搞乱他们的日程而感到麻木了。在强弧光灯和坐着明星的汽车驶进小城的时候这个是帕萨迪纳市民通常抱有的态度。但拍摄"龌龊考古学家"节目的时候气氛就有点火爆了。也许这是因为很多员工都有一些害怕被曝光的私人的东西吧。

萨拉·怀特正在从亨廷顿主任那里争取事业方面的注意，从信托董事会那里竞争荣誉并且争取帕特里克本人的注意力。她正在招待一群负责这次拍摄的当地记者。图书馆的凯伦，拍摄现场的这位自封的"手稿争论者"除了她以外不允许任何人在特写镜头里翻施里曼的日记。负责咖啡车的安妮很开心拿到她人生第一个手工轻便推车来卖刚冲的咖啡（大电影都是用他们自己的员工的）。那些曾经在项目结尾帮忙扫描和转录日记的热情的研究生们拿着拿铁站在旁边小声地聊迷人的奥林匹亚呢。就连志愿协调员阿琳都在抓拍拍摄的画面来为她六月份的女士公会午宴上要做的幻灯片做准备。

当然了，不是严格意义上的员工但最近因为义卖会而在这个地方待了很长时间的中子梅勒妮跟她的奴才珍妮弗·布拉汉姆在角落里徘徊着。这位奴才自从接手了我的职位似乎已经老了十岁。做中子梅勒妮的二号奴才对皮肤可不是件好事。梅勒妮正怒冲冲地在她的黑莓手机上打字，不时地还会抬起头看一下周围然后看一看手表。珍妮弗眺望地平线的时候脸是紧绷的，似乎是在寻找什么东西。当然，今天人们就会为周六晚上将要举行的义卖会而拉开那个巨大的白色帷幕。像中子梅勒妮这样的控制专家肯定要监视这个活动的所有方面，甚至具体到帷幕的桩子。

然后，当然就是我了。我让一切都处于准备状态。这就是为什么奥林匹亚把我叫到核心圈子里的时候我欣喜若狂的原因；两个穿蓝色牛仔裤的年轻制片人，典型的戴棒球帽并且穿洋基队 T 恤的没刮胡子的导演，帕特里克以及阿佛洛狄忒的工作团队。执行制片人兼电影明星气恼地说，"海伦，能麻烦你解释一下我们昨天回顾的东西吗？制片人好像都忘了工作内容了。安娜贝斯和帕特里克在走去公寓的时候该说些什么？他们在雕塑公园里漫步的时候又该说些什么？我知道你肯定记得。"

"没问题，我做笔记了。"我翻开剪贴簿上面那一叠纸。"这儿是我昨天晚上为帕特里克打出来的。"接着我给制作组和安娜贝斯打了个招呼，免得冒犯了他们。"这里是列出来的一些可能出现的问题。我知道你们自己肯定也有，因为，嗯，这就是你们的工作。不过我把这些给帕特里克作样本用了。我确定他肯定没有看。"帕特里克笑了起来。"但我给你们所有的人都备份了，以免日后用得着。"

我把工作内容和问题发给了奥林匹亚、安娜贝斯、乔纳斯导演和其他工作人员。然后我递给帕特里克一张。"看起来眼熟吗？"

我敢打赌他肯定眨眼睛了。

安娜贝斯在镜头里表现很自然。她在化妆室里的所有焦虑在摄像机开始拍摄的那一刻都消失不见了。她热情、好奇而且很舒服地扮演着主持人和专家的角色。

另一方面看，帕特里克就没那么自然了。他摆出一副严肃的学者派头，一点都没有享受其中。这是怎么了？平时那么有活力的一个人现在听起来却像一个懒汉！他对爱情三角恋、日记里的发现以及年轻鲁迪跟索菲亚上床的描述几乎像有线电视上播放的参议院听证会一样淫荡。奥林匹亚、乔纳斯和制片人围在视频重放设备旁边在小声地议论帕特里克，列举他的"缺乏活力"和"令人讨厌的学术口吻。"乔纳斯不停地问，"性感的那面在哪儿呢？"

我能看出随着导演一次次地喊"停！"和"再试一次"，他变得越来越不自然了。我为他感到难受。

奥林匹亚把我叫过来说，"看起来帕特里克好像很紧张。我们该怎么办呢？你最了解他了。'

这可不见得。但准确地说，最近几个月我的确是跟他在一起最久的那个人了。我说什么才能让他从学术口吻中摆脱出来呢？我想起了那天在公寓里发生的事。就是它了！我向奥林匹亚提议道，"我来跟他谈吧。我想他只是很紧张而已。你们干吗不休息几分钟（或者你们电视行业表达休息的其他说法）呢？"

"施展你的魔力吧，海伦。"

这是不是意味着我可以在简历上面加上"导演"这个词呢？

"问题在我，是不是？"帕特里克边吸着咖啡边说着（他是用吸管喝的，这样不至于破坏他嘴上的唇膏）。莫娜拿着粉扑在周围忙碌着，一边还检查帕特里克的眉毛光泽够不够。"我实在是太糟了。"

"不，你一点都不糟糕。你不糟糕，只是太紧张罢了。问题出在你的语气上面。这个节目的名字叫'龌龊的考古学家'，也就是说他们想让这个节目有种色情和亲密的风格。看上去你似乎一点都不开心。你需要把你的性格带到数据里来。你知道的，就是你性格中不涉及技术和……分析的那一面。"

帕特里克用嘘声把莫娜赶走了。"好，好，你说的对。只是那个导演越跟我说'放松'我就越烦躁。告诉我我需要做些什么吧。"

"你需要停止关于日期、数据和土壤分析的描述。找到故事的核心，也就是那些好的部分。"从帕特里克茫然的眼神里我知道我还要解释得再深入点。好的，听着。"还记得那天我们讨论历史和爱情三角恋的时候你把我糊弄住的事情吗？那件事让我很生气。然后我，我……朝你发了脾气。"

"记得。"帕特里克谨慎地回答道，显然他不想再提那件事了。"为什么要提那天的事呢？"

"你很认真很有激情地跟我讲了那个故事。感觉就好像你在直接跟我讲述一件你亲身体会过的事情一样。而且我也感受到了那种感觉。我以为你知道我一些不为人知的秘密呢。"帕特里克没有说话。我朝他倾了倾身子然后接着说，"这就是在我发现你用我来弄资料的时候我发飙的原因。我以为你说的是真事呢。"他慢慢地点了点头。"你需要找到跟安娜贝斯在一起的那种亲密感。这是一个关于爱情、激情和背叛的有历史意义的故事。用你跟我讲述的那种方式跟安娜贝斯讲一遍。让安娜贝斯像我那样感受这个故事。"

帕特里克一下子高兴起来，"你说得对，你说得对。你说得太对了。我明白了。"然后他在我脸颊上亲了一口，这让正在检验他嘴唇湿度的莫娜很郁闷。"谢谢你，海伦。"

"不用客气，"我轻声说，"如果这个办法行不通的话，你就想象安娜贝斯跟奥林匹亚光着身子的样子。那个也会管用的。"

从帕特里克那得意的笑容可以看出他已经想象过这个场面了。

"我不知道你说了什么，但真的管用了。"在帕特里克跟安娜贝斯接着拍摄的时候奥林匹亚低声跟我说。帕特里克的故事以及安娜贝斯的问题很激发观众的兴趣，而且他们的互动真的是太……振奋了！这正是导演想要的。我看着那个小回放监视器用微笑回答了奥林匹亚的夸奖。

"然后接下来是什么？我们到底还能不能知道普里阿摩斯的宝藏是真的假的？还是这只是一个被甩老公处于绝望做出的事情？"安娜贝斯晃着黑色鬃毛问道，她等待回答的时候紧张得都要喘不过来气了。

"还好，我很快就能知道了。我刚接到莫斯科普希金博物馆的允许，我下周就可以看到这个宝藏了。我多年来一直很想做这件事，现在终于收到邀请信了。如果一切顺利的话，五月底的时候我就能有答案了。"

什么？我几乎要喊出来了。下周？他下周就要走了？

"停！刚才拍得太棒了！真的很好。"乔纳斯指挥道，"好了，帕特里克，我们需要重新过一遍你最后关于去普希金博物馆的那句话。我们必须保证这个节目在任何时间都可以播放。因为要等好几个月才能播放呢。所以你能在谈论莫斯科之旅的时候不提具体的时间或者日期吗？你知道的，说一些诸如'我很快要去了'或者'几个月后我就会有答案了'这类的话。"安娜贝斯和帕特里克因为考虑选哪句而忙活了一会儿。

接下来就是关于如何编造帕特里克接下来为栏目而去莫斯科的一个漫长的讨论。但我想知道帕特里克要如何给我编造他这个打算好的旅行。他要永远地离开了吗？他在莫斯科结束后还会回帕萨迪纳吗？还是不会回来了？

"好吧，"安娜贝斯说，"我想我们想到怎么说了。我们继续吧。"

这次帕特里克的回答没有涉及具体的日期但也没有告诉观众什么信息。"下周我终于能飞去莫斯科触摸到普里阿摩斯的宝藏了。然后我会直奔特洛伊的挖掘场来对比所有的数据。我希望能很快找到你们问题的答案。"

他一点都没有提到帕萨迪纳，或者亨廷顿，或者我。

我站在满是能量棒、炸土豆条、成碗的棒棒糖、巧克力以及巧克力覆盖的葡萄干的手工桌旁边。因为蒂娜之前提醒过我在义卖会之前什么都不能吃，所以我在喝咖啡，还是黑咖啡。我的压力和悲痛都在我直接的挨饿减肥法的作用下消失了。我感觉自己有点神经过敏，但的确是瘦了。我不知道胃神经的不适是因为喝的咖啡太多还是因为帕特里克要离开的事实。我很快就能知道答案了，因为他正快速地走向桌子抓了一把杏仁。他此刻的自我感觉很好。

"我搞定了，不是吗？"他说的时候表现出一副对我的回答很有信心的样子。他还能再可爱点吗？

"对啊，你成功了。"

"谢谢你。你真的帮了很大的忙。"现在帕特里克对自己又没那么有把握了。"那我说的关于去普希金博物馆的事情，你听到了吗？"

我确定了：那个不适的感觉是因为帕特里克要离开，而不是咖啡的问题。"是啊，那的确让我很惊讶。这太好了！而且又是那么的及时。"回答的时候我提高了语速和热情来掩饰我的失望。"你的各项研究像这样一下子聚在一起真是太不可思议了。你真是太幸运了！"接下来我扯了更多。"而且还能在普希金博物馆工作？这真是太棒了。你现在肯定超级兴奋吧。这真是百年一遇的好机会。而且也许真的会是一个大突破。祝贺你。"尽管我已经喝了很多的咖啡，但说完这一切我依然感觉有些喘不过气来。

"我当时正要找时间告诉你来着。可是我们过去的几周都在忙着快点弄完这所有的工作。然后我很自然地就忘记了。"帕特里克拿起一瓶水而且紧张地拧来拧去地玩弄着瓶盖。

"我很理解。嘿，根据合同规定我还能在这里待一个月。那么我可以完成你需要做的一切事情：比如把东西打包，把你需要的任何东西寄到任何地方，特洛伊啊，雅典啊，莫斯科啊。我就在这儿。"这就是我，24小时海伦服务。

"太棒了。我下周二就走。"周二？离现在就五天时间了。而且这期间还有讲座和义卖会。该死的周二？"我猜这样我们就能在周一的时候把事情检查一遍了。"

"我会来的。"我又说了一遍，以免我的未来规划有什么不清楚的地方。

"你接下来做什么呢？你的合同什么时候截止？"

"我已经跟好几个人谈过工作的事情了。"我热情地撒谎说，"既然我知道这里的工作快要结束了，我会去找别工作的。所以一切都好说。"那个很难得的积极神气的海伦出现了。

"你考虑过回去继续读研究生吗？"帕特里克一边说一边去拿巧克力。我猜误导学历信息方面的诉讼时效已经消耗完了。帕特里克原谅我隐瞒自己修了一半的硕士学位了。"我可以给伯克利，普林斯顿或者你想去的任何学校打电话。现在回去上学还不是太晚。"

但真的太晚了。"谢谢你，你这么做真的很慷慨。但我现在没钱去上研究生了。这个已经没戏了。我还有艾登以及其他各种事情要忙。我需要更多的收入和更少的债务。所以我去上研究生在经济上也是不允许的。"

"大学会为你这样的人提供经济帮助的，海伦。"

我笑了，"那些钱得够我花，但还要够艾登花呢。普林斯顿会给中年母亲和表现不好的儿子提供双份奖学金吗?"帕特里克露出了同情的表情，但还没有同情到要纠正我说"中年"的程度。

就在这时，戴着耳机的那位 20 几岁的制片人走过来了。"奥尼尔博士，你需要去一下茶花小道。我们接下来要在那个地方取景。我们需要你五分钟内就位。"然后她就像一只紧张的小兔子一样急匆匆地跑开了。我收拾起自己的东西，打算一个人回办公室尽情地郁闷。

帕特里克抓了最后一把坚果问道，"你不来看吗?"

"我想我可能要回去准备明天讲座要用的 PPT 吧。"

"求你不要回去。我喜欢你待在这儿。"

不管怎样，这也只会持续五天时间了。"可以，当然了。"

在亨廷顿通常很安静的茶室里人们一边喝着香槟酒一边逐渐大声地闲谈。拍摄结束后，萨拉·怀特为全体演员、工作人员以及特别好友安排了一场庆祝聚会，这是一个很好的表示。
参加聚会的人挤满了整个茶室而且有的还站在玫瑰花园平台上
面。平台上还点上了白色的灯和祈祷蜡烛。安娜贝斯和奥林匹
亚不知去了哪儿，但其他工作人员喝足了香槟酒，吃足了黄瓜
三明治，看上去特别开心的样子，好像他们从来没有被邀请参
加过什么活动似的。那边是图书馆的凯伦在跟道具员调情吗？
而且负责咖啡车的安妮竟然在跟制片人交换手机号码？

夹在中间的萨拉则一边交谈一边大声地狂笑。显然她已经
有点喝醉了。这是一次胜利的醉酒，很值得庆祝。

但坦白地说，我已经累到不想加入他们了。而且鉴于我目
前摄入的卡路里的含量只要超过一杯香槟我的身体就招架不住
了。我需要保持清醒，这样才能开车回家给艾登做饭而且帮他
准备科学测验。然后我预计着自己要崩溃了。我在人群中寻找
帕特里克的身影，希望在回家见艾登之前至少能跟他道个别。
我在角落里看着他跟亨廷顿主任和董事会的几个成员一起"上
朝"。这些当然都是些显要人物了。我正要转身离开，这时坎
迪突然出现了。

"哦，我的天哪。"

"怎么了？发生什么事了？"我担心有人在某个地方发生什
么事了。我习惯性地反应过度。

"奥林匹亚和安娜贝斯想公开她们的恋人关系。而且她们
还想让我做个独家专访。就是一个包含她们私人照片和研究成

果的访谈节目。这件事太重大了。这会让坎迪网站被列入地图的。"坎迪开始像一个联谊会女生似的上蹦下跳。然后她意识到了这项工作的重要性——那个奥林匹亚也许已经把她整个的事业都交在坎迪的手里了——然后她愣住了。"你觉得我能办到吗?"

之前我因为让坎迪结识阿佛洛狄忒传媒公司而感到的那一丝内疚现在已经烟消云散了。我是个天生的媒人。"嗯,当然可以了。她们信任你是有原因的。你已经通过了媒体调查而且一直向好的一面发展。由你来做这件事是再合适不过的了。哇哦,坎迪,这太棒了。什么时候开始呢?"

"明天就开始。她们想让我带几个工作人员去她们在朗廷酒店的房间。我打算周五就把这个消息发布出来!"坎迪从经过的服务生托盘里拿了一杯香槟然后喝了下去。"我一直在等这样一件事情来帮我摆脱帕萨迪纳的八卦阵营。这是一个有国际影响力的故事。"

"你做好准备了吗?你有什么需要吗?"我问道,其实我也不知道自己在一个数字化的亮相采访中有什么可以派上用场的能力。但说不定她想要我们那个摄影棚里的鲜花呢?

"我准备好了。工作人员也都整装待发了。我的实习生已经把那件闪亮的灰色蓝色情人晚礼服从干洗店取回来了;那件裙子很上镜。而且我跟斯蒂芬先生安排好了意外事故的处理方法。"坎迪轻声地说。"我刚跟我的网络管理员打了一个国际求救电话。我们需要宽带！我不想在发布这个消息的时候网站被点崩溃了！我走了，宝贝儿!"她迅速地在我脸颊上亲了一口然后离开了。

"海伦，等等!"帕特里克小跑着穿过停车场向我追来。我正准备开车门呢。我被他吓了一跳，不小心把手里的东西都掉在了地上。该死的。"对不起，我没想吓到你。我看到了你离开然后我，嗯，我……"

"你需要什么东西吗?"我说话的语气比我想要的要更暴躁一些。这时我正弯下身忙着捡剪贴簿、一些研究资料、一个水瓶和一个装满迷你三明治的星巴克包以及我从派对上给艾登拿的一些巧克力糕饼和奶酪泡芙。帕特里克蹲下来帮我。我感觉自己像一个拿着一袋子违禁食品的老太太。因为我感觉很窘迫，所以我回过神来缓和了一下语气。"你需要我为明天的讲座准备什么数据吗?"我把烘焙食品放回包里的时候回避了他的眼神。

"不，不用。你今天已经做了很多了。给你这个。"他递给我一大包用纸巾包起来的巧克力曲奇饼干。"我只是想跟你说谢谢，谢谢你为我做的一切。"

"这些是给艾登的。"我解释说，我的眼神依然停留在偷来的这些食物上面。"他饭量很大。而且他又很爱吃迷你食品。"

帕特里克轻声地笑了。"如果你想要，我现在就可以回去把那一整盘的鸡肉色拉三角饼都拿过来。我欠你的。"

"不，我打算在回家的路上在善待动物组织筹款活动那停一下，好偷点火鸡味道的迷你食品。"我们都笑了。然后这个熟悉的场景让我们都安静了下来。一直都是意味深长的停顿，然后是过去九个月里的那些停顿，经过了劳动和解脱直到第一次生日的那天。现在的这个场景就是那些意味深长的停顿中的一个：很长很紧张而且还有点让人痛苦。

不过这次我知道该怎么做了。"我得走了。今天真的忙得够呛。明天见，帕特里克。"在不确定该说什么的时候，通用的那些陈词滥调也可能会很有帮助。当我上了车把自己关在一个保护膜里的时候，我就可以放心地打开一点窗户了。"希望你有一个美好的夜晚。"

"你也是。"帕特里克回答道。

第二十章

在周六早上的五校义卖会上，来自整个帕萨迪纳的女人都在开始准备她们派对前的梳妆打扮了，这是由年龄、经验以及金钱锤炼成的美容方法。不管是妈妈们还是主妇们或是专家们都被修剪、上蜡和烫发，直到完美的程度，或者至少是最接近她们个人完美标准的程度了。今晚她们会被认为是最好最善良的人，但现在她们还是素面朝天的状态。而且没有人在漂白自己临近更年期的小胡子的时候还是最漂亮的，或者有那么闪亮。就连斯蒂芬·斯蒂芬斯沙龙（帕萨迪纳在价格、设计和服务态度方面最接近上城区比弗利山庄沙龙的沙龙）里的常客都被包括在里面了。

我早上10点去赴约的时候里面所有的椅子都满了。我九个月前（实际上就是在确定义卖会日期的那一天）就预订好剪发、加亮和发型的服务了。那时候我还是委员会的一分子呢。

而且那时我还不是寡妇。如今坐在这里，我不敢相信那时的我是那么的百无聊赖以至于会几乎提前一年来预约理发。但我为这个预约而感到庆幸。我知道这会是我跟萨美的最后一次预约了。一次就300块的价格已经是我所不能承担的了。如果安娜贝斯和奥林匹亚没有给我一个那么慷慨的礼品券作为对我为拍摄额外付出的努力的感谢（这还是坎迪的建议呢！）我肯定会把这次预约取消的。我早到了会儿，决定充分享受我的花草茶和温暖的护颈毛巾和罩衫。

下次我就要在超级理发店里剪头发了。

但今天我在斯蒂芬·斯蒂芬斯这样一个比大部分的客厅还要装修豪华的沙龙里做头发，里面的每个人的面孔都是那么的熟悉。这个地方满是五校义卖会委员会的成员。柯洛弗黑手党——利拉·肯尼迪，玛丽克莱尔·迈耶斯和太妃·哈特都乖乖在烘干机下坐着。她们领导了一个强大的坐席安排委员会，用她们已经磨炼成沙龙舞联合主席的水平来为今晚的活动安排桌子摆设，不管是把一些桌子提到前面还是把另外一些桌子降级到洗手间出口旁边的位子上。她们的工作显然还没有做完，因为她们在烘干机的嗡嗡声下全神贯注地弄图表。

秋海棠椅子上坐着的是索尼亚·米切尔森，这是莱德伍德学校的一位嬉皮风格的母亲，还是"三犬之夜"合唱团其中一位成员的女儿。索尼亚负责请一个合适的跳舞乐队。（去年的乐队只表演了瑞格舞，结果让那一小拨但有影响力的65岁以上老人困惑不已。今年已经规定说不要滑稽音乐了。)索尼亚准备把她浓密的紫红色头发弄成直的。难怪她穿着一件凯特·哈德森风格的印花长裙还光着脚跳舞跳到 10 点钟。而且所有人都会为她着迷，因为所有人都喜欢特征鲜明的嬉皮士。

南希和蕾西是一对几乎跟米米和麦基那样形影不离的姐妹组合。她们紧挨着坐在美甲室里。她们负责的是食物这样一个出力不讨好的活，正如某个人一直很憎恶的那样，这个人通常是我的婆婆。这是一个不可能取胜的委员会，而她们能接手下来真的很勇敢。南希和蕾西是在帕萨迪纳首批跟食物沾边的一个家庭里面长大的，如果你觉得拥有全国连锁的仓库杂货店能算得上跟食物沾边的话。我觉得挺沾边的，但在这对姐妹恳求登上最高位的时候镇上的其他人可就没那么大方了。(她们家的店卖成桶的西红柿酱! 成桶的! 这根本不是什么美食! 一个委员会成员曾经这样批评道)

沙龙里的气氛很愉快。萨美的助理(琳达? 伦达? 还是兰达? 为什么我总是记不清楚她的名字呢?)把我领向座位的时候我跟里面的人互相点头、招手以及微笑。见到你很高兴，海伦。期待今天晚上的活动! 今晚很珍贵!

也许吧。

在我经过斯蒂芬的位子的时候，我碰了碰他的胳膊肘。"坎迪让我再跟你说声谢谢，这是她第三次道谢了。她的头发在镜头上显得很美!"

"她是我眼中的明星呢！"斯蒂芬一边往布莱尔·贝克斯利盘好的头发上喷发胶一边尖叫道。"你在电影'ET'里看到她了吗？她演得实在是太棒了。我想玛丽·哈特该小心一点了！"

是的。奥林匹亚跟安娜贝斯的恋情被公开了，而正如预期的那样，这件事引起了轩然大波而且在坎迪网站有了史无前例的点击率。从"娱乐今宵"到"拉里·金"，坎迪自己也被所有的脱口秀节目预约谈论她采访的事情。她成了这对情侣的非正式发言人，而且还带着她们的祝福。既然现在消息公布了，奥林匹亚和安娜贝斯想低调几个月的时间。等人们的兴奋劲一过，她们就会在九月份首次播出"龌龊的考古学家"之前跟奥普拉谈谈。

"这真是一个不错的媒介策划。"坎迪周五的时候从一辆市内公共汽车的后座上跟我打电话取消韩国喷泉馆预约的时候说道。她是不可能在瑞安·西克莱斯特主持的《美国偶像》和比利·布什之间的时间段去泡喷泉的。"我能从奥林匹亚身上学到很多东西。她明白当你拥有你所希望的一切的时候的那种开心。"

毫无疑问，坎迪会尽可能地延长这个时刻的。

我走到萨美工作的区域，然后"扑通"一下子坐在了椅子上。我喜欢找萨美理发的唯一的理由就是她不爱说话。她是一个善于倾听的人。如果我喋喋不休的话，她也会加入进来。但如果我想欣赏过期的《时尚》和《玛莎·斯图尔特生活》杂志的话她也不会打扰我，我们之间的沉默都是很舒服自在的。今天我需要的就是沉默。我需要集中注意力，而不是建议。

而且，我的心情有点沉重，因为我知道很快我就不能在她这里剪头发了。我想今天我是不能告诉她的。我在考虑也许下周给她送一个带贴心留言的小礼物就可以了。这样更容易而且不拖泥带水。再说我今天不能哭，因为蒂娜跟我说过不能因为任何原因而让自己的眼睛肿起来。

"萨美！"我给了她一个拥抱。

"海伦，我一直都在想你呢。"今天她的头发是带点金色的那种深紫色的。而她穿的却是时髦的黑色连体裤，脸上的化妆品也是没有颜色的。她用手摸着我的头皮，检查我发根的状况。从梅利特的丧礼那天之后我就没有见过她。我也过了用头巾来掩盖没做保养的头发的时候了。萨美眼睛都没眨一下。"还是要同样的颜色吗？"

我点了点头。为什么不呢？最后一次了。

接着萨美厉声叫那位不知叫琳达、兰达还是伦达的助理拿金色 27 和金黄色 449 来调成一个暗色，在大多数沙龙里这种混合物被称作帕萨迪纳金黄色。我跟十几个好朋友都做的这种颜色。"嗯……你好吗？"

我好吗？这个问题我今天不太有心情回答。所以我给了一个新想出来的标准答案。"一年后我再告诉你吧。现在我真的不知道。"我想这句话既能恰如其分地体现我的自我意识，又能说明夹杂在其中的疲倦和悲痛。这是我从书里学到的。对于我来说，这句话意味着：请不要问了。我不想再阐述那些不堪的细节了。

萨美明白了。"好的。那就放松一下就可以了。你也应该放松一下。要不要再来点茶？"

嗯，好的。我的确应该放松一下了。我把头靠向后面，闭上眼睛，然后回想了一下过去几天里发生的事情。上周我真的感到那种难以想象的疲倦。好像拍摄和帕特里克要离开的消息还不够似的，我昨天还接着去为学者演讲作准备呢。帕特里克为一群满是熟悉面容的热情观众展示了他的研究成果。我为他提供了可视化支持和一些细小的舞台指导。尽管这次演讲不像他的电视采访那样对他的职业有那么大的影响，但对他个人的影响还是蛮大的。

帕特里克跟义卖会的联系，乃至跟电视拍摄的当地媒体以及米灵顿写字集会好口碑演讲的联系，都激发了在场观众的好奇心。这群观众已经改约了他们的水彩课和个人普拉提课程来看看这个讲座有什么大惊小怪的。帕特里克已经摆脱了之前的紧张心理，现在在讲解知识的同时还可以娱乐这些站着的观众了。这些观众里包括了现在沙龙里的绝大多数女人，当然还有我婆婆和她的那些支持者。这次展示因为用上了"龌龊的考古学家"那次采访中的很多可以让女人八卦的色情资料而获得了巨大成功。

昨天最大的惊喜是什么？那就是见到了茜茜·蒙塔古，具体点说就是那个曾经说"永远的家"而且搬游泳池的那个茜茜·蒙塔古。我的老地盘。她穿着一件两件套的毛衣，戴着珠宝，紧张而兴奋地操纵着点心桌。我招呼她的时候充满善意地捏了一下她的胳膊。"见到你真开心，茜茜。这些吃的看起来真诱人。你做得很好！"

"我希望这些能够吃。这是我第一次做志愿活动。我之前不知道这些讲座会有那么多人参加。我想着只会有十几个女士和一些游客呢。但你看，大家都在这儿！"她说得对；这整个人群就是一本名人录。

"不用担心。这些女人不会真的吃东西的，至少不会在公共场合吃。大部分饼干还是要被拿到员工休息室的。而且要是柠檬水快喝完的话还可以往里面加水。厨房把柠檬水做得真的很浓。"她感激地点了点头。"你会很喜欢亨廷顿的。这个地方很有激励作用。"

她第十次整平了那些一口大小的餐巾纸。"我希望是这样吧。我只是感觉好像，你知道的，好像我需要走出家门似的。做一些不一样的事情，为我自己做一些事情。"她巨大的钻石在阳光下闪着光芒，而且她善良的内心又一次表现了出来。

"也许有一天你会重返学校去拿到你的博士学位呢！世事难料啊！"

"你现在就在做这件事吗？"她显然对于比自己上七年级的孩子麦克墨菲还要做更多的作业的想法感到很震惊。

"一点都没有呢。我只是一个研究助理。"就在这时帕特里克向我招手示意我过去一下。萨拉·怀特就站在他身边。她显然不会让茜茜这个新手来介绍像帕特里克这样的杰出学者了。萨拉将会从这个介绍中榨取尽可能多的好处的。"有人叫我。那我们周六晚上见，茜茜。"

讲座结束后费尔切尔德太太坚持要见奥尼尔博士（正如她一直称呼他的那样），然后表现得好像她在赐予他观众似的。这真是一个很傲慢的举动。我想就连帕特里克都会吓到了。她从她那个香奈儿包里找出一串钥匙的时候突然中止了会面，"希望你在工作中会有好运，奥尼尔博士。随时给我们消息。"

随时给我们消息？她以为她是谁啊？伊丽莎白女王还是中情局啊？

萨美的声音打断了我的回忆。我回想上一周发生的事情的时候，她就像恶魔一样地制止我。我准备好烘干头发的，然后是剪发和做造型。萨美问了一个很平淡无奇的问题，但我想不出答案来。"今天晚上你穿什么衣服呢？"

我赶紧把注意力收回来。"我不知道。我的朋友蒂娜帮我挑的。是古典风格的那种，但我还没有看到。她让我告诉你把它想象成，嗯，'飘逸、顺滑和性感'——这就是她的原话。"显然这是因为我并不觉得自己可以用飘逸、顺滑和性感这三个词来形容。

"飘逸，顺滑和性感？明白了。我需要再拿点头发过来。

等我一下。"然后萨美去后面找头发了，而我则闭上了眼睛。

在我最后一次离开斯蒂芬·斯蒂芬斯沙龙的时候，我突然撞上了珍妮弗·布拉汉姆，她是梅勒妮副指挥官，也是抢了我在委员会上位子的那个女人。她的那个黑莓手机被我的肩膀撞落地的时候她神奇般地抓住了。这个俯身动作真是太到位了！

"哦我的神呐！要是那个被摔坏的话，那我肯定死定了。"珍妮弗发着牢骚，接下来可能会造成的后果给她带来的压力都清楚地表现在了她的肢体语言上。而她的瑜伽裤看起来似乎要滑到膝盖部位似的。事情都是有两面的！虽说摔坏手机会给她压力，但可以露出她妈妈级的屁股啊！"这东西就一直响个没完！"

我很高兴自己不是她。"明天就全部结束了。然后你就能回到正常规划好的生活中去了！我听说你工作干得不错。哪怕在这种经济形势下，你还能弄到一些那么大的客户来买桌子。"

"嗯，你给我留下来了很好的笔记和联系人。而且为大件现场拍卖会物品安顿好旅行和酒店是件很重要的事。如果把这个搞定我就觉得自己可以松口气了。"

实际上，珍妮弗看起来似乎从二月份以来就没有放松过，但我没有说。"大件现场拍卖会物品是什么啊？"

"奥尼尔博士挖掘出的文物。他没有告诉你吗？"

"没有。"没有，他没有告诉过我。难道他要拍卖掉一些遗物吗？

"他还捐献出来了一个很棒的考古经历呢！是今年夏天他跟他的团队一起在特洛伊工作的那两个星期。就跟一个真正的考古学家一样。当然，除了豪华的住宿条件之外。而且，他还同意周末的时候带领个人旅行队去参观希腊的几个最棒的挖掘点。圣托里尼岛和其他某个跟特洛伊有关的地方……"

"迈锡尼。"他当然会带他们去那儿了。这是施里曼的另外一个大发现，也是带领希腊攻打特洛伊的阿伽门农的故乡。"这是特洛伊战争的另一个历史谜团。"

"对，就是这个地方。总之，这件事发生得很突然。我得让整个的旅行和酒店都被捐出来，而没有你在马里奥特和英国航空公司的关系我是不可能办到的。很重要，海伦，很重要！"詹妮弗的黑莓手机又响了，但这次她没有管它。"这是一个专为两个人设计的很棒的旅行。所有东西都是最好的，而且中途还能在伦敦停留一下参观一下大英博物馆里的雕像。梅勒妮觉得这个能赚很多很多钱。是按好莱坞标准的那种多，而不是帕萨迪纳的标准。在看完昨天那些认认真真听奥尼尔博士做讲座的女人之后，我想她说的是对的。如果梅勒妮都有可能买的话我也不会觉得很奇怪！"

"他从没有提起过这件事，但也许他忘记了。"中子梅勒妮肯定在 47 号酒吧里用好酒好菜好好地招待了他，来逼他同意在挖掘季最好的时候带几个有钱的帕萨迪纳人转转。黑莓手机又响起来了。珍妮弗看了看手机屏幕。"是梅勒妮，我得接一下。你的头发看起来真美！这个很重要！很重要！"

至少我还弄了弄头发呢。走出斯蒂芬·斯蒂芬斯沙龙的时候，我觉得这听起来的确像一次梦幻之旅。我的梦幻之旅。

"给你，太太。哦，太漂亮了。"邮递员特兰在递给我信件的时候指着我的新发型说道。"你看起来很漂亮。你要去今晚的大派对吗？"

"是啊，在亨廷顿。是一个为学校举办的资金筹集活动。"他对这件事的兴趣使我开心地回答了他的问题，同时我还在翻一沓账单，最后我发现了一个大马尼拉纸的信封。

"我知道。我们也要去。不过不能参加这个聚会。我儿子伯纳德会在特别管弦乐团里演奏小提琴。他有一个独奏节目。"在义卖会上，帕萨迪纳的顶级管弦乐学生会在地毯上站成一排为入席的来宾演奏小夜曲。这是一个很好的传统。当然，特兰的儿子伯纳德不仅会成为一个音乐会小提琴手，还会成为一个优等生。"那真是太好了，特兰。我会一直关注他的。或者至少我也会仔细听他的演奏的。"

特兰指着信封说，"祝你好运。我的儿子也申请了，申请的是小提琴。但他没有通过。还好他能去罗利学校念书。"

我不知道特兰在说些什么。申请哪儿？我脸上肯定露出了困惑的表情，因为特兰马上接着解释说，"向高中的学校申请艺术课。那个信封，那个大信封。你儿子弹什么乐器啊？"

"水球。"我像一个傻瓜一样回答道。我低头看到了大信封上面写的回信地址。洛杉矶县表演艺术高中。这是洛杉矶市区的一个地方。上面做了一个标记：艾登·费尔切尔德收。这他妈的到底是什么呀？我不想在特兰面前打开信封，而且我想我的表情已经向他表达得很清楚了。

"我想他们不会有水球队的！哈哈！再见，太太。"特兰边笑边跳着走下了车道。"也许今天晚上就能见到你呢！"

"是啊，今天晚上。"

还穿着睡衣的艾登撕开了信封，而我站在那里，好像我儿子生活里的一个陌生人。"没错！"他喊道。"没错！我被录取了。我成功了！"接着他的脸上露出了他人生最真诚最开心的笑容，同时他还挥了挥拳头。"太棒了！哦哦哦！"

我惊呆了。说真的，我真的呆住了。这就像警察曾经来告诉我梅利特和熊猫彩车事故的那天一样。"怎么会被录取的呢？"

"谢谢你对我那么有信心，妈妈。"艾登一边在长沙发的边上跳舞一边讥讽道。

"我不是那个意思，艾登。求你不要再跳了！"他停下了，至少停了一秒钟。"我只是说怎么，这到底是怎么回事呢？"

"我递交了申请，然后被录取了。"

我快发疯了。"好的，我正在努力弄清楚这件事呢。但你不能再跟我耍小聪明了。你瞒着我莫名其妙地申请了一个表演艺术学校。而且说实话，你都没有告诉我你有任何的表演艺术方面的天赋。不要误会我的意思，但你在米灵顿从来没有参加过任何剧本的面试。而现在你通过了，而且还那么兴奋。艾登，你到底怎么了？"

因此他跟我讲了我工作的时候、在外面看房子的时候或者在会计办公室弄清楚我们经济问题的时候他身上发生的变化。换句话说，当我忙着稳定我们的生活的时候，他一直在考虑未来的事情。他是从莉蒂亚那里听说的这个学校，这就是去年他在夏令营认识的而且还上了洛杉矶县表演艺术高中的那个女孩（艾登跟我说所有人都把这所学校简称为"LACHSPA"）。他们一整年都在联系着（啊，对了，每天晚上她都会出现在我们客厅的聊天软件上）。她会专业的舞蹈，而且她觉得他能成为一个很好的演员。或者甚至成为一个导演！（就像帕特里克曾说的那样！）所以在他搞砸伊格内修斯的面试之后（他说对自己表现那么混蛋而感到抱歉，他只是很讨厌那些校服），他整理好了一份申请书（里面包括一份成绩单，三篇文章和一张头部特写），而且让我妈签了所有的法律文件。（等我见到她再算账！）然后他跟莉蒂亚在电脑上排练了一段面试（是选自《罗密欧与朱丽叶》的，他在伊格内修斯的面试上还声称自己不明白呢），然后伊米莉亚趁我晚上加班开车送他去参加了面试。（我也会把她杀了的！）

我儿子，就是那个在刷牙后都不记得关掉水龙头的那个儿子竟然决定要成为一名演员，而且已经成功地进入到了一个很好的表演艺术高中，一个就连邮递员那位完美的儿子都没被录取的学校，更何况这都是靠他一个人做到的。

如果我不是自己拿着这封录取信的话，我是永远都不会相信的。

"妈妈？"

"我甚至都不知道该说些什么。"

"我真的很想去那上学。而且还是免费的！这是一所公立中学，所以我们什么钱都不用花。"

至少就我个人而言，现在这就是一个涉及 25000 块钱的问题了。"你之前为什么不告诉我你想去这样的学校上学呢？你为什么要瞒着我呢？"

"你那么想让我去伊格内修斯。这个对你似乎真的很重要。我不想让你失望。而且再加上爸爸的事情。我知道奶奶跟所有人都想让我去那所学校。而且你把我爸的那件伊格内修斯的夹克给我的时候，我感觉很糟糕。"艾登说着说着眼眶就湿润了。"就是那个时候我告诉了外婆，而且她说她会帮我。"我不想让你生气。而且我想，要是我没有被录取，你也就不会知道这件事了。但我真的被录取了。

现在换我流眼泪了，我依然记得蒂娜警告过我说人一哭脸就会肿起来。他之前不能告诉我是因为他不想让我失望。我既想勒死他同时又想把他拥抱死。但我不能用那么亲密的接触把我瀑布般的头发给弄乱了。

　　我看了看这封信，上面写着我们有一周的时间给他们答复。我在伊格内修斯只放了一少部分的保证金，而且剩下的学费还要等好几个月才交呢。我这儿有两条路可以走：抗争或者接受。艾登脸上的喜悦已经把正确答案表达得很清楚了。"好吧，事情是这样，我对这所学校一点都不了解，甚至比如他们会不会开数学课……"

　　"他们开的，而且还有那些我知道你想让我上的大学预修课程他们也开。"艾登打断我说。我举起手，示意他该我说话了。他明智地闭上了嘴巴。

　　"我对这所学校一点都不了解。比如你每天怎么才能毫发无损地到达洛杉矶市区。我们去看看网站吧。我想看看这所学校都有些什么。然后下周三我可以请一天的假，然后我们一起去看看。我在点头之前需要自己看一下，然后想想对我们适不适合。一言为定？"

　　"一言为定。"

　　"还有一件事。你得给我展示一下《罗密欧与朱丽叶》里面的那一幕。我想看看这个所谓的表演。"我向他，我的宝贝伸出了手。

　　"好的。"艾登说着便拥抱了我而且把他的头埋进了我的肩膀，这让我的头发很郁闷。"我爱你，妈妈。"

　　"我也爱你，艾登。"我说着便把他抱得更紧了，该死的头发一边去吧。然后我朝着楼梯方向跟他指了指说，"现在求你快去换件像样的衣服吧。收拾好你的东西然后去刷牙。甘布尔太太要过来接你了。你要在那里过夜，记得吗？因为我要和奥尼尔博士一起去参加派对。"

艾登冲向楼梯然后转过身跟我说，"妈妈，今晚玩得开心点。"

蒂娜拿着给我的那件神秘礼服出现的时候，我已经激动到非一片面包、一磅提拉穆克切达干酪或一杯巧克力奶昔不能让我安静下来的程度了。真的，晚会再过几个小时就要开始了，我已经不能再这样下去了，或者说我在惹火做三明治的人的时候我是这样想的。当急促的敲门声响起，接着蒂娜在走廊里说"我来了。我拿来了你的裙子！"的时候我感觉像待在自己家里的罪犯一样。蒂娜在说"裙子"的时候用了五个音节。我赶紧跑过去想把暴露我罪状的奶昔给藏起来，但已经太晚了。

蒂娜拿着一个长的银灰色衣罩冲进厨房的时候脸上表现出了嘲弄般的不满，"我希望这件裙子不会因为你喝的碳水化合物而被撑破！"她充满戏剧性地拉开了衣罩的拉链，"闭上眼睛！"接下来是更长时间的衣服的沙沙声，然后她命令道，"睁开眼睛！"

我喘了口粗气，这真真切切是因为我不敢相信自己的眼睛。在我眼前的是我见过的最漂亮的裙子。比我的婚纱还要漂亮！蒂娜拿着的是一条奶白色、单肩而且带一条手编的金色腰带的褶皱丝绸裙。它真是惊人地漂亮。既经典又现代。"蒂娜……"

"是不是很漂亮！这是坶丽·麦克法登设计的一款裙子。来自她一个好像被称作希腊女神的 1976 年系列。这有多完美啊？这几乎跟杰基·肯尼迪去纽约时尚艺术盛典的时候穿的那件裙子是一样的。只是在前面下摆的地方不一样而已。这是不是令人难以置信？"

从各个方面看这都是令人难以置信的。哦，上帝啊，求你让我穿上这条裙子大小正合适吧。

"我们去试试这条美裙然后让你穿进去。我准备了一条候补礼服，但我不想退而求其次。这是一条构成梦想的裙子！"蒂娜现在语速太快了。"顺便问一下，你决定了吗？你打算今天晚上跟挖掘博士上床还是怎么着？"她怎么知道我整天都在想这件事呢？好吧，整个周。好吧，其实是整个月。"就去做我们想你做的事就好了。他很性感而且又住在国外。除了他还有谁更适合让你重新有'性'福吗？"

"你说话的口吻很像坎迪！"我跟着拿着裙子的蒂娜上楼的时候反击她说，希望能换个话题。

"哦，不。我说话一点都不像坎迪。因为她觉得你已经跟他睡了好几个月了而且还对我们隐瞒着。而我相反，我相信你好几个月都想跟他上床了，但你一直都太紧张不敢付诸行动。我说的对吗？还是坎迪是对的？"我们已经到卧室了。她把裙子拿到距离我一臂远的地方，暗示我如果我不说实话她就不会给我衣服。

我怎么才能解释跟帕特里克上床根本不单是"我去做她们想要的事情"？不仅局限于此。这是跟除了我丈夫以外的其他人做爱。这是在几乎二十年的时间里第一次跟其他男人做爱呢！世界上也只有我会觉得我在梅利特死后的那么短的时间就遇到了这种情况。除了通常的那些障碍，我还想象到我婆婆和梅利特的妹妹们对我的不满。她们也会出现在今晚的义卖会上看到我的一举一动。最要命的是我还身为人母呢！谈到这个问题的时候这个也变成了我的一个顾虑。我上一次勾引一个男人的时候还是我做研究生和食品合作社职员的时候呢，而不是作为一个水球母亲。现实对于我这位刚拿着最漂亮的裙子到这里来的朋友太沉重了。所以我概括了一下我要表达的意思。"你说得对。我们还没有做，但我一直都在想。"

"这就对了！我赢了一顿在薇薇恩饭店的午饭！"蒂娜欢呼着说，然后她警告我说，"海伦，如果你不想就不要匆忙进入一段恋情。"

但我确实很想，所以我才会感觉那么矛盾。我只是不能向蒂娜承认这点。"你的建议很好。谢谢。"

"好的，我们来给你穿上这条裙子！吸气，海伦！"

第二十一章

　　酒瓶的秘密酒吧里充斥着笑声、音乐声和深金色的灯光。那是五月份的一个美妙的傍晚。天气暖和到不用披那件从蒂娜那里借来的薰衣草丝绸围巾，以防有需要，我现在已经把它仔细地叠起来放在晚装袋里了。甘布尔家邀请了十几对夫妇在酒吧里碰面，之后再直奔亨廷顿。我收到请柬的时候心里的石头终于落下了。这是跟帕特里克约会的一个完美去处。我最不想的就是他去我家里接我。那里有太多我以前生活的影子了。他在帕萨迪纳只能待四天了，所以我不想让他跟梅利特在任何方面有交叉。

　　我从蒂娜和安德斯的雷克萨斯车上溜出来整理了一下思绪。在我们那个试裙子兼性前讨论之后，蒂娜回家去准备了。几个小时后她回来给我当司机的时候，她换上了一件蓝绿色巴杰利·米施卡牌礼服和一双极高的金色凉鞋。她看起来真是美极了。她把我塞进我那件麦克法登礼服然后给我拉上了拉链。"得把这对'姐妹'塞进去。"蒂娜把我穿C罩杯的乳房放到只有B罩杯的裙子里面的时候咕哝着说。"现在可以正式地说你穿8号衣服了，除了胸部大了点。幸运的你啊！转过来。"

我盯着镜子中的自己，然后我的脸颊红了。我已经很久没有像现在这样对镜中的自己满意了。但今天晚上某些东西让我感觉很不一样。当然，头发、衣服和一层清新的波比·布朗化妆品有很大的作用。但除此之外还有其他感觉不同的地方。

是自信。

"谢谢你，蒂娜。"

"这都是因为你本身就很美，海伦。"

就连蒂娜那位严肃的瑞典老公安德斯都在把我安顿到后座上的时候给了我很多赞美。"你看起来真美，海伦。"

现在来到"酒瓶的秘密"门口的时候我停下来了。

"准备好了吗？"蒂娜一边把我柔顺但有点贴头皮的头发弄蓬松并带我进酒吧见帕特里克一边问我。"不用回答我，你当然准备好了。站直。放松肩膀。我们走。"

然后我们进去了。

帕特里克正一个人坐在房间那头的一张桌子旁的橡木凳上。他穿了一件合体的黑色晚礼服，里面穿了件合体的白色褶皱衬衫，上面打着一个蝶形领结。他一边品香槟一边看着门口。我们目光相遇的时候，一股兴奋的暖流快速穿过了我整个身体。请不要让衣服被撑破，我想。我在裙子允许的范围内尽可能的深吸了一口气，闻到了从外面的棚架上传来的夜茉莉的香气和红酒夹杂在一起的味道。我们到了。

我得穿行在一群互赠祝福和飞吻的人中，期间我试着让帕特里克一直在我的视线范围内，就像舞蹈演员做脚尖旋转的时候盯住一点看似的。我祈祷自己在穿过房间的时候膝盖不要软，尤其是考虑到我高跟鞋的重量。幸运的是，他站了起来走到人群中跟我相见了。他拿起我的手，在我左边太阳穴的位置亲了一下，然后柔声说，"我找到我的海伦了，来自帕萨迪纳的海伦。"

这句话说得真好。这就是海因里希·施里曼自己在日记中描述他年轻新娘的时候说过的话。当然是有点变化的。但我不得不把这个话题带到我们共同的兴趣点来。

"哪个版本？是受害者海伦还是妓女海伦？"

"当然是'有一张可以让一个国家发动一千艘战船的脸'的海伦了。"

"谢谢。"如果那个夜晚就停留在那一刻，我也会非常知足了。挨饿减肥、接发还有上蜡等一切为了那一刻作出的努力都值得了。但后面比这更好。"跟我来。我有样东西要给你。"他紧紧地抓住我的手带我穿过了满是人群的房间。

被他弄得神魂颠倒之后我最后终于能说出话来了。"你给我准备了一个胸花吗，舞伴儿？"

帕特里克笑了。"算是吧。这是一个礼物。而且我相信它会为你的裙子锦上添花的,不过也许不如我在1982年的时候给我真正的舞伴的那个带婴儿气息的康乃馨好。"这时候我们已经到了他之前坐的那张角落里的桌子那儿,他递给我一个上面露出一团棉纸的典雅的银色小包。"这是给你的,海伦。"他看着我打开包装的时候又倒了第二杯香槟。

包里面的是一个外壳由黄金和珠宝做成的腕套;它真的美极了。我激动得说不出话来。它是在古代设计的基础上用现代工艺做成的,上面那耀眼的绿色、蓝色和紫色的半宝石像蛇一样缠绕在一起,在敲打精细而且被抛光的黄金的衬托下更显夺目。我很清楚这是什么东西并且它里面的含义。"哦,帕特里克!这就像是普里阿摩斯宝藏里的那个手镯一样。这……这真漂亮。这是你让人做的吗?"

"是的。我想向你道谢,因为你为我付出的一切。"帕特里克似乎不知道该如何表达自己的感情。"你让我过去的几个月过得很,嗯,很成功,不管是研究方面,还是在,嗯,其他任何方面。谢谢你。"

这是他在我面前说过的最不清晰有力的一句话了。我把腕套戴在手腕上然后用神奇女侠的那种风格把它举起来让他看。"现在我感觉自己全能了。"

"你比自己想的要更强大,海伦。"帕特里克悄悄地说。那股暖流又回来了。我脸红了,我相信自己在给他发送一个很强烈的"现在就要我吧"的信号。泰德·甘布尔拿着阿盖尔干泡葡萄酒突然出现的那一刻很快就没了。

"有人需要加满酒杯吗？我们一会儿就该去亨廷顿了。简已经到那儿了，她说如果我们喝醉酒而且又迟到的话她会杀了我的！"泰德边说边往帕特里克和我的酒杯里倒酒。其他客人开始慢慢地拖着脚向门口走去了，不情愿离开酒吧的欢乐和温暖气氛而去拥挤的义卖会。泰德转向我说，"帕特里克跟你说我们的联盟了吗？"

"没有。你们组了一个垒球队吗？还是一个喝酒俱乐部？"

"两个点子都很好，但都不是我要说的。我要加入他基金会的董事会帮他的研究筹集资金和寻找资源了！我有一些认识重要人物的朋友，海伦。"泰德看起来似乎没有比现在更开心的时候了。"而且我自己还有希望能去那里挖点东西呢！"

显然他们在几个月前的那次午餐上建立的兄弟情谊已经结成了尊重和友谊的花朵。"现在我得让这群人走了。我相信简肯定在琢磨那些能花钱的人在哪儿呢！"

泰德拿着他最后一杯香槟离开的时候我把头歪向一边张大嘴巴说，"这太好了。他要去你的董事会帮你的研究筹集资金呢！这件事怎么定的呢？"

"我在车里跟你说吧。"帕特里克回答后喝干了他的酒。"但你之前真的应该警告我的。我差点搞砸了。"

"警告你什么呢？"

"我以为这个人是酒保呢，海伦。一个受过良好教育、读书很多的酒保。午饭的时候我跟他聊了好几个小时，而他却从没提过他就是那个拥有一个很健康的信托基金以及其他的绅士业主泰德·甘布尔。所以当他提出要为我接下来三年的研究提供资助的时候我几乎笑了出来。"

"那本来可能会很尴尬的吧。"

"是啊，谢谢你的警告。"他笑道。

"好吧，你已经学到了关于帕萨迪纳的一个很重要的教训。这里的人并不是他们看上去的那样。而你只用了几个月的时间就了解了。我花了好几年呢。"

"我学得很快的。"帕特里克向我伸出胳膊。"我们一起走吧？"

亨廷顿让人眼花缭乱。尽管这宏伟的庭院在白天就已经很漂亮了，但在晚上的时候，尤其是今天晚上，我们就像置身于一个充满财富、特权和多余风景设计的世界里。在一千台吹叶机和在梯子上工作的短期工的努力下，这些花园摇身一变成了古代特洛伊：一轮圆月，上千盏灯和一片通向一个白色耀眼帐篷（受盖瑞建筑的启发建成的）的密集的盆栽橄榄树。这是一个负责防御的建筑吗？一个巨大的特洛伊木马雕塑守卫在庆典活动的入口处，这是由华纳兄弟慷慨捐赠、迷人而疲惫的装饰委员会主席利奥诺拉·迪拉德作保的一个电影道具。

"哇哦，我真是大开眼界了。我以前不知道它会那么……

富有魅力。它一直都是那么有魅力吗?"帕特里克问道,他第一次开始不安地摆弄他的晚礼服了。他挽着我的胳膊肘穿过走廊走进了帐篷里闪亮的灯光和乐队那电能量的包围中。我很高兴他没有牵我的手。会有人看到的。

"对你的第一个问题的回答是肯定的,第二个问题的回答则是否定的。通常情况下是会有媒体和喧闹,但不会像现在这样。还有'娱乐今宵'的工作人员呢!"我一下子失去了矜持,但接着就恢复了平静。"但我想他们是来找奥林匹亚和安娜贝斯的,嗯,不是找你的。"我试着缓和这个消息对他的打击。

帕特里克大笑着说,"海伦,你真的以为我的自我意识会有那么强吗?"

"不,不,一点也不强。就那些成为电视明星的考古学家来看,我觉得你的自我意识已经很低调了。我只是不想让你因为没人拍我们的照片而感到失望。我认为 ET 欣赏的唯一一位考古学家就是哈里森·福特。"

"那我带着我的牛鞭出席是好事了喽。"

"你不会吧!"

他这次笑得更疯狂了。"没,我没有带。"

通向帐篷的那条长长的走廊两边站着年轻而真诚的乐师,他们正在演奏《宾虚》里面的主题曲。他们表演得足够接近原作者了。我跟特兰和他的妻子招了招手,他们站在远处一个阴暗的地方,他们的儿子伯纳德在他们前面。特兰向我竖起了大拇指，而特兰夫人在微笑着向我招手。我正挥手回应她的时候，穿着阿玛尼、戴着耳机的萨拉从阴暗处走了出来。

"终于来了。我们以为你们永远都到不了了呢。"萨拉盯着我厉声说道，然后她转向了风云人物帕特里克·奥尼尔博士。"我找到他了，梅勒妮。他到了。我们来应付媒体。然后我再把他请进来。"萨拉扯着嗓子对着耳机说，她显然在享受跟中子梅勒妮的心灵感应方面的交流。我对萨拉能如此投入其中而感到惊讶，但接着我就意识到在媒体把焦点都放在奥林匹亚跟安娜贝斯身上的时候，萨拉这位永远的公关专家不想让亨廷顿的任何信息点被忽略。她插在我跟帕特里克中间，好像我才是电灯泡似的。"好的，帕特里克，我要带你走过媒体的视线了，你要让他们知道你是谁，然后做你该做的。要表现得有魅力而且一有机会就要提亨廷顿这个名字，好吗？这里有《洛杉矶时报》《纽约时报》《城里城外》，还有各种地方新闻组织，然后是ET，美国名人信息网还有那个小坎迪。就连《考古学》杂志都派了一个摄影师过来。准备好了吗？"

帕特里克让我给他一些指导。"我打赌你现在肯定希望带来了那个牛鞭吧！"萨拉给我做了一个很滑稽的表情。我明白了其中的含义。"我去帐篷里等你。"

他就这样去享受成名的那一刻了，而我独自一人漫步在玫瑰色的地毯上，希望我一个人的出现不会有莎莉·凯乐曼在奥斯卡颁奖的时候的那种绝望。感谢上帝我还有坎迪在！她就在那儿，穿着一件特别的黑色低胸褶皱裙，看起来好像亚历山大大帝时期的一个邪恶的安吉丽娜一样。她正挥手让我去她那个位于入口前面的坎迪网站底盘呢。我微笑着看着她，忽略了那些正在忽略我的媒体。坎迪当众大声喊道，"海伦·费尔切尔德！海伦·费尔切尔德！请你快过来！你穿的那件裙子是古典的麦克法登吗？"

我感觉到有一些摄像机朝我这边拍了，但我不在乎了。终于，我走到了坎迪那边。"你看起来真美！挖掘博士跑哪儿去了？啊，是那个女魔头把他带走了。好吧！不要管了，我要把你登在我报纸的最显眼的位置。当然得在那对拉拉后面，她们刚打电话说很快就会过来。而且我们面对现实吧，如果你跟一个那么迷人的男人手牵手出现的话，这座城市会忙得不可开交的。干吗想要那些绯闻呢？但瞧瞧你现在！我的天哪，那个手镯是什么啊？"

我跟她解释了帕特里克送给我的礼物。坎迪说，"这个礼物可不小啊。这是件好事。求你让今晚变成你人生中最美好的一晚，就算为了我，好吗？就好好享受这一次，不要想太多。今天，什么都不要想。但也不要喝太多酒。如果你们真的发生点什么，我要你记住每个细节。你懂的，那样你就能告诉我了！"坎迪的手机响了，她看了一下短信。"哦，安娜贝斯和奥林匹亚来了！我得集中注意力了。等会再找我吧，宝贝？"说完这句话，我这位认识了14年的亲爱的朋友真的就把我一个人推进了帐篷。

我抓住机会重新补了一下口红然后再考虑最后一次。

坎迪说对了。我最不想发生的就是让艾登或者其他任何人看到我和帕特里克"成双入对的照片"然后开始八卦。坦白地说，我们没有什么可以八卦的。我不应该因为一个吻和一次近距离接触而受到惩罚。除了这个，她说我多想也是有道理的。我需要就用一个晚上的时间摆脱我的忧虑。我能做到吗？

"嗖"的一声，萨拉把帕特里克送回到了我身边。他看起来似乎患了战斗疲劳症，但却松了口气。萨拉指着我开始装作帕特里克根本不存在似的说话。他站在她身后，像一个 12 岁的孩子似的做鬼脸。"他需要在 9 点 37 分的时候做一个短暂的感谢演讲。然后他要留在台上准备特洛伊之行（或者他们想到的其他有趣的名字）的拍卖会。那个穿着银色束腰套装的叫珍妮弗的女孩会在 9 点 8 分带你去后台。演讲应该是不超过 6 分钟的教育方面的内容——关于教育有多重要啊什么的。梅勒妮想在 10 点之前把所有的东西都搞定，不管是发言、拍卖会还是投标。然后大家就能跳舞狂欢了。我相信你准备了一些东西，是不是？请一定要记得提享廷顿。海伦，你明白吗？"

"明白，萨拉。9 点 8 分离开；等 6 分钟；提享廷顿。记住了。"我就能记住那么多了。帕特里克的不成熟可把我折磨死了。

"玩得开心点，帕特里克。留一支舞跟我跳好吗？"他已经恢复了平静。萨拉看了一下她的黑莓手机。"哎呀，安娜贝斯跟奥林匹亚过来了，最近她们得到的关注不够啊。我得走了。记住六分钟啊！就这些！"

萨拉消失在闪亮混乱的人群中的时候，我说，"请你告诉我我没有那么刻板。"

"一点都不。好吧，只是没有那么经常。"帕特里克回答说。然后他有些担心地问，"我不知道还要准备什么演讲。你不会碰巧为我准备了什么演讲吧？"

我猛地从我晚装包里拿出一张折好的索引卡。"你收回说我焦躁的那些话我就把卡片给你。"

"细心跟刻板不一样吗？"

"继续努力。"我朝着肩膀后方喊着，同时还晃着那张写满了要感谢的重要人物名字的三五索引卡。我直奔了野兽的腹部——一号桌。我听到帕特里克在我身后喊着，"是准备过度？很有效率？跟心血来潮对应的那个词是什么啊？"

我为什么会觉得这会有趣呢？接下来的两个小时对我来说就是折磨，还是上流社会风格的折磨。我感觉自己好像被困在一个运作很慢的搅拌机里似的。我作为梅利特·费尔切尔德太太的以前那个生活中的人，像米灵顿妈妈们、义卖委员会成员、梅利特以前的客户、费尔切尔德夫人和她无数的披肩、比利·欧文斯和伊格内修斯那群人、水球爸爸、麦基和米米以及帕萨迪纳跟她们相像的人，都和我以帕特里克研究助理海伦·

费尔切尔德的身份在新生活中遇到的人一起撞击成一团旋转恐怖的浆糊了。新生活里的这些人包括阿佛洛狄忒团队和亨廷顿主任。我成了夹在这两群人中间的受害者。我一边点头微笑并接受别人的美好祝愿，一边还接受着陈旧的追悼。

事实证明，在义卖会上向前迈一步要比一动不动地站在丧礼上困难多了。

这个晚上最难挨的部分就是假装对熟人关于帕特里克提出的无数个疑问表现出毫不猜疑的样子。跟我说说你的护花使者呗，那个有无数披肩的老太太想知道。我是不是可以理解成你生活中有了一个新的男人？义卖委员会的成员问道。那是你的哥哥吗？梅利特在兄弟会的好朋友猜测道。不，不是，我回答说。他是我的老板，我的同事，一个工作上认识的人。我开玩笑说，我劝他说这是为了学校的利益，他才干的。哦，是他吗？他下周二就要走了。直到我们坐在一号桌上这些询问才算完事，这时候我身边都是现在认识的朋友：安娜贝斯，奥林匹亚，萨拉和一点都不认识我的亨廷顿董事会的大部分成员。

上菜的时候我感觉自己像是被剁碎、磨碎然后又被磨成粉似的。而且我过度贴身的裙子上身部分让我感觉更糟糕了。我几乎都不能呼吸。

这时珍妮弗·布拉汉姆拍了拍我的肩膀说，"9点8分到了。你应该把他带到后台了。我们要开始节目了。"尽管她的语气很不好而且完全没有必要，但我还是很开心能有一个借口去藏在黑暗的角落里把头脑理清楚。而且我还能逃脱安娜贝斯跟亨廷顿中世纪手稿收藏负责人上演的关于文物收购的讨论。过去的十分钟里我除了一句"帮我递一下黄油"之外什么都没有说。我拿起我的围巾、晚装包和酒杯然后拍了拍帕特里克的肩膀说，"我们得走了。我去后台那儿回顾一下演讲。"

全身心都投入到谈话中的帕特里克不情愿地站了起来说了声抱歉。"好戏上场了。我还有一个荣誉要接受呢。"

"然后你还要被拍卖给出价最高的竞标者，对不对啊，奥尼尔博士?"安娜贝斯补充道。奥林匹亚大声地笑了出来。她是一个运动好手。

"是啊，我一直在希望某个富有的老太太买了我之后可以让我一辈子挖土。"帕特里克自嘲地说。

小心点希望得到的东西，我想。

后台跟我想象的那个偏僻的密室不完全一样。梅勒妮完全处在她的中子状态下，正朝着舞台监督和职业拍卖师发飙呢。学校管理人缩在附近的一个地方，毫无疑问他肯定是在等他的支票然后赶紧离开。在一群男人中梅勒妮那犹如塞壬一般的声音很突出，但这并不是说她的声音好听。"我再也不会雇一个天气预报员了。真让人难以置信。他竟敢不出现？难道你们不觉得死了一位亲戚这样的借口太老套了吗？谢天谢地我们还有罗谢尔。珍妮弗，她还要多久才能准备好？"

求你告诉我这不是真的。求你告诉我那位穿戴整齐而且可靠的天气预报员杰克逊·斯诺（这是他真实的名字）没有取消预约。他用亲切和热情几乎为镇上所有的义卖会服务过。我还期待着他讲天气方面的笑话呢！不……要……啊！求你告诉我那个肮脏雪莉不会来替他吧。

"她现在涂唇彩呢。再用三分钟就准备好了。"

接着我老公的情妇从便携化妆室里走了出来，她还穿着在"拯救喜马拉雅雪杉"活动上穿的那件绿色雷曼礼服。也许她希望在这勾搭上其他人的老公呢。今晚已经正式变成我人生中最糟糕的晚上了。我的嘴里不自觉地发出了一声喘息。帕特里克听到了。"好的，你不刻板。也没有效率或者我说你的任何其他特点。你是完美的专业人士。这听起来怎么样？现在你能把卡片给我了吧？"

我努力让自己的眼睛从憔悴的、抹了很厚的眼影的罗谢尔·西姆斯身上转移到帕特里克那里。"给你，你需要感谢的所有人都在这张卡片上了。大声读出这些名字来让我听听你的发音。我来改正你发错的地方。"

然后中子梅勒妮和雪莉站在了我们的身边说，"帕特里克，亲爱的，我刚才在上台前就想介绍你跟我们的节目主持小姐认识了。这位是罗谢尔·西姆斯。那个该死的天气预报员取消预约的时候是她在最后关头慷慨提议来替他上阵的。罗谢尔，这位是我们的主宾帕特里克·奥尼尔博士。哦，你可能会认识海伦吧？"

罗谢尔向后甩了甩肩膀伸出手来跟帕特里克说，"奥尼尔博士，我听说了很多关于你的事情了。"骗子。我不认为《美国杂志》上提起过帕特里克，那可是你除了讲词提示装置唯一的新闻来源了。"海伦？"罗谢尔做了一个像狗一样歪头的姿势，装作不认识我。她看起来真可笑，我几乎都为她感到可悲了。几乎。

我从一个难以置信的人那里吸取了一些经验：费尔切尔德夫人。"我们以前见过，罗谢尔。去年你为我主持过一个关于树的义卖会。我确定你那时同样是穿的这件绿裙子。而且我又在我已故丈夫的丧礼上见到过你和你的新闻车。现在你记起我来了吗？"我的语气很单调、平稳甚至致命。一点都不是那个有攻击性而且神气十足的海伦。

梅勒妮和帕特里克呆住了，而肮脏雪莉呜咽着说，"哦，记起来了。"我胜利了。这是我的一个很小很小的胜利。

"好了，这个确定了。"梅勒妮插进来说道，"我们得走了，罗谢尔。我们得让你上台了。你能跟我一起走吗，亲爱的？""好的，我们走。"中子梅勒妮推着惊呆的罗谢尔上台了。肮脏雪莉要想顺利度过今晚还是需要再涂点唇彩的。

"你得把刚才那件事跟我解释一下。"帕特里克用一种崇拜我的语气说道。

"晚点再说。"

在帕特里克短暂的演讲和梅勒妮对于特洛伊宝藏和辉煌希

腊的拍卖物品的介绍之间的某个时刻我恢复了平静。我又能正常呼吸了，至少在我一直在变小的裙子允许的范围内。我会在跟罗谢尔·西姆斯的会面之后幸存，就像我在卖掉房子并且移交我结婚时候的瓷器一样——用一种在接受一件不可避免的事情的时候的那种态度。

生活中的大教训可不可能被理解成"生活就这样发生了"呢？

"是不是有人说两万美元？是不是两万美元？"职业拍卖师已经接过来了麦克风让下面喝了很多果汁的观众陷入了一片疯狂中。坐在后台一个黑暗的角落里我能看到一点点台上那个不自在的帕特里克。拍卖师一喊完拍卖物品的价值，接下来竞标牌就被以同样快的速度举起来。两万五千，三万，三万五千，四万。从我的位子上看不到谁在竞标，但我可以看出竞争的确很激烈。梅勒妮看起来好像她的头要因为兴奋过度而飘走了。她正在一边拿着她自己的竞标牌看着别人竞标。也许她想等到最后的时候投标然后成为英雄？当竞标价达到五万美元的时候节奏就慢下来了，但气氛却更紧张了。就在这时珍妮弗·布拉汉姆飞快地从我身边擦过，手里拿着一张便条。她冲上台阶然后把那张纸交给了梅勒妮。

梅勒妮对着麦克风喊道，"不要出价了。不要再出价了。"要让这句话的效果更彻底，她唯一需要的就是一个德国口音了。房间里的人都满怀期待地安静了下来，又或者是一种对生存的恐惧。"我哑口无言了。哑口无言了！我们刚收到一个超出我们最大期望值的竞标价！竞标人不想透露姓名，但我可以宣布他出的价格。帕萨迪纳，准备好了吗？"

打黑领带的那群人一边像观看《美国偶像》似的发出响亮的掌声和叫声，一边竭尽全力维持自己的尊严。"我手里拿的是为特洛伊宝藏和辉煌希腊出的 25 万美元。是 25 万美元！"现在观众的的确确在欢呼了。

梅勒妮跳上跳下，一边挥舞着便条一边一遍又一遍地重复着那个数字。接着他们开始在台上拥抱，好像他们克服了癌症同时又跟甲壳虫乐队重聚了似的。梅勒妮，拍卖师，管理人，罗谢尔和珍妮弗不管三七二十一都抱在了一起。哦，拜托，罗谢尔是哭了吗？

帕特里克站在一边怀疑地摇着头。谁会为了跟他一起旅行而花上那样一笔钱呢？梅勒妮也在问同样的一个问题，"这个是已经查实了的匿名投标。但能不能请那位投标人现在上前面来？您的贡献将会对帕萨迪纳的学生起到很重要的作用。拜托了，您应该因为自己的慷慨而接受您的荣耀。"

人们都伸长了脖子，紧张的掌声也变成了催人行动的拍手声。我透过帘子去看是哪位帕萨迪纳的旧富或者新贵会站起来被大家认识。没有人真的想隐姓埋名，不是吗？是甘布尔家族吗？还是蒙塔古家族？还是那个喜欢道奇队的家伙？还是那些发明便利贴的人——艾弗里家族？拍手声变得更响亮更迫切了。梅勒妮又试了一次，"拜托了，善良的人，让我们说声谢谢吧？"

然后二号桌上站起来一个人，她竟然是克里特蛇女神。费尔切尔德夫人站了起来，她高挑而笔直的身体正在往舞台那边挪动。身穿一件金色典雅而且饰有金银箔片的裙子，头上戴着一大块黄金饰品，她是今晚最闪亮的风景。她慢慢地享受着这一刻，创造了一出绝无仅有的大戏。她示意麦基和米米随她一起上台。当然，她们也上去了。

米莉森特看起来并不像是在人群中寻找我的样子。

从我坐的地方看着她走向舞台的时候，我清楚地知道了一件事情：她根本没想隐瞒自己的名字。费尔切尔德夫人从袖子里拿出来一张小纸条。这是为她演讲做的笔记。真是太不可理喻了。

就在这个时候我突然意识到这整件事情就是一出戏。而梅勒妮就是联袂主演。这就是她根本不举牌竞标的原因。她知道费尔切尔德夫人在竞标开始之前就已经出好价了。

费尔切尔德夫人低着头并且做祈祷状，她装出一副很谦虚的样子跟帕特里克打了声招呼。她在梅勒妮脸上亲了两下，然后拥抱了一下脸红的管理人。而且一如往常，她完全忽视了罗谢尔·斯拉斯基张开的双臂。她一边接受着别人的吹捧一边走向了放麦克风的地方。终于，在回应完桌上那些忠诚于她的人站着给她的喝彩之后，她开始了她早就准备好的演讲，"我希望我的儿子梅利特今晚能在这里……"

空气。我需要空气。

"嘿，我一直在找你呢。"帕特里克发现我正靠在外面的帐篷杆上盯着月亮看呢。"你是想把自己藏起来吗？"

"是的。但我知道你会找到我。你是考古学家，不是吗？"

"你刚才看到了吗？"帕特里克对过去的这几分钟里发生的转变表示既开心又困惑。

"你的愿望实现了。的确有一个富有的老女人赢得了你。"

"是啊。这件事很诡异，不是吗？她不是你的……"

"是，是的。"关于这个话题其他没有什么好说的了。至少，当时没有了。

帕特里克向我伸出手然后把我搂在了怀里。我把头埋在他的肩膀上，闭上眼睛想象我们在其他地方的场景。"你现在想干什么呢？"他轻轻地问道。

我毫不犹豫地说，"我想脱掉这件裙子。"

第二十二章

"你感觉怎么样？"

"太好了。完全……满意。"

哦，我的确是这样觉得的。豪华的朗廷酒店的客房服务送来的高档芝士汉堡包（带红薯条的）跟广告里宣传的"送到您门口的最美味的汉堡"完全一样。它 36 块的标价，再加上税、消费和服务收的钱，每一分花的都很值。巧克力奶昔就太不值了，但帕特里克坚持要我点。在我喝花草茶的时候他几乎把它喝光了。

五校义卖委员会为了感谢他对拍卖会的捐赠和其他服务在著名的朗廷酒店和温泉馆给他订了一间简单套房。帕特里克周末可以住在这儿，我们一起离开义卖会的时候他跟我解释了义卖会上的场景。"你在开玩笑吗？我当然要接受了。我经常旅行，但我去的地方没有多少五星级酒店。大部分地方在前院还有山羊呢。而且我住了好几个月的职工宿舍已经没那么好了，因为隔壁搬来了一个植物学家俱乐部。我跟你说，植物学家是很能开派对的。"

他很乐意地接着说下去，也许是为了不让我去想我那个不愿为艾登拿一分钱学费的婆婆刚为陌生人交了25万块的学费的事情。或者我丈夫的情妇穿着那件一年前她在化妆室取悦我丈夫的时候穿的衣服出现在义卖会上的事情。他继续喋喋不休地说着。如果我坐在司机的位置，而他是那个吓呆的乘客的话我也会像他这样喋喋不休的。"再说，这个房间有一个秘密入口。我保证不会有熟人。只有我们两个。"

"那真是太好了。谢谢。"我回答。

他说得对。我们偷偷地走进了他的房间。房间里有一股干净的亚麻布和薰衣草的香味。灯光很暗，而且我可以听到不远处义卖会上的乐队演奏的声音。我一点儿都不觉得尴尬。在一起近距离工作这段时间我们在一起很自然。而且逃离义卖会给了我一种很明显的解脱的感觉。

第一件重要的事情就是脱掉我这条玛丽·麦克法登的裙子。帕特里克的计划是先解开上面，那我就要采取紧急措施保证B罩杯的裙子上身不要暴露我C罩杯的胸部了。在几次失败的尝试之后，他问道，"我要不要给下面的服务台打电话要个铁锹啊？"他这句话让我笑得全身抖了起来，这么一来衣服更难脱了。

"不要撕破了。这是租来的。"我反对道。帕特里克笑得太厉害了以至于他几乎都不能发挥完成这项工作需要的动作技能了。

最后等我可以自由呼吸的时候我去洗手间继续完成脱衣服这个程序。他扔给我几件运动服和我们初次见面他穿的那件条纹毛衣。我很感激地把它们穿上了。我感觉自己像一个穿着男朋友衣服的女大学生。这时又飘来了一阵柠檬马鞭草的香味。我解开了头发，把新接的头发甩开，然后又抹了抹口红。从镜子中自己的样子我意识到自己已经从帕萨迪纳的海伦变成了现实中那个普通的海伦。

至少我还抹了口红。

客房服务送到的时候我已经把我的故事都讲完了。嗯，至少讲完了关于我最后那年生活的一个短暂和幽默的版本：我平淡无奇的婚姻；梅利特除夕晚上的坦白；熊猫彩车造成的意外；几乎让我一无所有的经济困难；艾登漫长而痛苦的高中录取过程；最后还有我对未来没有工作、老公和房子的恐惧。我用了大概 25 分钟的时间回顾了一遍那一整年。而且说实话，想到"没有工作、老公和房子"那部分的时候我感觉充满了活力。"有趣的是并不是只有坏事啊。比如跟你相遇，跟你一起工作，发现自己热爱的东西，这些都……都很棒，而且改变了我。"

然后我匆匆地吃完了芝士汉堡包，而帕特里克在倾听我这些话的时候把奶昔喝完了。"每个人都有一个让人感到意外的故事，海伦。今年夏天我们不是已经证明过了吗？现在我知道你的这个故事了。而且，我可以补充一句，你是一个好演员，所以也许艾登从你这里遗传了这个特点。我永远都不会猜到你生活中发生的这些事情的。"

"我在办公室没有演戏。我是在逃避。不管是鲁迪和索菲亚的婚外恋，还是海伦和帕里斯色情的那一面，这些都比我自己老公的行为更容易接受。"

"这就是考古学的特点。你可以如此陶醉在别人的生活中，而却忘记了你自己的生活。"

"你说的是你的故事吗？"

"我明天再告诉你。"帕特里克光着脚、穿着西装裤把客房服务推车推到了门外，也许是因为我穿了他的家居服吧。明天再告诉我？"好的，问你个问题：你想让我把你和你的裙子送回家吗？"他靠近了一点；我站起来看着他的眼睛。"还是你今晚跟我在一起？"

我拿着裙子回家只会有一个原因：我不知道会发生什么。我不知道跟他待一个晚上结果会怎样。在过去如果我不知道的话我就会离开。但现在不会了。

"我想留在这儿。"

"你确定？"

"百分之百确定。"

就连帕特里克那双在我光光的背上上下抚摸的手都不能让我放松下来。不要想了，海伦！我努力让自己专心感觉他的肌肤在我肩胛骨、前臂还有臀部的触摸。我是在颤抖吗？是不是很明显？帕特里克想俯下身亲我的时候一下子停住了。"你很紧张。"

我猜我的确是在颤抖而且颤抖得很明显。拜托，不要让我把这个搞砸了。我让自己抱紧他的身体，好像跟他身体上的接触会给我继续下去的勇气似的。"我已经很久没有……"

"我明白。"帕特里克抚摸着我的头发。他的嘴唇先是摩擦着我的脖子，然后是我耳朵顶部，接着是我的耳垂。他的手向下滑到我的腰部然后毫不费力地将肥大的运动衫脱掉了，接着他强壮的双手开始抚摸我的背部。他的毛衣到我的大腿，但我下面什么都没有穿，这点他的手已经发现了。看他激动地吸了口气，我知道这是一个很开心的发现。我也深吸了口气。

帕特里克的嘴唇在我身体上不断地亲吻着，丝毫不让我逃跑。"记得那天在办公室我第一次给你看挖掘场的照片，而你因为太努力地想看却看不到的那个古代的轮廓和高度变化吗？"

我一边有点害怕地用手抚摸他的胸口一边点头道。"记得。"

他的嘴唇在我的额头、太阳穴和眼皮上找到了我的兴奋点。"然后你放松了。你不再那么集中了。最后你就看到了。"他的手穿过毛衣微弱的保护层又一次摩擦到了我的后背。"像那样做，海伦。"他的手指滑过了我的胸口然后又回来继续抚

摸。我马上回应了他。"放松。""呼吸。"他的腿跟我的腿交叉在
了一起。接着就和以前一样，帕特里克用粗糙的手指轻轻地摸
了摸我的侧脸然后低声说，"不要集中了。"

我照做了。

他的嘴唇最后跟我的嘴唇相遇的时候，我除了幸福的感觉
什么都意识不到了。还有，哦我的天，那种想拥有一个男人、
强烈地想拥有帕特里克的感觉。在房间的正中央我们两个的身
体紧紧地靠在一起，我们身体产生的力量让对方都不至于掉下
来。他的嘴巴一开始很温柔，但接着就没那么温柔了。任何的
犹豫都消失了。我的双手恢复了活力，也开始找寻他。我禁不
住地想一个劲儿地拥抱他，就好像我一辈子都没有真正拥抱过
另外一个人一样。我需要感觉他皮肤靠紧我身体的感觉。他的
礼服衬衫被一点一点慢慢地脱下来了。我欣赏着他健硕的身
体。如果说这个男人身上有什么缺点的话，我真的没有看到。
他的完美很真实。我把他都看得清清楚楚：他漂亮的胳膊，我
已经盯了好几个月的他那深深的锁骨，还有我想用手指触摸的
他那完美的胸毛。太阳和星星图案的文身。哦，他的样子真
帅。我低了低头，因为自己的欲望而不好意思抬头看他的眼
睛。我用嘴唇轻轻地吻着他。帕特里克呻吟了一下，这是被勾
引起来的那种甜蜜的声音。"海伦……"

"我没有集中，就像你告诉我的那样。"我挑逗他说，同时
用嘴唇轻柔、缓慢地吻着他，小心翼翼，又充满感情。他全身

都因紧张而僵硬了起来。

"你不要集中在床上怎么样?"我轻轻地抚摸着他的手臂,他的肩膀,他的手也盖住我的。我轻轻把他推到了床上,享受着他的快乐。帕特里克在这张普通但很凉爽、挺括的床单上伸直了身体,一直在看着我从那边靠过来。我跪在了床垫的边上。他的嘴角邪恶地上扬了一下,"我想现在把我的毛衣要回来。我感觉有点冷。"

"哦,你永远都不能把这件毛衣拿回去了。"我张开双臂,用力抱紧他,用撒娇的语气对他说道。"这是那件独一无二的条纹毛衣。"

"是什么?"他用胳膊肘撑着身体,突出了一大块腹肌。"那件独一无二的条纹毛衣?"

"我们相遇的那天你还穿着呢。在黛安娜雕像旁边。"

"我记得。当时你围了一条很漂亮的围巾。"帕特里克伸出手来抱紧我的腰,然后温柔地在我的后背上下抚摸。"你那条围巾还留着吗?"

"留着呢。"

"也许我们可以做个交换。"

"成交。"我退后了些,对于必然会发生的事情我不想操之过急。

帕特里克放松地把头躺在了枕头上。他的眼睛是深蓝色的,但已经不再有玩世不恭的感觉了。"现在拜托你不要说话然后把那件毛衣脱掉。"

然后我照做了。

酒店房门的叮当声表明现在可以起来在房间里走动了。帕特里克已经出去了，而且根据我在假装睡觉的时候偷窥到的他穿的衣服，我猜他是出去跑步了。但他没有忘记在我床头柜上留一大杯咖啡、一个烤饼、一个购物袋、各种杂物和一张纸条。

我打开灯然后拿起了咖啡。纸条上写着：我去跑步了，10点钟回来。不要离开。

不要离开，好浪漫啊。

打住。你说过你不会再走那条路的，海伦。

我开心地打开购物袋，而没有不切实际地幻想我们从此幸福地生活在一起的景象。这是从 SPA 馆买的一件很可爱的长袖运动服。这套天鹅绒运动服上衣是连帽卫衣，下身是低腰裤。它曾经流行过一段时间然后在被湮没一段时间之后又继续流行，这是因为这种天鹅绒衣服太舒服太漂亮了，所以永远都不会过时。这正是我从来不会给自己买的那种家居服，因为我害怕因为自己大腿外侧的肥肉而永远都不能穿出那种随意而性感的感觉来。但帕特里克却觉得我可以！还是炭灰色的，我的颜色哦！我再一次告诉自己不要期望得太多。

这是我告诫自己的话：他周二就要离开了。而你要继续留在这儿。你们都是成年人了，肯定明白这只是一夜情。他的生活会继续。而你也会继续你的生活。你满足了自己的欲望。他同样也是。这件事很美妙，但已经结束了。

很美妙，但是已经结束了，我大声地重复了一遍，好让自己彻底明白过来。

想到这里，我跳下床走进了浴室。我有点不情愿把昨天晚上留下的痕迹给洗掉。

帕特里克看到我坐在房间外面的阳台一边俯瞰着游泳池那块漂亮的地方，一边为自己能穿这件天鹅绒运动服而感到一种开心的成就感。我全身上下每一个细胞都欢欣雀跃。

在他回来之前我一直在回复蒂娜昨天晚上给我发的短信，先是一个比一个显得更着急，然后就平静下来了：

你在哪儿？

哦，我的天哪，是肮脏雪莉。

哦，我的天哪，费尔切尔德夫人在搞什么？

你还在这儿吗？

你需要我送你回家吗？

你还好吗？我猜不是很好。祝你好运吧。

早上给我电话。

坎迪只给我发了一条：我勒个去，你应该拥有人生中最美好的一晚。去争取吧。

终于，丽塔给我发了一条短信：已经帮你找到房子了！在圣·皮尔费科特阳光街 1112 号。一点见。

我给蒂娜回复道：我活着而且挺好。很好。

我给坎迪回复说：我争取到人生中最美好的一晚了。

我给丽塔回复道：一点见。

我刚收起来我的手机，这时大汗淋漓的帕特里克就进了门，他穿着跑步短裤和一件阿森纳 T 恤。"嘿。"

"嘿。"显然，时间和人生阅历并没有让第二天早上发生的这个场景变得更容易些。我要找的是完美地结合在一起的热情和沉着。"你真的很能给人提供东西：食物、住处、牙刷还有天鹅绒运动服。谢谢你。"

"还好那个 SPA 馆那么早就开门了。我觉得那个号稍微比那件带绒毛的睡衣好点。尽管我个人比较喜欢任何带绒毛的东西。"他说着便从小冰箱里拿了一瓶九块一瓶的水喝了一大口。"我觉得你不会想穿着那件裙子走过大厅吧。周日来吃早午饭的人中有一半都是昨天晚上刚参加完派对的。他们恢复得真是快啊！"

当然了！朗廷酒店的早午饭是刚参加完派对的人典型的聚会场所！"嗯，朗廷酒店新来了一位厨师长，而且他真的很棒。"我用模仿费尔切尔德夫人的声音说道。然后我又用自己的语言补充道，"而且我想如果你真的能认出朗廷酒店早午饭上的人，那说明你跟这里完全搭调。"这是一个帮他拜托麻烦的完美的机会。"你能在帕萨迪纳把你吞没之前离开真是一件好事。"

"谢谢你的警告。我想我走的时间很及时。"他笑道。然后我们轻松的谈话到此就结束了。他似乎在想办法谈到那个不可避免的话题。"海伦,你知道的,我的生活使我不能拥有很好的男女关系。直到现在,我的工作还是我的全部。我每年有部分时间住在雅典,然后夏天的时候待在土耳其。这期间我会去旅行。我几乎没有什么赖以生存的东西……"

这次换我做主角了。我举起手说,"帕特里克,我昨晚过得很开心。但我明白你的生活是什么样子。我的生活也不再那么容易培养恋情了。所以你不用作任何的解释。拜托了。我明白昨晚意味着什么。我明白。它只局限在这里,不再有其他意义了。"

我们的目光相遇了,然后不自在地在脸上停留了一会儿。

"哦,好的。"他犹豫地同意了,看起来对我的先发制人似乎有点惊讶。我把他的话打断了吗?他刚才是不是要表达相反的意思?"我只是……不要再想了,你说得对。我们的确要回到各自不同的生活中去,海伦。我想本来就应该是这样的吧。但昨天晚上我,嗯,很开心你能陪着我。"他深吸了一口气,好像这部分谈话已经结束而他感到很解脱似的。然后是长时间的沉默。"那么,接下来干什么?我说的是今天,今天接下来干什么呢?"

我几乎要脱口而出,"去跟我看房子吧!"但我控制住了自己。如果这是一场正常的恋情,如果帕特里克不会在两天后离卉，永远都不回来，如果我不应该依然为死去的丈夫哀悼，那么就没有什么比跟新男友待一天更甜蜜的了。这是我幻想中的世界：一顿漫长而慵懒的午餐；去一所漂亮的房子；一起在餐桌上吃饭的时候让帕特里克跟哀悼相互了解一下。

但这不是幻想中的世界。而且我试着让帕特里克融入我在帕萨迪纳的生活的想法只会让下周二变得更加难以忍受。

所以我编了个谎把他打发掉了。"我等会儿还有件很重要的事情要办。你知道的，是艾登的事。关于费尔切尔德家的。而且……"我开始东拉西扯了。"你肯定还要忙着收拾东西和其他很复杂的事情。哇哦，你两天后就要走了。我真的想象不到你要忙那么多的事情。真遗憾……"

真遗憾什么？真遗憾我没有在 20 年前遇到帕特里克？

"……时机不对。"

"是啊，真遗憾时机不对。"他盯着我看了好久才说。"我确实有些事情要忙。但你能不能先吃午饭呢？吃点比较省时间的东西，比如炸玉米卷？"他脸上又露出了那个微笑。

"当然可以了。"吃炸玉米卷也好，吃硬纸板也好，随你便。

"要不要洗个澡？"

我歪了下头说，"我刚刚洗了。"

"我想你也许还需要洗一次。"这位考古学家边脱衬衫边说。"我知道我需要。"

也许我可以学着喜欢这个不抱期望的态度。

我家没有比那晚更安静的时候了。梅利特死后，为了掩盖那种安静，我已经习惯了打开电视、收音机和音响等任何可以制造噪音的东西。但那天晚上我却独自一人坐在客厅里拥抱那片宁静，甚至都忽视了手机的铃声。是安娜贝斯来的电话。接着她又打来了一次。这真奇怪，我想。我还是明天听听语音信箱吧。

艾登还没有睡，他正毫无兴致地用最后几周在米灵顿学到的东西艰难地做历史作业呢。只要不挂科就行，我哀求过他。全部通过然后你就自由了！他现在正为自己不拿 D 而努力读书呢。

我一边慢慢地喝酒一边盯着校历，这是我非数字化生活的最后一丝残余。我在接下来的六周里需要做的事情都被分明地写在了具体的日子里，都老掉牙了：帕特里克离开，参观表演艺术学校，最后一天在亨廷顿工作，跟费尔切尔德夫人过母亲节，最后被拍卖的艺术品，古董商人来取客厅套件，艾登的考试，跟会计开会，艾登的毕业典礼还有搬家公司要来。我在写着搬家的那个日子上又加了一条：阳光街上的那套房子收盘？

正如丽塔曾经保证的那样，阳光街的平房是帕萨迪纳典型的工匠建筑的一个完美而精致的范例，就像我对《日落》杂志幻想的那样。这套房子小而舒适，而且价格我也可以承受。里面有两间卧室，一间浴室还有一个小阁楼（艾登在这儿可以逃避我的监视了）。厨房更整洁而且跟邮票一样大。客厅里有一个壁炉；用来吃饭的小角落里有一扇很脏的玻璃窗户。外面门廊的宽度足够放两张椅子和一张桌子，所以我们可以坐在门前看街对面的车辆和行人。花园很耐旱没有任何负罪感，在很小的后院里有一个火山坑和一个户外淋浴。在蓝绿色包围的条件下，这座房子随时可以搬进去住。如果我的生活就是一部瑞茜·威瑟斯彭拍的电影的话，那这里将会是拍摄的最佳场景。

　　"要是你不出价的话我就把你宰了。"丽塔在客户还没有开家庭招待会之前带我看房子的时候说道。"现在就出价吧，家庭招待会一小时后就开始了。我想让你在他们向其他人打开门的时候就公开你的出价。"她挥舞着双手，含糊地跟我暗示很快就会有许多人愿意成为我这里的邻居。"你能在这里开心地过上好几年呢。你还年轻，你会遇到一个好男人的，不管他是丧妻还是离婚。而且你很快就能住上大房子。不用担心。这种情况不会持续很久，但按目前的状况没有比这个更好的了。"

　　这种情况不会持续很久，但按目前的状况没有比这个更好的了。这句话应该成为我新的座右铭了。而实际上，按目前的状况这座房子确实很完美。除了拐角处那家叫"唐邹鸡"的餐厅有点煞风景之外（不过好消息是我们随时都有的吃了），这座房子提包入住的状态再加上一个相对来说比较好的街道环境很令人满意。而且这里距离火车站也很近，艾登以后上学需要坐那班去市区的火车。这样一来他就可以自己来回了。如果我得在某个地方的一间办公室里工作的话，这是一个很大的优点。

我跟艾登说阳光街的时候，他只是简单地说了一句，"好啊。我迫不及待地想搬家了。我们的房子让人感觉没有那么舒服了。"他说对了。我们确实感觉像是住在别人家似的：梅利特的家。我也迫不及待地想搬家了。

我出了全价。

现在我正坐着看我的日历呢。在搬家那天之后的日子里我什么都没有记。什么都没有。

我周一早上回去工作的时候脑子里只有一个想法：不许哭。

在工作结束要跟帕特里克道别的时候不要变成一个东拉西扯的傻瓜。振作起来，海伦。你以前在丧礼上能做到，现在也可以。这句很能鼓舞我的士气。

我那天早上不急不忙的，因为我不想去早。如果他能先到然后我戏剧化地出现会更好。我穿上一条牛仔裤和一件贴身的 V 领 T 恤。我想我的着装在告诉他，"我来这儿是把你打包好然后寄到莫斯科去的。"而且我不会把自己的感情表现得很明显，尽管从一个正确的角度任何人都可以看清楚我衬衫里面的肌肤。我喷了些香水然后涂了点口红。我的精神极度紧张。

咖啡和烤饼是我想出的一个好点子。在我和帕特里克的肉体关系结束以后，为了避免尴尬我觉得一些小道具会派上用场。酒店服务很棒，真的很棒，尤其是洗澡的时候，肥皂沫是太多了。但那都是 24 小时以前的事了。据我推测，我们现在义成了同事了。我想我双手都拎着东西进去的话就能避免要不要亲吻的窘境了。大家都知道你是不能去拥抱一个用托盘端着咖啡的人的。计划得真周详，我想。

办公室的景象让一切都清晰了起来——正如往常一样，我又作了太多计划了。

帕特里克已经走了。他的桌子被清空了，文件也被装在箱子里了。整个房间里到处都是写着地址和说明的便利贴。

他走了。

我想我不擅长跟人道别。

我桌上有一张纸条。还有从亨廷顿礼品店寄来的一个包裹！好吧，他妈的，我不需要装饰纸的负担。哦我的天啊，我愤怒得只想大喊，但我没有，我怕图书馆那个听力极好的凯伦会听到。相反，我把桌上的烤饼都打碎了。

他怎么可以这样就走了呢？真是一个懦夫。

然后我读了那张纸条：

海伦，

我在最后一刻改变了计划。我得中途留在伦敦工作好看我的女儿。她没事，但我需要待在那儿。我昨天晚上不想去你家打扰你，因为你说你家里有点儿事。

我希望你理解。

我自己尽可能地清了一遍，我希望那些说明对于该如何处理每个箱子作了清楚的解释。我以后还会寄给你一些说明。

如果你有问题就给我发邮件。

我从没有想过在帕萨迪纳我会在个人和工作方面有那么多的收获。海伦，你就是那个意外惊喜的一部分。

请你打开包裹。我已经履行了我们协议中规定的我的义务。

帕特里克

我把手伸进包裹里取出了那件条纹毛衣，上面依然还有柠檬马鞭草的味道，依然还有帕特里克的味道。

我哭了。

第二十三章

我们在绕着玫瑰碗跑步。这是坎迪、蒂娜和我第四百次走完这三英里路了吗？还是第四百万次？谁知道呢？我只知道早起并且将帕萨迪纳七月份的酷热打败让我感觉很好。

"这就是事情的整个原委。"坎迪叙述道，"坎迪网站蒸蒸日上，我也许能在《走进好莱坞》上得到一个定期演出的机会。而我那个好女儿还是觉得不想去罗利上学。她竟然要拒绝候选名额的机会！我要跟那些劳累过度的天主教妈妈们一起去神圣姐妹。至少我不用为妈妈俱乐部会议准备服装了！我想在你第五次参加高中活动的时候就不会在意自己的样子了。跟一群衣服尺码都是两位数的妈妈们待在一个房间感觉该是多么清爽啊。一年前谁会想到我的女儿会穿苏格兰裙去上学，而你的儿子会上名校而且在餐厅里跳舞呢？好了，接下来聊什么？"跟往常一样，坎迪仍然是一个很好的主持人。她在散步过程中引导我们的谈话，然后在聊下一个人或话题之前让我们尽情地聊，然后尽情地发泄。

蒂娜已经跟我们宣布了她的假期计划：首先当然是去拉霍亚海滩俱乐部，然后跟安德斯的家人在明尼苏达州待一个星期。她说他们住在一间长满蜘蛛和霉菌的偏远的湖边小屋里。而且那里有上万个湖，而他们每年都去那一个很糟糕的地方。

蒂娜还告诉我们说莉莉很快将去参加西班牙语学习训练营，然后在女子规则领导训练营待一个星期。接下来的一段时间再做一些像"跟贫困儿童下象棋"这类的社区服务。

大学期间积累经历的过程已经在周斯温森家里开始了。

接着让我和坎迪震惊的是蒂娜跟我们说她有了新工作。在她从感情上、服装上和法律上给了我一些引导之后，她有了一次顿悟。她这套特别的能力对于刚离婚或者刚丧偶的女人是很珍贵的。她现在把自己宣传成一位律师兼生活教练，专攻"精神、服装和合同的创后恢复工作"。

"蒂娜，你这瞄准市场的主意太聪明了。"坎迪赞扬了她，而我也很赞同。"我会在网站上给你来个特写的。海伦，你得给蒂娜大肆宣扬一下。你是应对创后恢复的模范人物呢！"

蒂娜看起来自我感觉极其地好。"谢谢你们。我还担心你们会觉得这个主意很烂呢。但我觉得我有天赋！这个天赋有时候是从一个离婚协议开始的。有时候则是从你的衣柜开始的。而且说实话，我做了十年的志愿活动，现在我也想拿到自己应得的报酬了！"

"祝你多挣点工资！"坎迪为她作证。她的心情好得有点疯狂。这肯定是因为刚结识了镇上刚单身的那位顶级皮肤科医生。不提感觉好先生了，坎迪已经找到长得帅先生了。她从义卖会的无声拍卖里面买了一系列肉毒杆菌注射，只要注射一次就能让这段恋情开花了。尽管她发誓说再也不跟医生谈恋爱了，但显然皮肤科医生不属于这个行列。过去的两个月里他们的恋情很热烈，但一直很低调。她越不愿谈起一段恋情，那就说明这段恋情对她来说越重要。而对于这位接触的医生，她除了一句"最好的慈善捐赠人"之外几乎什么都没有透露。他会是她的第三任丈夫吗？

"坎迪，你最好在跟好莱坞明星接触的时候小心点。你讲话开始有点像假人了。大肆宣扬那个词不是动词。"我说，"不过当然，我会为你的工作写一份认可资料的，蒂娜。你还想要之前和之后的照片吗？"

"我爱死这个了！"坎迪喊道，"嘿，好莱坞制片小姐，还有玻璃暖房呢。有好听头衔的人是你，又不是我。而我那天确定听到你说过'门前'，被逮到了吧。"

"工作怎么样？"我们转过玫瑰碗最西北边的拐角的时候蒂娜问道，话题一下子转向了我。

"还是跟梦里的一样！感觉很好。"我这个理想的工作是在帕特里克离开的那场噩梦之后开始的。安娜贝斯和奥林匹亚坚持让我去比弗利山庄吃午宴，虽然我都不能考虑，甚至盛装参加一个好莱坞规模的午宴。我的心都碎了。但我还是勉强下了床然后穿上了 5 号工作服、一条新款卡其裤和一件 V 领羊毛毛衣。在那个庄严的地方一开始是吃午饭，后来直接变成了喝酒、狂笑和拜访茱莉亚·罗伯茨的三个小时。期间阿佛洛狄忒传媒公司给了提供了"醒龊考古学家"节目的执行制作人的职位。我差点从椅子上掉到一个盆栽里。

奥林匹亚用她那完美的措辞和同样完美的肤色坚持说没有我沉着而博学的能力他们根本做不了这个节目。我在帕特里克那个节目中的表现（研究话题；安排工作人员和地点；跟导演交涉；为主持人写问题；和被访者排练答案还有为所有人拿咖啡。显然，这说明我还有节目制作的能力!）已经证明我是这份工作的不二人选。最后奥林匹亚说只有我明白他们的语言而且有完成这项工作实际需要的职业道德。

安娜贝斯也插进来满足我的虚荣心了。我整理了施里曼的日记，让帕特里克的状态达到最好而且还弄对了所有的制作细节，甚至具体到公寓里的鲜花摆放。这种和娱乐天分相结合的学术手段正是这个节目所需要的。

当我反对说我之前从没有为哪个电视节目做过执行制作人的时候，他们都笑了起来。奥林匹亚说道，"我们也没有，但这也没有阻止我们前进啊！电视里全部都是那些只了解电视的人，这不是现实生活。你了解一些关键的东西，海伦。你知道如何完成工作。"

虽然我努力去想出不接受这份工作的理由，比如 15 分钟的乘车时间，旅行需要的时间和潜力，但真的没有能阻止我的实质性理由。我得接受这份工作。当场就接受。所以，在距离上次领薪水 15 年的时候，在我丈夫去世 6 个月之后，在帕特里克离开一天之后，我变成了"龌龊考古学家"节目的执行制作人。

接下来的一个月，我每天上班的时候都会掐自己一下。我保住了在伯班克总公司的职位，每天就忙着推荐一些片段，预约客户，提前采访嘉宾和决定用什么样的音乐、图形和艺术品。这都是我在多年做志愿活动或者帮艾登完成项目的时候做过的事情。我喜欢这个工作的每个方面，尤其是能跟奥林匹亚和安娜贝斯一起共事。她们满世界地飞，她们在从秘鲁到巨石阵的各大考古点拍摄，还经常打电话问我有什么建议或者消息。

"你可以自由地像对你儿子那样对待其他的制作人员。把所有的东西都重复十遍，如果有必要也可以向他们表达意见或者发发脾气。那样就会奏效了。他们会做所有琐碎的事情——日程表啊，旅行细节啊，拍摄签证啊之类的。我们需要你掌管全局。"奥林匹亚建议我，然后用念台词的声音轻轻地说，"还有就是保证安娜贝斯不疯掉。"

我就是按这样做的，除了朝其他人发脾气以外。那不是我的风格。我已经接受了费尔切尔德家族多年的压抑，现在已经喊不出来了。事实上，做电视节目的执行制片人跟主持写字节目没有多大区别。

可能前者还要比后者容易一些。

但我没有把这个告诉蒂娜和坎迪。我正在享受镇上的人对我的工作表现出来的钦佩，而不是对我配偶的工作表现出钦佩，而这么久以来事实一直都是后者。而且，我需要一些建议。"事情是这样：安娜贝斯和奥林匹亚想让我去土耳其的特洛伊遗址跟帕特里克做一个跟踪采访。她们觉得我们的试播集里会需要。帕特里克在莫斯科学到了什么呢？普里阿摩斯的宝藏是假的吗？他给出证明了吗？你知道的，就是一些很基础的问题。总之，从面试方面看是很基础的。我只是觉得我办不到。我不知道自己能不能面对他。我不知道该怎么办。"

"去！"蒂娜和坎迪异口同声地说。

"但万一我到了那发现不应该去怎么办？万一很奇怪很尴尬怎么办？我一直在想也许是我把我们的关系幻想成情侣关系了。"

坎迪知道该怎么回答。"你没有幻想在朗廷酒店的那个晚上啊。首先，看到你离开那个酒店的人比你想得要多！其次，你应该享受一些快乐。那为什么不去享受呢？去特洛伊享受一次惊人的探险。这有什么错啊？"

"感觉这好像完了，结束了一样。"从帕特里克那些商业口吻的通信内容来看，至少帕特里克是这样想的。他告诉我研究的最新进展，给我发遗址的照片而且还要求我给他看关于电视节目的新闻和文件，但他从没有提过任何个人关系的事情。他友好而热情，但却一点都没有挑逗的意思。他似乎已经忘了我们在一起的那个晚上了。

但我没有。在他离开后的八周以来，我一直都在想他，尽管我经常试着用大量的工作和生活琐事让自己把他抛到脑后，我让自己投入到艾登毕业派对的筹备工作中，又在费尔切尔德夫人对艾登换高中表示不满之后让自己振作起来。我拿着东西从一所房子搬到另一所房子。我看着伊米莉亚嫁给胡安然后又在她去给那对同性恋情侣工作的时候送给她祝福。我那个夏天还把艾登送上去俄勒冈的飞机，让他跟我弟弟一起在河边工作，跟我那对疯狂但很喜欢艾登的父母一起生活。我一有空就工作，努力让自己快乐起来。我甚至还因为最后那一年发生的事参加了又一轮的悲痛恢复治疗。

而我依然不能把帕特里克从我的头脑中抹去。

他每次给我发那些单调的邮件我都会兴奋不已。最简单的实时讯息都能让我脸红。我回想在朗廷酒店的那个晚上，见鬼，我一遍一遍又一遍地回想我们有过的每一次接触。"我想我需要一个信号可以告诉我飞越半个地球出现在帕特里克的挖掘场不会是一件很丢脸的事情。跟希腊人一样我也需要一个螺旋钻。我想有个人可以读懂鸟的想法然后告诉我该怎么办。"

"你真的需要一群鸟去告诉你该怎么办？有时候你要比你想的更像你那位嬉皮风格的妈！"我何尝不知道呢。在我们转过玫瑰碗的东北角往家那个方向走的时候，坎迪问道，"蒂娜，你这位生活教练有什么建议啊？"

"是啊，如果你想要我帮你宣传，那就告诉我该怎么办。"

"海伦，想想你今年学到的东西然后用在实际生活中。"蒂娜用她那迟钝的生活教练的口吻说道。

"什么？这就是他们在生活教练学校里教给你的吗？这可没什么用啊。做回平时的那个蒂娜吧，而不是那个做生活教练的蒂娜。"

"好吧，去吧去吧。明天就上那班飞机。要是我我就会这么干。"蒂娜边说边弹了弹手指以示强调。"但如果你需要等宇宙给你发信号的话，那你就等吧。只是不要等太久！夏天很快就会结束的。而且我想你也不会乐意等一个夏天来弄清楚那个信号。"

"去吧，海伦。"坎迪也附和道，"坚强点。而且到时候你就知道结果了。"

这才是陷阱，我想。到时候我就会知道结果了。

我不会认错那个优雅的身段或者有力的脚步的。萨拉·怀特正朝我这边走来，从她的手势看我猜她要么想打的要么是想让我等等她。因为古老的帕萨迪纳街道上并没有出租车，我猜她是想找我。该死的。她正赶上我喝着一大杯带猕猴桃和杏仁的石榴味冷冻酸奶。

我穿着那套天鹅绒运动上衣，站在大街上吃东西。这是良好教养的萨拉永远都不会干的事情。

哦我的天哪，难道图书馆的凯伦发现被撕烂的那张日记了吗？我死定了！

"好啊，我久违的朋友！"萨拉滔滔不绝地说着。她一边过来给我拥抱一边躲着我的那份冷冻酸奶。"你今天肯定不用上班吧。看看你多轻松。真是一件难得的乐事啊。最近怎么样？电视行业还行吧？"

"很好。"上帝真好，她不是来跟我说那张被撕烂的笔记的。那我就放心了！我在义卖会那天晚上之后基本就没有见到过萨拉。我突然离开亨廷顿去制作电视节目的时间正好赶上了她每年参加史密斯聚会的时间，因此我们的道别很仓促。后来我们互相发了几封邮件，但并没有真正见过面。跟往常一样，她看起来像是从萨克斯商品目录里摘出来的一页似的。她穿着一件短的黑色铅笔裙和一件闪亮的上衣，依然让我感觉自己既矮小又穿着太朴素。"我在坚持……"

"太好了。嗯，亨廷顿一切都还好。我们当然也想你了，而且我们已经迫不及待地想看到施里曼的电视剧了。我想你肯定听说梅勒妮要来董事会担任新的发展部主任的事情了吧。她的精力真的很旺盛！她会让我在公关部的工作显得容易多了。她能创造奇迹呢！"萨拉很严肃地说道。

"我听说了。你们两个真是完美搭档啊。小心点!"这对梅勒妮真的是件好事! 她已经找到了一个施展抱负的平台,而且还不用她解雇保姆,恐吓委员会成员或者疯狂地花她老公的巨额资产。她会成为亨廷顿的一个无价之宝,尽管前任发展部主任 52 岁就突然退休很让人怀疑。我猜是梅勒妮给了他一大笔钱,而他也接受了。"有了梅勒妮董事会肯定会很有趣!"

我感觉萨拉还在想其他的事情。的确,接着她戏剧性地解释道,"而且我们还新请了一位令人兴奋的杰出学者,来自斯沃斯莫尔的米尔顿·威斯布鲁克。他是平版印刷史和蜉蝣部门的一位教授,擅长研究 19 世纪。他在彩色平版印刷及其对美国社会结构的影响方面是个天才。他很棒。"

蜉蝣到底是个什么东西?"让我猜猜看——他是单身?"

"好吧,他在来帕萨迪纳以前是单身! 哦,海伦,我们俩是一见钟情。现在我知道平版印刷不像考古学那么性感,但他欣赏我。而且我可以学着去喜欢牛皮纸。"现在萨拉已经由优雅的淑女变成了一个娇羞的小姑娘。我想她也许会管我要一口酸奶吃,因为这跟她平时的特点太不同了。

"萨拉,我真为你高兴。"我说的是真心话。在我需要的时候她也会帮助我的。我很高兴她已经找到了自己想要的。"威斯布鲁克教授要在帕萨迪纳待多久啊?"

"一年呢! 这个时间够长了,是不是啊,海伦?"

"够干什么的呢?"

"够我想清楚下半生干什么啊。"萨拉的担心真真切切的。

"完全够了!"我笑道。这比我和帕特里克在一起待的时间还久呢,我想。幸运的萨拉。"你看起来真漂亮,这样我现在就能仅仅欣赏你那位杰出学者而不用太担心未来的事情了。"

"你和帕特里克就是这样的吗?"

我一下子呆住了,这一部分是因为我从来没有向萨拉承认过跟帕特里克的任何关系,也有部分原因是我那份汤一样的酸奶已经渗透了纸杯而我需要在裤子上擦一擦手,这可能会让萨拉当场晕掉吧。所以,为了争取时间解决这两方面的问题,我结结巴巴地说,"呃……"

"哦,海伦,大家都知道啊!你以为我们没有注意到你们之间的事儿吗?就连前门的保安都经常说你们两个很登对呢!他跟我们说了你们很晚回到亨廷顿的那个晚上。你们一起回来的。"萨拉的脸上挂满了疑问。而事实上那天我们回来的时候大概九点钟,不过这个不重要了。"我还以为你也这样觉得呢。所以我听说你提出分手的时候感到很惊讶。"

"对不起我没有听清楚,你听说什么?"我把杯子扔进附近的一个垃圾桶然后擦了擦手,不管礼仪什么的了。萨拉在说些什么啊?"你听谁说的啊?"

"帕特里克啊,帕特里克告诉我的。他飞去伦敦看望在医院里(按英国人的说法就是'住院')的女儿之后我们聊过好几次。我相信你也听说害怕她得脑膜炎的事情了。可怜的人啊,他那天晚上离开的时候是那么的黯然神伤。他女儿已经脱离危险了，但他很想见她。"萨拉说道。

脑膜炎？我不知道啊。他从来没有跟我提过脑膜炎的事情。他只在留言里面提过一次说他需要去看女儿。而且在后来的邮件里也只字未提，除了说他抽时间去了趟伦敦之外。为什么？为什么他没有跟我解释呢？我不想再跟萨拉装下去了。"萨拉，他是怎么说我提出的分手的？"

"他跟我说你觉得时机不对。你似乎想把这个看成那种'只在那一瞬间'存在的恋情。"我的脸肯定拉下来了，因为萨拉紧张地问，"海伦，你还好吧？"

不，我不好。"我是傻瓜。"

"我是不是说错了？"

"不，你说得对。我的确说了那种话。我以为……我以为我说的话正是帕特里克想听的话呢。"

"第一次对你奏效了吗？跟梅利特在一起的时候？"这是萨拉跟我说过的最尖锐的话，也许也是我听到的最尖锐的一句话了。这就是生活教练蒂娜在建议我把今年学到的东西付诸实践的时候想表达的意思吗？萨拉看我的时候流露出的理解说明她也是那种不太擅长处理男女关系的人。

"你知道的，没有那么奏效。"接着我们俩都笑了起来。

跟大房子和霸气的地址相比，我更怀念我以前的空调设备。我忙着为阳光街上的那套房子竞标的时候忘了问中央空调的事情了。在第一波三位数以上温度的热浪袭来的时候，我发现我梦想中的房子只有一扇很小的窗式空调而且空气流通很不好。

卖掉房子以后我一直在努力地跟布鲁诺和比利·欧文斯理清楚我的经济状况。"不要太快就做决定。"布鲁诺警告道。比利补充说，"在你开始改善房子条件之前还是心平气和地等等吧。"

比利真正的意思是费尔切尔德资本的投资人仍然可能突然出来控告我。我的战略是什么？保持低调和祈祷。到明年夏天的时候我就能知道自己能不能买得起空调了。与此同时，我还经常在户外用凉水洗澡而且闲着的时候也尽可能地少穿衣服。谢天谢地艾登是在俄勒冈过的夏天。

费尔切尔德夫人在一个炎热的七月的晚上发现我的时候我就是这样一个状态，全身滴着水而且几乎没有穿衣服。我认真地跳起来，希望她没有看到我的背心和蜡染浴巾，或者我的内衣。

她还是看到了。"等会儿你准备跳林波舞吗？你看起来很像土著呢。"费尔切尔德夫人看起来也很像土著，她穿着一件苹果绿的高尔夫裙子，一件粉色球衣和一双杰克·罗杰斯的凉鞋。她看起来像帕萨迪纳的土著人。

自从那晚的义卖会和她慷慨的捐赠以来我们的关系一直很僵。当然了，我们还是很客气而且负责任地完成了必需的家庭活动，就跟母亲节那天在俱乐部吃早午饭，和艾登在米灵顿的毕业典礼一样。我们甚至在父亲节那天一起参加了一个聚会，因为我们知道艾登是一个没有父亲的孩子。跟费尔切尔德夫人没有深交的一个好处就是突然的一次冷空气不会对公众造成影响。麦基和米米永远都不会注意到空气中的寒冷，而且艾登也从没问过任何的问题。

就连告诉她艾登去一所专攻表演艺术的公立学校上学，而不是梅利特热爱的天主教母校都变得没有那么恐怖了。好吧，我在压力面前几乎要吐出来了，但费尔切尔德夫人对艾登非常和蔼。她把自己最愤怒的谴责都留给了我。"我真不敢想象梅利特会对这件事作何感想。这是一个有争议的问题。如果梅利特还活着是不会发生这种事情的。"

我对她的发泄没有感到任何的烦恼，反而觉得很清爽。我在慢慢地进步。

她在我们的小平房门口的出现真的是史无前例。虽然我们一个多月前就搬进来了，但她都没有过来看一下我们的房子。当然，那段时间她有三周的时间都在楠塔基特岛忙着看望一个大学时候的舍友，喝杜松子酒和滋补药，这个每年都进行的仪式被她称作是"在岛上的逗留。"她环视了一圈我的新房子，然后拿出了一个包，"这简直太漂亮了，而且距离街那头的唐邹鸡餐厅那么近！真幸运啊！这是我给你的一个乔迁的小礼物。"

在一张列有我这辈子永远不会用到的东西的单子里，一个用贝壳雕刻的船肯定会被列在第一个。她是在开玩笑吗？我刚卖掉我们收藏了十五年的每一件珍贵艺术品，而她现在竟然送给我一个古代新英格兰的纪念品？"谢谢。请坐。你要不要来点柠檬汁？或者无糖饮料？"我故意没有提酒，尽管我在喝一杯加了很多酸橙的汽酒。我不想让她逗留。

"是啊，这里很热。不过我什么都不想喝，我不会待很久。我只是想把这个给你。"说着她就从她那个楠塔基特岛的篮式手提包里拿出了一个大信封。

里面会不会还是贝壳雕刻品呢？我已经热得没有耐心等待了。"这是什么？"

"是从义卖会上买到的票。去希腊的票。我觉得你也许会想去。毕竟我是为你买的。当然还有艾登。"

我愣住了，但还没有愣到说不出话的程度。我在某种程度上感到很愤怒。她怎么敢这样做！"你知道的，米莉森特，如果你想送我和艾登去度假的话，你是没必要花好几十万的。墨西哥对我们来说就挺不错的了。所以我们还是装作这是为了我和艾登捐的款吧。"

"当然不是为了你们了。我也没有想暗示这个。"她平静得像一只爬行动物。"我是时间站出来为帕萨迪纳做一件有意义的事情了。那些票是我后来才想到的。但我真的觉得你也许会喜欢。"

"你想让我对你感激？你捐了25万去让别人的孩子上学而

你自己的孙子可能都没有钱去上大学。而我还应该对你心怀感激？"我实在憋不住了。

她也是。费尔切尔德夫人挺直了腰杆盯着正前方的地方，不跟我做任何的眼神接触。她小心翼翼地说，"我知道梅利特的事情。我知道他对你做的事情。我知道他惹的那些麻烦，事后还要你去为他擦屁股。"

"如果你知道，如果你理解，那你为什么在梅利特走之后跟我说你不愿帮我们呢？我再复述一遍你说的原话。你说'你没有能力'帮助我们。"我没有告诉她其实她有钱，只不过不想帮罢了。

费尔切尔德夫人为了加强效果站着说道，"就算我帮了又能怎么样呢？就算我当时告诉你我会承担艾登上大学的费用那又怎么样？哦，不用担心上高中的事情，我会在伊格内修斯捐很多钱为他铺路的。然后呢？"

"然后我也许可以在过去的半年里多睡很多觉了。也许，也许……"

也许什么？

"哦，你会睡的。你会几乎起不来床的。你会蜷成一个球然后在试着制止痛苦之前就想等着事情被解决。"

"你怎么会知道？"

"因为我丈夫去世之后我就是那样做的。我害怕极了。我之前以为会有人照顾我下半辈子的生活……而他接着就去世了！所以我在蜷缩了一年之后才有勇气面对我的将来。但到那时我几乎已经毁灭掉了自己的生活。经济、我和孩子们的关系，我的，我的……自尊。我不想你跟我那时候一样。如果我给了你那些钱，而且还跟你承诺说会在经济上支援你的话，你现在还会又呆又傻地坐在家里呢。但你不是。你站了起来做了你必须做的事情。你向前奋斗的勇气是我从来都做不到的。瞧瞧你！"她真的看向了我。我们的眼神相遇了，"工作，新房子，你为艾登创造的环境——你都做到了。你顺利的将来都是你自己努力得来的。"

我无话可说了。费尔切尔德夫人比以前更有本事了。她已经在能想到的任何方面都控制住了我。我正中了她的圈套。她的仁慈让我感激。在最后赢得了她的赞许之后，我发现自己有种想哭的冲动。

"你会没事的。"费尔切尔德夫人重复道，"梅利特是个有缺陷的人。这是我的错。在那段他需要我的时间里我没有照顾好他。他学会了应对问题，但用的方法不是很正派。你对他尽到了一个妻子的责任。"她的声音变得有点沙哑。她把那个信封向前推了推，"拿着这些票吧。去见你那位考古学家吧。"

在我嫁到费尔切尔德家十五年的时间里，我从来没有见到费尔切尔德夫人像现在这样脆弱。

然后她又拿出了蛇女神的表情，冷静、严酷而且控制一切。"这是两人的旅行。你可以在艾登开学前带他去。或者直接一个人去看看会发生什么。"

我终于能说出话来了。"谢谢你。"我应该给她一个拥抱吗？有这个必要吗？现在已经太晚了。

"我听说你已经从俱乐部里辞职了。"显然，我们俩的甜蜜时刻已经过去了。我们重新回来做一件费尔切尔德夫人最擅长做的事情：后勤。

"嗯。今年我没有钱参加。"

"是啊。即使如此，我还是希望你和艾登能参加劳动节那天的家庭晚会。到时候有龙虾野餐。当然，你们是要作为我的客人出席的。"

"我们很乐意参加。"

"那就好。继续努力。"说完这句话她就走了。

但她已经向我露出和解的意思了。

发件人：海伦·费尔切尔德

<pasadenahelen@rosecity. net>

主题：采访兼旅行

帕特里克……

紧急通知。首先，我们想就你在莫斯科的发现为试播集做一个跟踪采访。我们需要你用大概5～7分钟的时间就"普里阿摩斯宝藏是真是假"发表你的观点。安娜贝斯觉得应该由我来做这次的采访。你能在八月中旬的时候接受这次采访吗？

还有，还记得我婆婆在拍卖会上买你的事情吧！她在令人震惊地向我表达人性关怀的时候把这次旅行机会送给了我和艾登。我知道你也许没有时间来真的兑现拍卖会上的承诺。但如果你能在我们享受一等门票和五星级酒店的同时向我们推荐一些必去的地方，那就请你给我们一些建议吧。谢谢。

跟我说一下你可以接受采访的时间吧。

哦，而且我从萨拉那儿听说你女儿得了脑膜炎。这太糟糕了。

海伦

发件人：帕特里克·奥尼尔博士

＜poneill@americanschoolathens.edu＞

抄送：ProprietorTed@invinoveritas.com

主题：回复：采访兼旅行

太好了。当然可以。我可以接受采访。你了解莫斯科和普里阿摩斯宝藏的研究。我准备在节目里宣布施里曼是捏造的那次发现，这都是因为爱上了一个道德受质疑的女人。这也许意味着我的职业生涯要走到头了。啊，不在意这个了。不管怎样，那是一次愉快的访问。

我同意带你去旅行。我已经对你那位疯狂的朋友承诺过了。我不想因为违背约定而让梅勒妮拿她那个大钻戒割破我的喉咙。甘布尔一家人要来参观这里了——我想如果我要跟你婆婆一起待两周的话，他们相对来说就是很好的伴儿了。我怕她。抱歉。这么一来我们就能一起旅游了。

我已经把这封邮件转发给泰德了。你们俩可以在那里协调好你们的旅行。我在八月中旬到八月底的那段时间可以任你差遣。我得在 9 月 1 号之前回到雅典上课。

海伦，你提前几天过来做采访吧。我想要是我们能在其他帕萨迪纳人来到特洛伊之前做完采访的话就最好了。我会替你找一个当地的摄制组为你拍摄的。

你拿到最终安排的时候给我发来一份。

祝好，帕特里克

另外，卡珊德拉确实生病了。我怎么会没有告诉你呢？对不起。那天晚上我收拾东西的时候心里很乱。到伦敦的时候也是。我能预订机票的时候最危险的时候已经过去了。给艾登打疫苗吧！相信我，你不会想经历这个的。

发件人：海伦·费尔切尔德
<pasadenahelen@rosecity. net>
主题：回复：回复：采访兼旅行
帕特里克，

我们的计划定好了！真是一个复杂的计划。我会在 8 月 7 号到达。其他的帕萨迪纳人（正如你称呼我们的）会在 8 月 12 号到。艾登到时候跟甘布尔一家一起走。（我给他打疫苗了！）

我想这样我们就有足够的时间来做那个 7 分钟的采访了。而且我们乘坐的是最先进的航班，到时候不会太累。你可以随意支使我干活：挖掘，除尘，给工作人员送烘焙食物我都可以（这是我刚学到的特长）。

你需要头发和化妆品吗，奥尼尔博士？或者一个带私人教练的拖车？要不要请一位口音老师或者随团按摩治疗师？拜托你给我一个建议吧。我们的预算不算很多，但为了你我相信我肯定能安排一点特别的东西。

你真诚的，海伦

发件人：帕特里克·奥尼尔博士
<poneill@americanschoolathens. edu>
抄送：ProprietorTed@invinoveritas. com
主题：带芝士汉堡包来
亲爱的费尔切尔德小姐，

我相信我自己可以解决头发和化妆的问题，但我很想吃朗廷酒店的芝士汉堡包。

拜托，要热的。

你将要见到的帕特里克

第二十四章

想要不被卷入爱情故事中去是很难的一件事。坐着船跨过达达尼尔海峡到达土耳其的希萨里克（古特洛伊的一座遗址）的时候，我感觉自己像是穿行在历史身后似的。海伦和帕里斯躲避被甩之后愤怒至极的斯巴达王的追捕时乘坐的轮船跟我现在的这叶木筏都经过了同样的水域。这片水域曾经将希腊战士带出斯巴达来为他们被背叛的领导人报仇。后来，这片黑暗的水域又将带来海因里希·施里曼、他的新娘子以及很快将成为后者情人的鲁迪，他们将发现过去而且为历史课本写下一页新的篇章。我几乎不能把这一切仔细地看清楚，因为我一边感到马上要见到一个重大发现的激动，一边欣赏着眼前这令人窒息的美景——波浪、山脊线、山上那些简单的城市轮廓。

我感觉很恶心。

我在从伊斯坦布尔回来的车上忘记吃一片晕海宁了。好像

在车上的时候还不够难受似的，现在坐在船上我觉得更加痛苦
了。我以前在学生时代吃过爱琴海渡船的苦头，所以我知道自
己需要吃药。但我以前都记得的常识都被我此刻激动的心情给
抛到九霄云外了。也许我放弃考古学的下意识原因就是我晕
船，而不是因为我觉得自己没有能力。

深呼吸然后盯着地平线，我想。那个著名的海岸就在半英
里的地方了。跟其他的一些古遗址不一样，特洛伊没有任何废
墟。没有破损的庙宇或者坍塌的城墙可以让现代游客想到
3000 年前在这里消失的一切。让那些无知的人失望的是，对
面的海岸线上只有起伏的山峦和高草丛，因此他们在旅行日记
中把特洛伊评价为"不值得参观"。来这里的大部分游客都是澳
大利亚人，他们是为了看附近的一战遗址加里波利的，而不是
为了看帕特里克的战壕。但我已经迫不及待地想看到埋在土里
的那一层层历史了。

想到帕特里克我又开始恶心了。拜托不要让他去码头上见
我。绿色不是我喜欢的颜色，我默默地沉思着，同时勉强地挤
出一丝微笑。我来这儿要干什么？

这一切发生得是那么的快——费尔切尔德夫人送我票，安
娜贝斯和奥林匹亚的鼓动，跟甘布尔家汇合一起把这儿的古遗
址游个遍的计划。还有最后的一个细节：说服艾登。他倒是没
那么难搞，而且他也没有问很多问题。是跟甘布尔家和奥尼尔
博士在土耳其呆两个星期吗？是啊。那里有沙滩吗？有啊。这

样艾登就同意了。五天后他就要和甘布尔一家飞过来了。

不管是好是坏，我有五天跟帕特里克单独相处的时间。

人们经常用"一年的时间会带来很多变化"来描述盛衰，但我从没想过这句话会用在我自己身上。曾经我坚信自己知道几十年后的未来会发生什么，更别说未来的几天了。但我错了。一年前如果有算命的人这样跟我说"明年八月份你会乘船去古特洛伊把你的过去和将来连接在一起。你去的时候不会带孩子的。旅途将会很遥远很艰难，但期间你会遇到一个很性感的男人。"我是不会付给他全部的费用的。这太荒谬了！这个场景让我笑了起来。

相反，这让我感觉更糟糕了。

我需要下船然后走到陆地上去。

"现在你感觉好点了吗？"在我从卫生间出来的时候我的导游兼搬运工埃克莱姆问道。虽说牌子上写的是女卫生间，但不管是从大小、气味或者对光、水和镜子这些设施的缺乏来看，这都很容易被人误以为是一间杂物室。谢天谢地我身上带了一包湿巾。

"好点了。"我微笑着回答。此刻的我希望刚才抹口红的时候没有抹到脸上去。

"奥尼尔博士说先把你的包带到他的帐篷里，然后马上带你去他的战壕。他又表达了自己的歉意，他正忙着一些事情走不开，而且好吧，这里的渡船也有可能会晚点，不是吗？你可以开我的车或者也可以把行李交给我你走一小段路。有时候走走路有助于思维清晰。"

我肯定显得很没经验，我想。等等，埃克莱姆刚才是不是说把包带到帕特里克的帐篷里？这又是一个好兆头！或者有一个语言障碍。"我准备走路过去，谢谢你。"

现在我开始感激蒂娜劝我穿这双最新款的迈乐登山鞋来这儿旅游了。"朴实而性感"，她说。朴实她是说对了；我膝盖往下的部位已经蒙上了一层薄薄的尘土了。我摇着头想着梅勒妮和她承诺的五星级旅行和住宿。真的很难想象费尔切尔德夫人或者帕萨迪纳任何一个潜在投标人会辛苦跋涉来到特洛伊。我把这幅景象抛到脑后马上就感觉好多了。

相反，我琢磨的问题是：特洛伊的海伦在爬这座山的时候为什么会没有弄脏她的裙子呢？

特洛伊的尘土是深灰色的，里面夹杂着小粒的银色石灰石。但帕特里克·奥尼尔身上要是有薄薄一层这种土的话，那它看起来就会有最精致的那种油画的光泽。他站在十英寸深的壕沟里，身上发出亮闪闪的光芒。他一边测量一边记笔记，眼神停留在墙里面一个看不到的珍宝上。一群学生站在不远的地方照相和记笔记。他们转过来打量着我这样一个过分打扮的外人。帕特里克没有听到我来的声音，所以我可以看清楚那件熟悉的亚麻布衬衫，那双长腿和他露在外面的前臂的力量。我以为这个男人只有在电脑终端前面看起来才帅呢，但在这，在他习以为常的环境下，他……他……

埃克莱姆打断了我还在陶醉的双眼，说道，"奥尼尔博士，找您的小姐到了。"

帕特里克转过身抬起来看到了我，斜阳把我身体的轮廓照得更明显了。他眼睛上的少量尘土强化了他蓝色的眼睛和嘴部线条。"海伦，欢迎来到特洛伊。"

正当帕特里克沿着梯子从壕沟里出来的时候，我一时间不知道该怎么跟他打招呼了。只是拥抱吗？还是像欧洲人那样在双颊上亲吻？还是先在嘴唇上碰一碰，然后拥抱？我没有必要担心这个的。

帕特里克很清楚自己想要什么：一次很深很久的接吻。谁会在意衣服被搞得多脏呢？我不知所措了；但帕特里克没有。他轻声说，"你来了。终于来了。"

是啊，终于来了。

我想那些女学生里面有一个几乎晕过去了。

"好的，孩子们，你们自己搞定这里吧。格里塔，不要忘了把那些土壤样本编入目录。哦，埃克莱姆，你能不能跟厨师说我今晚不跟大伙儿一起吃饭了？我们7点的时候在我帐篷里吃点东西。现在留点酸橙汽水和酒，还有水果。我跟费尔切尔德小姐要叙叙旧。"

埃克莱姆点了点头然后像变魔术似的消失不见了。那些被惊呆的研究生们沉默地盯着我们。帕特里克紧紧地拉着我往远处的小营地走去的时候我的膝盖有点摇晃。

当我们走到别人听不见我们说话的时候，他终于开口了，"你路上还顺利吧？"

"过去两分钟之前的事我一点都记不起来了。"

"我的芝士汉堡包带来了吗？"

"在法兰克福的时候他们没收了，说是因为有饰边的牙签。"

帕特里克停下来拉近我说，"我一直在想你，海伦。"

"我不敢相信自己已经在这了。我来这里是干什么的呢？"

"我们有好几天的时间来回答这个问题，不是吗？"他抚摸着我的头发然后弯下腰在我脖子上亲了一下。"你想参观一下这个地方吗？"

"等会儿吧。"我抚摸着帕特里克满是灰尘的胸口，然后摸到了他前臂上那个星星和月亮图案的文身。"我想先把一件事做完。"

"什么事？"

"洗澡。"

几个小时后当我坐在帕特里克坚固的白帐篷前面一个木质平台上休息的时候，我感到历史从海伦发展到索菲亚再到我的一种强烈的引力。也许在那闪亮的灰色土层中有一种让女人变得更大胆的东西。或者让女人不受束缚的东西。或者只是让女人愚蠢的东西。那些土耳其床单确实名副其实。"我有个好主意：接下来的两天我们重现施里曼日记里的一些场景吧。你懂的，就是鲁迪和索菲亚以及那些漫长的夏夜。比如第六本日记的第118页，那里面记录的就很性感。你觉得怎么样？"

"帕萨迪纳的海伦，我被你吓到了！"帕特里克给我倒第二杯酒的时候嘲弄我，这些酒是厨师随便为我们准备的饭菜里面的。"我认为你可以考虑重现日记'研究'里的某些场景。我只是希望我能早点知道你这个特别的学术兴趣。这肯定能让我们在亨廷顿的下午时光更生动一些。"

"那时候我对那种层次的……工作内容还没怎么准备好，奥尼尔博士。"我半开玩笑说。

"那现在呢？"

"我想我已经做好准备了。"这时天空是深蓝色的，还没有黑下来。这片古老的平原从我眼前铺展开来一直延续到海边。我感觉自己以前好像来过这里。"我能问你个问题吗？"

帕特里克往前靠了一下，"当然可以。"

"五月的那天早晨，在酒店的时候，你刚要说什么的时候我打断了你。我当时害怕让你把话说完。我想如果我说'时机不对或者地方不对'什么的我们两个都能好过一点。但我觉得我当时做错了。你还记得当时你要说什么吗？"

"嗯，我记得。我当时要说的是我不能……"帕特里克向后靠了靠避开了我的眼睛。他似乎在思考该怎么表达。该死的。"……我不能给你你之前拥有的：一个传统的生活。有一所房子、安定的生活和一个穿西服打领带去上班的老公。但我想给你一些东西，是……我的一部分东西。我已经单身好多年了，一直都在忙着工作。而我之前和现在都不想再单身下去了。那天早上我是想让你成为我生活的一部分。你懂我，海伦，你懂我的动作和我的生活。我的生活在雅典，我的工作在这儿，但我莫名其妙地就是想让你成为其中的一部分。"

你跟我打招呼的时候我就爱上你了，我心里想。

帕特里克窃笑道，"哇哦，我把这些都说出来之后显得我好自私啊。"

"你这个提议还在有效期吗？"

他有点惊讶地点了点头，他在等我的解释。所以我想了一个我能想到的最好的解释，"我是一个喜欢计划的人，帕特里克。我整个人生都是这样子的。但经历了去年发生的一些事之后我才明白事情不会永远都像计划的那样。而我也接受了这点。除了让艾登顺利高中毕业之外，我不知道我下一阶段的人生会是什么样子的。但我也想让你成为我生活的一部分。我再也不需要过传统的生活了，至少我觉得我不需要了。通过某种方式我们可以让一些东西成为现实的。"

"我12月要回加利福尼亚参加泰德筹办的一个资金筹集晚宴。这个算'某种方式'里面的吗？"帕特里克轻轻地在我鼻子上亲了一下。

"是啊，不管怎样就目前还可以。在这等着。"帕特里克提醒了我还有一件该做的事情还没有做。我悄悄地回到帐篷里（我希望我的动作像猫那样小声），一分钟后我亚麻布衬衫的口袋里就多了那条粉色围巾。"我想我还没把这个给你，奥尼尔博士。"

我拿出了这个珍贵的配件。帕特里克站了起来，他从我手里接过了这条围巾然后温柔地把它系在了我脖子上，接着温柔地亲了我一下。

"跟我来，海伦。我想给你看样东西。"

"什么啊？"

"大地，天空，海洋，不知疲倦的太阳还有圆月……"

"一言为定。"

鸣　谢

　　虽然实际的小说写作是一项独立完成的工作，但小说的出版工作却相反。没有下面这些人的支持和鼓励，《辣妈新生活》还是我头脑中的一个大纲呢：

　　考林·邓恩贝茨是我多年以来的朋友、邻居和工作兼生活方面的导师；现在她成了我的发行人。非常感谢考林和展望公园出版社肯为我一个第一次写小说的人冒险，而且在过程中那么有信心，增添了那么多乐趣。我还要感谢展望公园出版社的凯若琳·普维斯，她的热情和组织能力是那么的令人望尘莫及。

　　我的在线写作团队"爱惹事的女主角"让我一直顺利前进而且在我有不懂的语法问题时很好地纠正了我。特别感谢凯特·梅森和凯瑟琳·露瑟娅，她们是两位优秀的作家、细心的读者和很棒的女人。以后我们应该在除了谷歌聊天室的其他地方见面！我还要感谢埃里卡·迈尔曼在 mediabistro 网站上教授的小说写作课。她早期对海伦表现出的热情给了我很多灵感。

琳达·弗朗西斯李在我需要的时候在电话里跟我分享了她的智慧和才能，虽然我们都还是彻底的陌生人。谢谢你介绍我们认识，阿兰娜·沙柯。同时我还要感谢莎莉·柏琼森和乔迪·温为这本书花费的时间和慷慨的付出。

我的帕萨迪纳姐妹团，所有那些曾经以任何方式鼓励过我而且支持过我长期媒体生涯的人，感谢你们的友善和积极的态度。我真的欠下面的这些人一顿午饭：我的私人治疗师和散步伙伴赖安·纽曼；一个真正的联系人和朋友苏珊·白；莎莉·曼，海伦的时装顾问；以及让我偷用她名字的坎迪·瑞尼克。

我的家人：感谢布鲁克和科林对我的耐心和理解，而且感觉你们为了让我顺利写作一连几个小时都不打扰我。最后，我要把所有的感激都留给我的丈夫，贝里克·特莱德乐。毋庸赘言了。

对作者莉安·多兰的访谈

记者：跟《辣妈新生活》里面的女主角海伦不同，你的父母不是俄勒冈抽大麻的纺织艺术家。你是在康乃迪克州长大的。这个地方是不是很像帕萨迪纳呢？你是怎么做到用一种局外人的视角，用一种机智和智慧的方式去看这座城市中上流社会的生活的呢？

莉安：我经常说帕萨迪纳就像长着棕榈树的南方港口。帕萨迪纳那种真正意义上的传统和公民自豪感跟康乃迪克州人是很相似的。很多家庭已经在这里住了好几代了。他们上同一个学校，属于同一个俱乐部，为历史悠久的机构捐钱而且他们还住在同一个社区。帕萨迪纳的市民热爱他们的城市以及它在艺术、文化、教育和运动方面象征的所有东西。他们想象不到自己可以住在除此以外的任何地方。

但虽然我很适应帕萨迪纳的社会运作，但我并不了解更加深层的东西了，毕竟我才在这里住了 20 年！这让我有很多深入观察它的机会。

记者：波莫纳学院是你起初来南加州的原因。那是什么让你决定留下的呢？而且为什么留在帕萨迪纳呢？

莉安：我毕业后就离开南加州了，但我猜它从来都没有被我忘记吧。六年后我回来是因为我爱上了一个来自帕萨迪纳的男孩。我们订婚的时候我还住在俄勒冈的波特兰而且从事运动广播行业呢。我们也不算是协商，因为他显然永远都不会从南加州搬到太平洋的西北部地区去住。再说他在 25 岁的时候就已经在玫瑰碗附近拥有一套房子了！我所有的东西都能装在一辆大众汽车里。我搬家的话也更能说得过去。我留下来是因为这座城市的美丽和活力很符合我的风格。而且，我说过我老公不会离开这儿，所以我真的没有什么选择了。

记者：你的大学专业是古典文学研究而且大三的时候还在雅典学习过。当时你想成为印第安纳·琼斯吗？

莉安：《夺宝奇兵》出来的时候我 16 岁了，所以我想得更多的是嫁给印第安纳·琼斯。不过那部电影的确激发了我对考古学的热爱。而且我的父母逼着我在高中的时候学了拉丁语，结果我很喜欢。大学期间我学过希腊语，除此之外还有历史和考古学。在雅典待了一个学期之后，我的确想过要选择这样一个非常有意义而且浪漫的职业，而且去希腊各个岛屿挖东西。但坦白地说，我不够聪明。高级古希腊语已经让我精疲力竭了。而且还要在大学毕业后花上十年的时间拿到博士学位。我没有去上研究生，而是搬到杰克逊山洞做了两年的滑雪迷。我想这个可以说明我在学术上不屈不挠的精神了。

但我仍然很钟爱历史而且特别嫉妒那些可以以之为职业用激情和学识去探寻最细小的历史细节的人。这对我来说是理想的职业。

记者：人们都说处女作通常都会很有自传色彩。书名中的海伦这个人物是以你为原型的吗？

莉安：当然不是。哈哈哈。

记者：帕特里克·奥尼尔博士是你根据你大学里的教授创作的吗？

莉安：我多么希望是这样啊！那样的话也许我就能找到我需要的那一团学术激情了！事实上，我的确对一个考古学教授动过心……但据我所知他没有条纹毛衣。为了塑造帕特克·奥尼尔这个角色，我研究过真正的考古学家，而且我虚构出来的他的作品和简历都是取材于一位曼弗雷德·考夫曼教授，他是一位著名的德国考古学家，他在英年早逝之前一直指导着特洛伊的挖掘工作。对于那段令人兴奋的部分，我求助的是脸谱网里的"把性感重新带回考古学"团队。是的，真的有这种团队存在，而且"性感考古学"里面的女人在描述她们见过的最性感的教授的时候对我的帮助很大。从她们这里我想到了帕特里克这个角色的条纹毛衣，他的文身，他被晒黑的前臂还有他安静和喜欢沉思的工作习惯。

记者：你身为母亲、专栏作家，又弄播客又忙博客，还是志愿者、妻子、女儿多重角色，还要遛狗，你是怎么有时间写小说的呢？

莉安：我的写作老师曾经说要想写一部小说，你得放弃一些东西，所以我放弃了瑜伽，这样就能在早上写作了。

但我甚至在还没有到那一步的时候就已经知道自己脑子里有一部小说了，但因为有很多事要忙，所以我不能全身心地投入到写作中去。然后在我的广播脱口秀《卫星姐妹》突然停止的时候我就有了时间。我已经习惯每周六天都在广播里创作和表演了，所以我重新把这些精力都放到了写作上。不像故事中的海伦，我没有想太多就迅速行动起来了。我报了一个网上小说写作课程而且逼着自己为班级批评小组写东西，这样可以让自己坚持为自己负责。我坚信截稿时间是一个很强的动力。而且向这个世界宣布我在写一部小说而且致力于这整个过程是很关键的。

从来都没有一个适合写作的时间。如果你要等那个时刻到来的话，那你也许什么都做不了。毫不犹豫地行动对我来说是成功的关键。

记者：你已经在帕萨迪纳住了很长时间，而且在那儿你有很多朋友和家人。你会不会担心在你牺牲他们来获得快乐的时候他们会很生气？或者说如果他们发现自己跟其中一些比较滑稽的人物比较相像会不会生气？

莉安：我应该担心这个吗？见鬼，我希望不会有人往我家窗户上扔鸡蛋。我想大部分人都对自己和自己的生活有种幽默感吧。我讽刺的时候是充满了爱的。嘿，我放弃了在运动界的工作换来了一辆带遥控车门开关的沃尔沃呢。而且我很理智，没有把任何一个人的全部特征都搬到故事人物的身上，或者生搬硬套任何一所学校或者慈善机构。所有的人和事物真的都是我虚构出来的，都是我亲身经历的人、地点和事情的大杂烩。

记者：你十几岁的儿子看过《辣妈新生活》吗？他认为艾登这个人物是以他为原型塑造出来的吗？

莉安：不，他没有看。有一个不爱看书的儿子是有一个好处的！我可以把艾登写得跟他很像，而他永远都不会知道。他们两个是有些共同点的，但艾登不是他的复制品。

我把海伦的孩子写成男孩是因为我确实比较了解男孩子，毕竟我自己就有两个小男孩。为了让情节更加动人，我想让艾登跟梅利特有一个对比然后让他由此而感到一种压力。而且，跟人们的普遍想法相反，那个年龄的男孩子是很情绪化而且很复杂的。但他们仍然可以对他们的妈妈很好。

记者：你丈夫和梅利特有什么相似的特点吗？

莉安：当然没有了！首先，我老公是加州大学洛杉矶分校的，不是南加州大学的。其他的就没有什么了。

记者：小说中写到人们在教育方面存在的很多精神压

力——具体点就是说他们都急切地想让自己的孩子进到"适合的"学校。你认为美国家长在孩子的教育上是不是太着迷了？

莉安：当然了！作为家长，我们认为这让我们的焦虑也有了意义。我不知道我们为什么要加大孩子教育的投资，但我们确实是这么做的。在帕萨迪纳，很多孩子上的都是私立学校和教区学校，所以入学竞争从学前班就开始了，而到了上大学的时候就更加一发不可收拾了。这对我来说有点奇怪，因为我一直上的都是公立学校，只在高中最后一年递交过入学申请。但这种现象不只发生在帕萨迪纳：现在全国每个地方的孩子都有学习和体育方面的压力。

没有让艾登上期望中的高中是因为我想清楚地告诉读者尽管我们对自己的孩子有这样或那样的期望，但他们也有自己的优缺点、希望和愿望。这是我在小说中传达的教育孩子方面的一点信息。

记者：我们听说你在写另外两部小说，跟这部被合称为《玫瑰城市三部曲》。你能跟我们透露一下吗？

莉安：这两本书都结合了现代女性和古代女性的特点，而且将继续挖掘女性扮演的多重角色：妻子、朋友、姐妹、母亲、女儿以及发廊的顾客。当然，这两本书都是以帕萨迪纳丰富的文化遗产为创作背景的。而且你也许会看到一些重复出现的熟悉的人物，因为每本关于帕萨迪纳的书都应该有一位前任玫瑰皇后！